講談社文庫

アルキメデスは手を汚さない

小峰 元

講談社

目次

アルキメデスは手を汚さない

少女が死んだ

1

葬式は、ほどほどに厳粛で、ほどほどに盛大で、ほどほどに湿っぽかった。

「気持のよい葬式だった」

というのが、老舗《しにせ》の葬儀社のベテラン式場係の感想であった。

「ちかごろ、これだけ条件の揃った葬式は珍しい」

ひとしきり続いた焼香の列が途切れると、彼らは会葬御礼のハンカチ包の減り具合を横目で数えながら、囁き合った。

「場所、時、人と三拍子とも申し分ないからな」

場所は大阪府豊中市の高級住宅街。読経の声が往来まで流れる静寂な街並みであった。時は昭和四十七年十月三日。照らず曇らずの秋の陽が暑からず寒からずで、喪服が着ごろ。それは門前に屯《たむ》ろする、その他おおぜい組の会葬者にとって、なによりのことであった。だから予想より長い読経も、さして苦にならず、表情も葬儀にふさわしい穏やかさであった。

死者は豊能高校二年、柴本美雪、十七歳。喪主は逆縁ながら実父の柴本健次郎、五十一歳。株式会社柴本工務店代表取締役社長。従って会葬者は三つのグループに別けられた。美雪の学校関係と、健次郎の公私の関係者、それに柴本工務店の社員たち。

「若い娘たちの愁い顔は、いつ見てもいいもんだ」

お仕着せの黒ダブルを腕まくりして、樒《しきみ》の並びを整えながら、葬儀社員の囁きは続いた。

「心から悲しんでいるのは彼女らだけかも知れんな」

「初めて知った人生の無情というわけさ」

「しかし」

と一人が女生徒の列へ視線を走らせて、

「あんな娘に、初めて人生の有情を知らせて泣かせてみたいもんだ」

くっくっくっ、と低く笑った。

「そう言えば」

と一人が声をひそめた。

「仏は人生の有情を知らずに死んだのだろうか」

「多分、とも言えるが、或いは、とも言えるな。近ごろの十七歳となると、なかなかね」

含み笑いで唇が淫靡《いんび》に歪んだ。

「不謹慎だぞ、勤務中に」

「勤務中に、はよかった。だが、女学生ってのは、全く葬儀屋にとっては最高の会葬者だね。湿っぽくて、それでいてほどほどに色っぽくて。葬式の雰囲気が、ぐっと盛り上がると言うものだ。婆さんはいけないよ。婆さんの多い葬式は、どうも陰にこもり過ぎて、こちらまで勤労意欲を失うね」

会葬者の列が居ずまいを正した。芝居の幕が開くときの観客席にも似た、押し殺したざわめきであった。

「ああ、出棺だ、忙しくなるぞ」

葬儀社員たちは表情を引き締めて、殊勝な顔を作ると、会葬者の列に向かって深々と頭を下げた。

マイクを通して喪主健次郎の、低く重々しい声が流れ出た。悲しみの中に一種のふてぶてしさを混えた声音であった。沈痛というよりも、むしろ土建屋らしいドスのきいた声ともいえた。

「――若くして病いのために去った美雪のために、かくも多数の皆々様がたが……」

と健次郎が「病いのために」と一段と声を高めたとき、高校生の列を包む空気が、ざわ、と音もなく揺れた。そうかしら……と、問いかけるような、かすかな気配であった。

その疑問は幾人かの高校生たちの脳裡を掠《かす》めた。そっと顔を見合わせて、慌《あわ》てて目を伏せる、その一瞬の音もない動き。それは気配と呼ぶには、あまりに弱いものであった。が、健次郎と並んでハンカチを口に押し当てていた妻の祥子には、ひしと激しく感じ取れた。大声で問い質《ただ》されるよりも厳しい声なき反問とも感じられた。

——誰かが、いや、ひょっとしたら、誰もが美雪の死因を知っている——

祥子はハンカチを嚙みしめた。胸には悲しみよりも怒りが滾《たぎ》っていた。祥子は叫びたかった。粛然と頭を垂れている高校生の列に向かって、

「あなたたちの中の誰なんです。美雪を死へ追い込んだのは。私の一人娘の美雪を殺したのは……」

と。

——美雪は何も告げずに死んでいったのです。自分をこんなにひどいめに合わせておきながら、涼しい顔で傍観している人間の名も告げずに死んでしまったのです。自分だけが苛《さいな》まれ、傷つけられ、苦しめられて。誰なんです、美雪をそんなにして殺したのは。私にはその犯人を知る権利がある。そして復讐する権利があるのです。いいえ、そうする義務があるのです。だのに——

祥子は嗚咽《おえつ》を塞《せ》き止めるためよりも、叫び出すのを防ぐために、歯をくいしばった。ハンカチの裂ける音が、歯から耳に抜けて、同時に健次郎の、

「ご会葬を厚くお礼申し上げます」

という声が、空々しく流れこんだ。

――何がお礼です。犯人が目の前にいるというのに。そいつは、きっと、あなたの馬鹿々々しく荘重な挨拶を腹の中でせせら笑っているに違いないのに。病死だなんて、病気だなんて、どうしてあなたは、そんなに世間体を構うのです。どうして美雪の仇を討ってやろうとしないのです――

祥子は、胸の中の言葉が、いまにも声になって迸《ほとばし》り出そうになるのを辛くも押えながら、健次郎を仰いだ。健次郎は冷い目で祥子を見据えた。

「さあ」

と健次郎は、空ろな目を見開いている祥子の肩を軽く叩いた。

「車に乗んなさい。美雪を送ってやろう。美雪を、もう苦しまなくてもいい所へ送ってやろう」

健次郎は、祥子の肩にかけた手に力を加えた。祥子を急《せ》き立てるといえるほどの力であった。そして、声をひそめた。

「あとの車が、つかえているんだ。急がなくてはいけない。いまは葬式という滑稽な

儀式のさいちゅうなんだ。主役の私たちが、悲しんだり怒ったりしていては、式次第が進まなくなる」

祥子は車へ押し込まれた。あらがう気力も失せた。健次郎には美雪の仇を討つ気持もないのだろうか。娘をなぶり殺し同然の目にあわされながら、怒る気力もないのだろうか。祥子は、車の窓越しに会葬者に頭を下げる健次郎が、穢《けが》らわしい動物のように見えて来た。

車の列が去ると同時に、会葬者の列も無秩序に崩れた。憚《はばか》りなく欠伸《あくび》をする姿もあった。儀式は終わった、義理も果たした。さて、という表情が晴々しくさえ見えた。その変化の最も著しいのは豊能高校生たちであった。それまでの整然とした隊形を包んでいた空気が、突如として若やいだ。

「あの人は、行って行ってしまった」

と一人が低く歌った。歌謡曲の一節であったが、誰も不謹慎だとは思わなかった。彼らにとっては、この歌詞とメロディのほうが、理解を超えた読経や弔詞よりも、級友を送るのにふさわしいものであった。去《い》って去《い》って、と繰り返すところに、二度と戻らぬ級友への惜別の情がナウな感覚でこもっているようで、ふと数人が口ずさんだくらいであった。

内藤規久夫も、そのうちの一人であった。高校二年といえば少年から青年への過渡期である。ある者はまだ少年に止まっており、ある者はすでに青年と呼べた。内藤は〝まだ〟に属していた。充分に肉の乗り切らない薄い胸は、そのまま精神の幼さを示していた。それだけに死者への追悼の念も強かったのか、彼は二度、三度とそのメロディを繰り返した。

「もう古いぜ、その歌は」

振り返ると柳生隆保が、それが特徴の白く尖った糸切り歯を覗かせながら、薄く笑っていた。矯《た》めれば直ちにはねかえす若竹のような活力にあふれた四肢が、すんなりと素直に伸びた少年、というより青年期に一歩を踏み入れた少年であった。

「とは言うものの、無理もないな。君はかなり彼女に気があったようだから」

「よせ、そういう言い方は」

「などと、いきり立つところを見ると、図星だったかな」

柳生は、も一度、にんまりと糸切り歯を見せて、

「彼女の病気についての噂、聞いたかい」

と声をひそめた。質問の形をとりながら、目的は噂話を楽しもうとする含み笑いである。内藤は敏感にそれと察して首を左右に振ると、それで、と目で柳生を促した。

「これはただの噂の段階だけれどね。彼女は中絶に失敗したらしいよ」

「中絶と言うと、妊娠の？」

思わず高まった声に、内藤は慌てて自分の口をふさいだ。その驚きを、柳生は楽しむように眺めて、

「中絶って言えば決まってるだろう。盲腸の中絶なんて話は聞いたことがない。もっとも柴本家の公式発表によれば、美雪君は盲腸手術の失敗ってことになっているけれどもね。いまどき、どんなヤブだって盲腸を切り損うものか」

「それで？」

と内藤は、柳生の薄ら笑いを含んだ赤く形のよい唇を、憎いものでも見るように睨みつけながら言った。

「相手は誰だと言っているんだ。その噂では？」

「そのいいことをした男か。それは彼女だけしか知らない。そして彼女はその人の名を告げずに死んだ、というわけさ。おや、どうかしたのかい、随分と顔色が悪いが」

柳生は、内藤の顔を覗き込むようにして、わざとらしく尋ねた。相手の驚愕を楽しんでいる目であった。

「信ずべき筋の情報では、と言ったって、僕がその情報を信じているということではないよ。ただ、かなり広まっている噂では、彼女の相手は同級生であるということだ。ただ誰も、その相手の名前を明確にはできないということだがね」

柳生は、そこで、も一度、にんまりと唇だけで笑った。

さらに問い詰めようとする内藤を押しのけるようにして、慌ただしく葬儀社の係員が柩を横抱きにして走り抜けた。火葬場から遺族が帰って来るまでに、式場の飾りつけを撤去して、掃き清めなければならない。特約している仕出し屋では、すでに膳を積んだ車を出発させているであろう。遺族、親戚が帰り着いた時には、香華の匂いがさっぱりと払拭された座敷に、仕上げの膳が整えられている、それが葬儀社の腕の見せ所なのであった。

祭壇は、あっという間に、ばらばらに細分された。一人が手際よくダンボールに納めると、一人が小走りにトラックに放り上げた。葬儀社の下請けをしている運搬係の芳野宏六の手順には狂いがなく、ダンボールはきっちりと長方形に積み上げられて荷台に安定した。

「このクラスの式だと、七人では手に余るな。九人は配属して貰わなくちゃ忙しすぎる」

助手席に座った芳野は、掌でつるりと顔の汗を拭いて、運転手に言った。

「見ろ、秋の午後四時だというのに、この汗だ。だいたいうちの社長はガメツすぎるよ。こんなに使われれちゃ、葬式屋の俺が過労でお陀仏ってことになりそうだ」

「そうなりゃ、お前の葬式で社長がまた儲かるって寸法さ」

「違いねえ」

大声で笑い合っていると、式場主任の大賀が走りよって助手席のドアのガラスを叩いた。

「営業課から伝言だ。この祭壇は、あすも使う。荷卸しはしないで、このまま車庫へ入れておけ、いいな」

「オーケー、オーケー。商売繁盛でおめでたいことだ」

「馬鹿、よさないか」

大賀は、トラックの横を通りすぎる会葬者に気遣った。

「馬鹿はないでしょう。このくらいの葬式なら、喪主もお大尽だから、主任さんのホマチだって一枚や二枚じゃきかなかったろうしさ」

「なんたって土建屋ってのは建築ブームでしこたま稼いでいる上に万事が派手好みだからな、こりゃ主任さん、一ぱい買って貰わなくちゃ」

と運転手も調子を合わせた。そしてギヤを入れて勢いよくエンジンを吹かした。

「さっき、学生たちがしゃべっているのを、ちょっと耳に挟んだんだけれどな」

運転手は、会葬者を巧みに避けてハンドルを操りながら話しかけた。

「いまの仏さん、どうやらナミの病気じゃないらしいな」

「へえ、病気にもウナ丼なみに、並みと特上があんのかい」

「話を茶にするなよ、お前の悪い癖だぜ」

「怒っちゃいけない。で、何だって言うんだい」

実は、と運転手が話し終わると、芳野は、

「おっと、ストップ！」

とハンドルを叩いた。ブレーキが軋《きし》んだ。

「どうした、驚かすなよ」

「考えてみると、俺、車庫まで行くことはなかったよ。どうせ荷物は積み放しでいいんだ。だったら俺はここで降りて帰らして貰うよ。いいだろう」

「そりゃかまわないが。なんなら家まで送ってやったっていいぜ」

「それにゃ及ばねえ。ちょいと、寄り道する所があるんだ。じゃあ」

作業用の上衣を背広に替えて、芳野は助手席から飛び降りた。そしてトラックが走り去るのを見とどけると、いま走った道を足早やに戻った。しばらく歩くと、三々五々に連れ立った会葬者の姿が視界に入って来た。その幾組かをやり過ごすと、

「ちょっと」

と一人の肩を叩いた。はあ？　と振り向く顔に、

「豊能高校の生徒だね」

いくらか高飛車な声音であった。さきほどまでの、運転手と馬鹿話をしていた芳野とは、がらりと変わった、威厳のあると言ってもいいほどの声であった。

「柴本美雪さんの葬式の帰りだね」

「はあ」

年齢の差から来る威圧が、少年を戸惑《とまど》わせていた。

「手間は取らせない。ちょっと協力して貰いたい」

内ポケットから黒い手帳を取り出すと、

「ここでは、何だろうから……」

と横道へ足を進めた。当然、相手は従うものと振り向きもしない自信のある歩調であった。少年は、おどおどと、助けを求める視線を周囲に配ったが、あいにくと親しい顔は見当たらなかった。足は自然と芳野の後を追った。横道に折れると、ほかに人影はなかった。芳野は、ゆっくりとした、しかし否応を言わせない口調で切り出した。

「名前を聞かせて貰おうか。ナイトウ・キクオ。キクオてのはどういう字？」

暮れ足の早い秋の陽が、二人の長い影を落としていた。

2

鉄の扉が軋んで閉じると、待ち兼ねたように点火スイッチが押された。ごうっと炉にこもった炎の音が祥子の耳を打った。美雪が泣いている、と祥子は思った。死にたくない、と叫んでいるのが聞こえた。その声を打ち消すように、僧たちの読経が起こった。声を殺した読経の単調なリズム。そこには、泣くんじゃない、と死者をあやし、悲しむな、と遺族を宥《なだ》める響があった。遺族のすすり泣く声にハーモニーするように考慮されたのかと邪推したくなるような、抑揚のないメロディと、摑み所のないリズム。その読経の声が一段と昂まったとき、祥子は、そのリズムに逆らった呟きを聞いた。

「美雪、仇は必ずとってやる」

それは読経を冒瀆するような怨念の響を持つ声であった。思わず、びくんと首を振ると、健次郎の唇が耳に触れた。

――あなた――

と目で問いかける祥子に、健次郎は呟きつづけた。

「竈《かま》の中で美雪が泣いている。仇を討ってくれと泣いている」

健次郎がうわ言のように洩らす唇は、おこりのような痙攣に襲われてわなわなと震えていた。葬儀のときの、いささかの動揺も見せなかった健次郎とは思えぬ乱れ方であった。祥子は静かに、だが力を込めて健次郎の腕を引いた。

「行きましょう。お経なんてくだらないわ。美雪だって聞いちゃいませんわ」

車の中に座って、二人は真正面から目を見合わせた。健次郎は、とっさに、脈絡もなく、祥子のいまの目は美しいと感じた。涙の涸れた目は、さきほどまでは空《うつ》ろであった。光がなかった。意志が失せていた。だが、いまの祥子の目には、一点を凝視した輝きがあった。

——いい目だ。こいつは、いざという時になると、こういう目になる——

健次郎は、自身も、そうした目をしていることに気づかず、しばらく祥子の目を見つめつづけた。

「あなたの、さきほどの言葉、本当でしょうね」

祥子は落ち着きを取り戻した声で尋ねた。

「美雪が危篤になったときから、私の決心はついていた。美雪のためにも、君のためにも、そして私自身のためにも、犯人をつきとめて仇を討つのが私の義務だ」

健次郎は祥子の目を見つめながら、一言一言を確かめるように力を込めて言った。

「ごめんなさい、私、誤解していたようですわ」

「誤解？　ああ、君は葬式のときの私の態度が不満だったらしいね。しかし私としては、ああするほかなかったのだよ。なにしろ、美雪の死因は絶対に親戚たちに知られてはいけないと思っていたからね。笑い者にされるだけだ。私の縁つづきもそうだが、君の親戚も私は信用していない。なにかと言えば金の無心を言って来るくせに返したためしはない。そのうえ一向に有難そうな顔もしないのだから可愛気がない。どいつもこいつも他人の不幸を話の種にして楽しんでいる連中だよ。知り合いの中に、自分より不幸な人間がいることで、優越感をくすぐられる連中なのだ。そんな手合いに美雪の死因を知られてみろ、早速ぞくぞくするような好奇心に、したり顔の仮面を被《かぶ》せて、悔みやら慰めやらの言葉を、たらたらと並べにやって来るよ。そして私たちがすっかり参っているのを確めると、舌なめずりせんばかりに喜んで帰るだろうよ。ましてや仇を討つなどと言ったら大変だ。私は美雪の仇を討つためになら、財産も仕事も投げ棄てる覚悟でいる。連中はそれを知ったら、必死になって止めにかかるだろう。連中が当てにしているのは私の財産だ。それが仇討ちのために蕩尽されたら虻蜂《あぶはち》取らずだからね。だから、連中には決して本心を見せてはいけない。弱音を吐いてはいけない。一歩でも近づけてはいけないのだ」

祥子に話すというよりは、自分に言いきかせ、自身を納得させるために、健次郎は、ゆっくりと話しつづけた。

「それに、社員たちにも知られてはいけない」

彼らを動揺させてはならなかった。彼らは、家族を含めて三百人の生活を柴本工務店の社長である健次郎に委ねている。その社長に、すべてを投げ棄ててしまわれては、たまったものではない。彼らは〝働くものの権利〟を旗印にして健次郎に迫るであろう。健次郎は、そのときの彼らの科白《せりふ》まで想像できた。私情に溺れて労働者の権利を蹂躙《じゅうりん》するな——。

彼らに美雪の死因を打ち明けて、同情と理解を求めたらどうであろう。健次郎は即時に打ち消した。そのときの彼らの答えも想像に難くなかった。資本家の自堕落娘の不品行の帳尻を労働者にしわよせするな——彼らはそうプラカードに大書して、美雪を穢《けが》すであろう。

「祥子」

と健次郎は、祥子の膝の上の手を握った。祥子は、ぴくりと反射的に手を引こうとした。白昼、手を握るなどということは、三十年来の夫との生活の間に、かつてないことであった。昼の夫は、ただ働くために生きているような、がむしゃらで計算高い男であった。結婚以来、甘い言葉が、たとえ閨《ねや》の中ででも、夫の口から出たことがあったろうか。その健次郎が、車の中とはいえ、祥子にこれほどの接近を見せたのは初めてのことであった。

「祥子。これは二人だけでやらなければならないことだ。美雪に中絶を命じたのは私たちだ。施術を誤ったのは医師かも知れない。医師の言ったように美雪の心身が耐え切れなかったのかも知れない。そのことで私たちは誰を責めることもできない。美雪を妊娠させた男。そいつは誰だか私たちは知らない。知ったとしても、そのこと自体で、私たちはその男を責めることはできない」

祥子は、自分の手に重ねられた健次郎の手を、うとましいもののように払った。期待していたものとは余りにかけ離れた言葉であることへの反射的な反応といえた。

「そうでしょうか。美雪はまだ子供なんですよ。高校生なんですよ。そんな美雪に、妊娠だなんて。そんな男を、私たちが責めることできないなんて……」

「そのこと自体は責めることはできないよ。美雪は私たちに、犯されたとは訴えなかった。私たちが気づくまで妊娠を打ち明けなかった。私たちに知られてからも相手を明かさなかった。私たちが、その男を責めることを気遣っていたのだ。ということは、美雪は、ともかくも〝彼〟を受け入れていたのだ。その男を許していたのだ。美雪がそうであった以上、私たちはその男を責めることはできないだろう」

「私には納得できませんわ、そんな理屈は。美雪はその男のために死んだのです。いいえ、殺されたのです。それでも、その男に責任がないとおっしゃるのですか」

黙って、と健次郎は、なおも言い募ろうとする祥子を制した。読経を終えた僧を先頭に、会葬者が戻って来るのが見えた。所在なげに煙草をふかしていた運転手たちも、それぞれの車に戻って、エンジンを吹かす音が、ひとしきり辺りの空気を揺るがした。

「君は納得できない、と言ったね」

車が走りだすと、健次郎は声をひそめて言った。

「実は、私も納得していない。理屈はどうであろうと納得してたまるもんか。たとえ美雪が、その男を許していたとしても、私は絶対に許さん。法律がその男を罰しないのなら、私が罰してやる。その男に、美雪が受けた苦しみと同じだけの苦しみを、いや、その十倍もの苦しみを味わわしてやる。この手で仇を討ってやる。それが親としての、美雪への最大の供養だと思うからだ」

祥子は無言で手を伸ばすと、健次郎の手を握り締めた。それでも足らず、両手の掌で包み取った。その手を、いとおしいもののように胸に捧げると、その上に涙が落ちた。いまほど夫と心の通い合ったときはあるまいと思った。

その感激も長くは続かなかった。家へ戻って会食が始まると、酒が進むにつれて一座のざわめきは昂まった。

「まだまだ若いんだから、頑張って子供を作ることだね。それが美雪ちゃんへの追善になるっていうものさ」

という程度ならば、まだ笑って聞き流せたが、話が折り柄の建築ブームに移って、

「随分と稼いだことだろうが、跡継ぎもいなくなっては、さて、どうしたものやら」

と聞こえよがしの厭味が囁かれては、健次郎のこめかみに青い筋が浮いた。思わず立ち上がろうとすると、

「あなた」

　と祥子が声をひそめて擦り寄った。

「変な人が会わせろと言って来ているのですけれど……」

「変な人？　誰だ」

「それが知らない人なんです。名前を聞いても言いません。名乗ったところで知らないだろうから、言っても言わなくっても同じことだ、とにやにやしているんです」

「取り込み中だと言って断わるんだ」

「そう申したんですけれど」

「帰らないのか」

「ええ。その取り込みの件で話があるとか言って」

「なんだって。すると美雪のことで？」

「そんな口ぶりなんです。私、なんだか気味が悪くて……」

「よし、私が出る。君は、ここで連中の相手をしていてくれ。まだ飲み足らないのがいるようだから。それから、何を言われても腹を立てたり気に病むんじゃないよ」

　言い捨てて、玄関へ出ると、薄汚れた背広姿の男が突立っていた。三十五、六か。こいつなら悪《わる》としても小悪党にすぎぬ。素早くそう読み取って、上衣はともかくも型を保っていたが、靴とシャツはかなりくたびれていた。

「私が柴本だが、君は？」

と健次郎は、おっかぶせるように言った。

「これは社長さんで。突然お伺いいたしまして恐縮です」

ねっとりと纏《まつ》わりつくような声を出しながら、男は上目遣いに健次郎の膝から胸へと視線を上げた。視線の行き止まりに、健次郎の疑惑と怒りの目があったが、男はたじろぎもせず、じっと見返した。

恐喝者の目だな、と健次郎は咄嗟《とっさ》に判断した。それもかなり場数を踏んだやつだ、と感じ取ると、健次郎は却って気分が落ち着いた。いまだに前時代的な陋習《ろうしゅう》の残っている土建業界では、多少の暴力沙汰や、恐喝まがいのいざこざは日常茶飯事とも言えた。そうしたいちゃもんを、ひとつひとつ気にかけていては、中小土建屋は生きてはいけない。まして敗戦直後の焼け野原に復員服一着の着た切りで放り出され、腕一本を頼りに叩き大工から出発した健次郎であった。ここまでになるには、何度か危い橋も渡り、きわどい芸当も重ねて来た。それを思えば、たかがチンピラの一人や二人、
と健次郎は、

「挨拶はいい。名を聞かせて貰おうか」

男は黙って首を振った。

「名なしの権兵衛か。それじゃ、まともに話はできない。帰って貰おう」

男はにやりと薄く笑った。歌舞伎なら、ここで、帰れとおっしゃるなら帰りやすが、それじゃ却っておためになりますまいぜ、と科白が入るところであろう。男は、その科白と同じ効果を薄ら笑いで醸《かも》し出していた。駆け出しの恐喝者ではない貫録の見せ場であった。

「見ての通りの取り込み中だ。出直して貰おうか」

言ってしまってから、しまった、と健次郎は唇を噛んだ。出直せと言うことは相手に再び訪ねてくる口実を与えたことになる。相手の存在を認めたことになる。果して男は、ふん、と唇の端を歪めて笑った。己れの優位を確認した態度であった。

「お取り込み中に失礼とは思いましたがね。あんまりお嬢さん、確か美雪さんとおっしゃいましたね、美雪さんがお気の毒で、つい寄る気になったって訳で。いや、全く、あれじゃ美雪さんも死んでも死に切れませんや。ひどい話だ、あんな可愛いお嬢さんが、あんな死にざまをするなんて」

男は、わざとらしく独り言めかして言った。そのくせ徐々に声を高めていくあたりは、場慣れした恐喝者の演技であった。座敷で聞き耳を立てているであろう連中を意識し、そして彼らに聞かれることを恐れている健次郎の弱味を計算したうえでの科白回しであった。

「名なしの権兵衛さん」

と健次郎は無表情に手を上げて制した。弱味を見せてはならないが、といって強気一本で押して居直られては、なお拙《まず》い。恐喝者を扱うそのへんの呼吸は、健次郎にとって無縁のことではなかった。

「話が長そうだな。こちらへ入って貰おうか」

応接室で向かい合うと、年齢の差から来る貫録といったものが、ものをいった。健次郎は自己のペースに相手を導いていった。

「美雪の死にざまが、どうだとか言ってたな。美雪は盲腸手術の失敗で死んだのだが、それがどうかしたのか」

「騙《だま》そうたって、ネタは上がってんで」

「ほう、ネタがね。で？」

「娘さんは孕んでたってことさ」

「孕む？　美雪が？　悪い冗談だな」

「けっ。白ばっくれたって、そうはいかねえ。ちゃんと証人だってあるんだから」

「証人ね。じゃ聞くが、権兵衛さん。美雪が孕んでいたとしてだよ、その孕ました相手は誰なんだい。そいつの名を聞かせて貰おうじゃないか」

男は、一瞬、言葉に詰まったが、ふん、と鼻で笑って、

「そいつは言えねえ」

「馬鹿もん！」

と健次郎は吐き捨てるように怒鳴った。ここが勝負どころと気合を込めると、建築現場で荒くれ男を使いこなした頃のドスのきいた声が甦った。

「カツアゲのひとつもやろうてえ了見なら、もちっと道具立てを揃えて来い。肝心の男の名が言えないだと？　笑わせるな。女がてめえ一人で孕めるか。変な因縁をつけやがると、こっちにだって荒っぽい野郎がいないわけじゃないぜ。怪我のないうちに、とっとと帰れ」

男は毒気を抜かれたふうに、きょとんとした目で健次郎を眺めた。が、すぐさま態勢を立て直した。

「帰れと言うなら帰るがね。いいんですな、柴本工務店の社長の娘が父無し子を孕んで狂い死んだと世間に言い触らしたって」

「好きにするさ」

と健次郎は再び平静な声に戻った。

「お前のような薄汚いノラ犬が遠吠えしたって、世間が相手にすると思ってるのか」

「柴本工務店の金看板に泥がつきますぜ」

「あまりうるさく吠えるようだったら、野犬狩りなみに警察へ渡すってことになるだろうな」

二人はしばらく黙った。男は健次郎の表情を探りながら、強気で押すべきか、引くべきか、と戸惑った。健次郎には、相手の戸惑いが読み取れているだけに、あとの料理は し易かった。悠然と煙草に火をつけると、

「権兵衛」

と、ことさらに侮蔑の響を濃くふくませて呼びかけた。

「そんなガセネタじゃ小遣い銭も稼げないぜ」

「ガセネタじゃねえよ。ちゃんとした証人が……」

「まだ言ってるのか。じゃ、美雪の相手は誰だ」

「そいつは、まだ判らねえ。さっきの豊能高校の生徒も知っちゃいなかった」

健次郎の目が、瞬間、きらっと光った。内ポケットから財布を出すと、一万円札をぽいと男に投げた。

「権兵衛、取っておけ」

男は一万円札と健次郎の顔を交互に見較べて、すぐには手が出せなかった。

「ぐずぐずせずに取るんだ。ただし、言っておくがな、その金は脅されて出した金じゃないぞ。調査費の手付金だ」

「へえ？ 調査費で？」

金を手にすると、男の目に卑屈な色が浮かんだ。

「なんの調査をしますんで?」

と言葉遣いも他愛なく弱々しくなった。

「豊能高校の生徒が、どうとか言ってたな。美雪は綺麗な身体だった。しかし豊能高校でそんな噂があるというのなら、美雪の名誉のためにも聞き流すわけにはいかない。そんなデマを流すやつを許しておけん」

「ごもっともで」

「だったら、そのデマのもとを調べるんだ。どこのどいつが美雪を孕ましたか調べるんだ」

「すると、やっぱり美雪、いや、お嬢さんは、はらぼて——いえ、そのご妊娠して……」

「馬鹿者。なにがご妊娠だ。美雪の身体は綺麗だったと言っとるのが判らんか」

「いえ、それは判ってるんですが……。ですから、つまり、それでしたら、相手の男というのが、いないってことになるんじゃないかということで、つまり……」

「お前は馬鹿か。そんな巡りの悪い頭でよくカツアゲなんて芸当を思いついたものだな。いいか、美雪は孕んではおらん。しかし美雪を孕ましたと言っている男がいる。どうやらそいつは豊能高校生らしい。そいつを調べろ。それがお前の役目だ。判ったか」

「へえ、まあ、なんとか」

「判ったら、すぐにやれ。突きとめたら、五万円だ」

「いまの一万円とは別に、でしような」

「欲にかけては巡りが早いな。いいだろう、改めて五万円だ。急いでやるんだ」

「かしこまりました」

男は立ち上がると、深々と一礼した。

「とんだご無礼をいたしました。お詫びのしるしに、一生懸命お役に立たして頂きます。申し遅れましたが、私の名は……」

芳野宏六で、と言いかけると、健次郎はうるさそうに手を振った。

「お前の名前など、どうでもいい。権兵衛で充分だ。さっさと帰れ」

3

葬式から中一日おいた五日の午後、柴本健次郎は車を豊能高校へ走らせた。校長に会って会葬の礼を述べた後、美雪の担任であった藤田政幸と向かいあった。国語科の主任で短歌をよくするという穏やかな人柄をそのままに、藤田は、このたびは、と言ったきり絶句した。健次郎には、その態度が、流暢な弔辞を述べられるよりも、むしろ好ましかった。この男なら話して貰えそうに思えた。

ためらうことなく美雪の妊娠、そして中絶による死を打ち明けた。藤田は痛ましげに眉をひそめていたが、健次郎の予想に反して、驚きの色を浮かべなかった。

「やはり、そうでしたか」

「やはり？　やはりとおっしゃいますと。すると先生は美雪の妊娠をご存知だったのですか」

それだったら許せない、と健次郎は声を高めた。美雪の妊娠を知ったときの、自分たち夫婦の驚愕、悲嘆。かたくなに口をつぐみつづけ、ただ泣くばかりの美雪を囲んで、何とか事態を好転させようと、空しく足掻《あが》いた日夜。その苦しみを、美雪の妊娠を知っていながら傍観していたのならば、藤田も許せない。健次郎の握りしめた掌に、じんわりと汗が滲んだ。

「知っていたというわけではありません。ただ、そういう噂が……。そうです、九月の初めに柴本君が欠席したころから、誰言うともなく、そんな噂が流れていたのです」

「そんなはずはない」

健次郎の声は、さらに昂まった。

「そんなことが考えられますか。親である私でさえ気づいたのは九月下旬になってからですよ。本人の美雪でさえ、九月の新学期には身体の異常に気づかずに登校していた。気づくと同時に寝込んでしまって、それからは一度も登校していない。それなのに、どうしてそんなに正確な噂が流れるのですか。噂が根も葉もないものであったら問題にすることはありません。でも、その噂は正確なのです。正確すぎるのが問題なのです」

藤田は、しばらく目を閉じて考えていたが、

「信じられない。恐しいことだ」

と、ぽつんと言った。

「そうです。恐しいことです。噂を流した男は、その事実を知っていたんだ。美雪より先に、美雪の妊娠を、少くとも妊娠しているであろうことを知っていた」

「ということは……」

「そうです。そいつが美雪の相手の男なんだ。そいつは美雪の身体に取り返しのつかない烙印を捺《お》しておきながら、その烙印を笑いものにしていたんだ。惨酷だ。女にとって、これ以上の惨酷な話ってありますか」

藤田は、黙然とうなだれた。

「名乗って出てくれさえすれば、私だって、それなりの理解はあるつもりだった。美雪だって、どんなに救われたことか。それが、なんということだ。美雪がそのために

死んだというのに、そいつは知らん顔だ。それが男の、いや、人間のすることか！」

柴本は、まるで藤田が当の相手であるかのように睨みつけた。藤田は黙然と頭を下げたままであった。

「失礼しました。つい興奮しまして……」

と、さすがに柴本は口調を改めた。

「いいえ、それはいいのですが……。ちょっと立ち入ったことを伺っていいでしょうか。問題を整理してみたいのですが」

と藤田は沈んだ声で問いかけた。柴本は無言で頷いた。

「美雪君は、なぜ相手の名を言わなかったのでしょうか」

「それが……それが実は私にもよく判らないのです。決して悪いようにはしないと口を酸っぱくして言ったのですが、頑として言わなかったのです」

「理由は三つ考えられますね。まず、相手を庇《かば》っている場合。つぎは口にもできない不倫な場合。例えば近親相姦とか……怒らないで下さい。美雪君がそうであったと言うのではありませんから。そして三つめは、実際に相手を知らないか判らない場合。例えば熟睡中か意識を失っている間に犯されたとか、短い期間に多数を相手にしたとか……」

「相手を庇ってるのに決まってますよ」

健次郎は藤田の言葉を断ち切った。なにをいまさらくだらない分析めいたことを。他人事だと思って、構えたような口をきくな、と抗議する口調であった。

「どうして、そうと断定できるのです？」

「どうしても、こうしても、相手は同じ学校の生徒じゃないですか。こんなことが公けになったら男は処分を受ける。いや、かりに学校が臭い物に蓋で穏便に済ませようとしたって、私が許さんだろう。と、こう思い込んでたんですよ、美雪は。そういう優しい子だったんです、美雪は」

「美雪君の考えは、或いはそうであったかも知れませんね」

と藤田は逆らわずに話を進めた。

「でも、相手が当校の生徒だとおっしゃる理由は？」

「どうも先生のおっしゃり方には抵抗を感じますな。学校の名誉とか、責任の回避とかを考えて、美雪のことは二の次にされているようで」

「そんなことはありません」

藤田は、こんどは、きっぱりと声を強めた。

「美雪君を苦しめた男が本校の生徒であったら、なおのこと私はその男を許しません。実のところ、さきほど美雪君が妊娠していたと聞いたとき、まさかその相手が本校の生徒であろうとは想像もできませんでした。しかし妊娠がはっきりする以前に、その噂が本校で流れていたとなると、ご指摘のように、男が本校の生徒である可能性は強い。ですから、ほかに何かお心当たりがありはしないかと思って、お尋ねしているのです」

「私の失言でした」

健次郎は頭を下げた。迂遠なように見えても、藤田のように、ひとつひとつを確めてゆくのが、その男を突き止める確実な道であると納得できた。

「ところで、美雪君が手術を受けたときは、何ヵ月だったでしょうか」

「医師の話では二ヵ月ということでした」

「すると八月の初め、ということですね。夏休み中のことですね」

だから学校に責任はないと言うのか、と、またしても柴本の表情が強張《こわば》ったが、藤田は静かに問いつづけた。

「そのころ、美雪君は家におられましたか。それとも何処かへ？」

「ちょうどそのころ美雪は琵琶湖へ三泊四日の水浴に出かけました。しかし、その時に間違いがなかったことは確かです。美雪は元気に、はしゃぎながら帰って来ました。それに、妊娠と判ってからも、私と妻とが、くどいくらいに、その四日間のことを問い質したのですが、なにも不審な点はありませんでした」

「正確には、何日から何日までですか」

「八月一日から四日まででした」

「琵琶湖の、どこへ？」

「マイアミです」

「同行者は？」

「同級の女生徒ばかり四人のグループでした」

くどいな、と健次郎は、幾分ぶっきらぼうに答えた。見かけによらず、この教師は粘液質なのだな、と不快でさえあった。

琵琶湖大橋から東北へ五キロ余りの、アメリカ風の気取った名の、この水浴場は、若者たちの夏のメッカとして聞こえている。それだけに、健次郎と祥子は慎重であった。同行者の家庭へ電話を入れて確かめあった。キャンプを望んだが民宿に変更させた。テントでは野宿も同然で闖入者《ちんにゅうしゃ》を防ぎ切れない。民宿ならば家人の目もある。

「その民宿も、一組しか泊まれない小さな家を選んだくらいです。ですから……」

間違いが起こったとは考えられない、と健次郎は強い口調で言った。藤田は黙って頷いていたが、釈然とした顔付きではなかった。

釈然としないのは、健次郎にしても、同じ思いであった。健次郎は美雪の過《あやま》ちの因《もと》を探るために藤田と話し合うつもりであった。その自分が、やっきになって、美雪に過ちがなかったと主張しているとは、と自家撞着に気づいて苦笑すると、

「きょう伺ったのは、実はお願いがあるのですが」

と身体を乗り出して、声を低めた。

「あさって七日に、美雪の初七日の法要を営みますが、一般の方とは別に、美雪と親しくしていた生徒さんたちをお招きしたいのです。美雪の思い出話をお聞きしたいと思いますので」

藤田は黙って健次郎を見つめた。暗い顔であった。

「お察しのとおりです。こうなったら、はっきりと申します。私は、美雪を殺した相手を、その中から暴《あば》き出したいのです。話をしているうちに、必ず何かが摑めると信じています。ですから、親しかった人たちというより、善悪いずれにせよ、美雪とかかわりあいの深かった人たちを集めて頂きたいのです。その人選は、私にはできません。先生にお願いするしかないのです」

健次郎は深々と頭を下げた。応諾《おうだく》の声を聞くまでは、この頭は上げないという決意が、かすかにわななく肩に示されていた。やがて藤田は喘《あえ》ぐように言った。

「あなたは私に、教え子のなかから被疑者を差し出せとおっしゃる」

健次郎は頭をさらに深く下げた。

「それは教師である私に自殺行為を強いることです。ひどいことをおっしゃる」

「しかし」

と健次郎は頭を下げたまま言った。

「美雪も先生の教え子の一人です。その美雪が殺されたのです。先生のご助力がなくては、美雪の霊は浮かばれないのです」

藤田は悲しげに首を振った。

「一つだけ条件があります。生徒たちを被疑者と見ないで下さい。美雪君と親しくて、美雪君の平常を比較的詳しく知っていた学友たちとして話して下さると約束して下さい。私も、そういう意味で何人かを選びますから」

健次郎は大きく頷いて、頭を上げた。

「それから、も一つ。美雪君と一緒に琵琶湖へ行った三人の女生徒も加えさせて頂きます。私は、美雪君を苦しめた男が、生徒の中にいるとは信じたくないのです。琵琶湖での四日間のことを詳しく聞いてみたいのです」

「結構です」

と柴本は、こんどは小さく頷いた。

「それから、これは申すまでもないことですが」

と藤田は念を押すように、つけ加えた。

「生徒たちは敏感です。言葉遣いにはくれぐれも気をつけて下さい。自分たちが疑われていると気づいたら、怒ってカキのように黙ってしまいます。そればかりか、私が、そんなことをしたと知ったら、もう私を教師として認めてはくれないでしょうから」

4

正午すぎに読経から解放されて、豊能高校生たちは、やれやれと顔を見合わせた。若い肉体を長時間正座させられては、なにはともあれ鬱陶《うっとう》しかった。それは美雪を悼《いた》む心を妨げるものではなかったが、肉体的苦痛であることは否めなかった。理解を超《こ》えた読経は睡気を誘うだけのものであったし、参列者たちの勿体ぶった挙措《きょそ》は、操り人形のように空虚で滑稽としか思えなかった。

だから、自分たちだけが別室で会席膳の前に座らされたときは、やっと人気《ひとけ》づいたといってもいいほどの安らぎを覚えた。一座に藤田政幸が混じっているのが、いくらか気詰まりだったが、教師のなかでは〝まずまず判りのよい部類〟と評価していたので、目障りにはならなかった。

「本日は美雪の初七日の法要のために、わざわざ……」

健次郎は両手をついて、丁重に挨拶したが、生徒たちは、きょとんとして、また妙な儀式が始まるらしいぜ、といった面持ちであった。式辞・挨拶集ひき写しの健次郎の挨拶に対して、本来なら主客から同じように紋切り型の返事があって、まずは一献と座はスムーズに運ぶはずであった。宴席の取り持ちにかけては、土工相手の居酒屋から、役人・銀行員相手の高級料亭まで、千軍万馬を自負している健次郎も、いまの完全にシラケ切った一座には、どうにも格好のつけようがなかった。助けを求めるように藤田へ視線を送ると、ああ、と頷いて、

「美雪君のお父さんだ。初めてお目にかかった者もあるだろうから、端から自己紹介をし給え。学年、氏名、美雪君との関係の順に簡潔にやるんだ」

変わった初七日になりそうだ、と健次郎が戸惑う隙もなく、

「二年一組、葉山弘行。柴本君と卓球部で一緒でした」

と右端の、小柄で敏捷そうな少年が、ペコリと頭を下げた。反射的に健次郎も礼を返そうとしたが、その余裕も与えず大声がつづいた。

「二年二組、峰高志。中学校からずっと同級でした」

丸顔で長身。肩までの長髪が健次郎の好みではなかったが、

「幼な馴染ってとこですな」

と、お愛想を返した。峰は、え？　と怪訝《けげん》そうに健次郎を見て、でも、と小声で呟いた。

「別に惚れてたってわけじゃない」

女生徒たちが、肩で小突き合って、くすりと笑った。健次郎は馬鹿々々しくなった。これだから近ごろの若い者は、と思う間もなく、

「同じく内藤規久夫。同級生で、席が隣りでした」

「そして、ちょっぴり美雪君に気があった」

と峰が、すかさず口を出した。同時に葉山が、あはは、と遠慮のない声で笑った。

「よせ」

と横腹をつつく内藤を、こいつは要注意人物だ、と健次郎は胸のなかで合点した。

「二年二組、荒木之夫。ただなんとなく気が合って……」

色白の、まだふっくらとした頰の赤い、はにかんだような目の少年であった。美雪と並んだら似合うかも、と健次郎は、ふと、そう思った。

「女生徒三人は、もうご存知でしたね。美雪君と琵琶湖へ行ったグループです。右から、延命美由紀、前川佳代子、宮崎令子」

藤田の声が終わると、一座は再び静まり返った。黙ってしまわれては、健次郎の狙いは達せられない。わざと明るい声音で、

「さあさ、お楽に、お楽にして下さい」

と笑顔を作ったが、生徒たちは、ことりとも動かなかった。可愛げがない、と健次郎は不満である。

「よし、もう正座はいい。好きなように座って食事を頂け」

藤田の号令で膝を崩すと、おおっぴらに顔を顰《しか》めて脚を撫でた。なるほど、お楽に、では通じないのか、と健次郎は、おそらく美雪もそうだったのだろうと気づくと、年齢の断絶というものは、ことさらに難しく考える必要はなく、言葉が通じあわないというだけの単純な理由から来るのではないだろうかと思った。そう思うと気が楽になった。彼らとの間の垣を外すには、ざっくばらんにやればいいと気づいた。端的に求めていることを言えばいいのである。婉曲にとか、刺戟しないようにと気遣うからいけないのである。気遣って言葉を飾るのは断絶の堀を自ら掘るようなものだと、いまさらながら思い当たった。

「さあ、どうぞ。どうぞ食べて下さい。まず一杯と言いたいところだが、先生の前では、そうもいかんでしょう。きょうのところは、お気の毒だが酒は先生と私だけ」

勤務中ですから、と制する藤田に、端から葉山の声が飛んだ。

「遠慮なくどうぞ！」

「こら、君が遠慮なく、と言う筋はないぞ」

どっと笑声が上がって座の緊張が忽《たちま》ち弛《ゆる》んだ。この調子で進めば、話が引き出せる、と健次郎は弾《はず》んだ声で、

「さあ、さあ、生徒さんのお許しが出た。どうぞ、どうぞ」

と藤田を促した。

胃の腑《ふ》が脹らむと、唇が弛んだ。健次郎はタイミングを見計って、延命美由紀たちに声をかけた。

「あなたたちと琵琶湖へ行ったのが、美雪の最後の楽しみになったのですなあ」

「そういうことね。一生の思い出になるわ」

三人は顔を見合わせて頷きあった。

「君たちは、なにをするにも、いつも一緒だったからな」

と藤田は巧みに話に加わった。

「きっと琵琶湖でも、くっつきあって騒いでたんだろうな、昼も夜も四人揃って」

「くっつきあうなんて、やな表現。でも、そう言えばそうね。一人でも欠けたら、なんだか落ち着かないわね。変に不安定な感じがするじゃない？」

「いまだってそうよ。そら、いつも定まったところにあるものが、そこになかったら、とても気になるでしょう。例えばさ、お玄関の靴べらが、いつもは右側に置いてあるのに、左側に移っていたら、すごく気になるって感じ。あれだわね。美雪って、傍に居ると、ちっとも邪魔にならなくって、そのくせ、居なかったら肝心のものが欠けちゃったってふうに思わせる人だったわね」

「そうだわ。だから、そら、琵琶湖で二日目の午後、弾まなかったわね、私たち。あれも、つまりは美雪が、抜けちゃったからよ」

と宮崎令子が不満気に言った。藤田は、きらと目を光らせて、

「抜けたって？　どこかへ行ったのかい、美雪君が」

と、さり気なく尋ねた。

「そうじゃないの。彼女、ちょっとバテ気味だったの。だって着いた日は私たちご機嫌で騒ぎ過ぎたの。暗くなるまで泳いで、夜はトランプやら歌うやらでしょう。寝たのは明け方だったわ。だのに、お佳代ったら、九時前から、暑い暑い、泳ごう泳ごうと、叩き起こすんだもの。お昼ご飯が済んだら美雪はグロッキー。琵琶湖大橋見物はやめるって言うの。私、言ったのよ、そんなの勝手すぎるわよって」

「勝手すぎる？　どうしてだい」

「だって、モーター・ボートで琵琶湖大橋巡りをしようと急に言い出して、予約したのは美雪なのよ。それが自分だけ残ると言うんだもの」

「気分が悪くなったのだから、仕方がないんじゃない？」

と美由紀が、いまさらになって執りなした。

「そうでもなかったのよ。ただ睡かったのよ、美雪は。だって、私たちが帰ったとき、美雪ったらタオルケットを被ってご機嫌で昼寝をしてたじゃないこと。そんなに疲れてたのなら、モーター・ボートを予約することなんかなかったのにさ」

と佳代子は令子の肩を持った。藤田は、会話のペースを乱さないように、軽い調子で話を誘導した。

「じゃ、美雪君は、その日の午後は宿で一人ぽっちだったんだね」

「そうよ。でも、そのときは本当に美雪は気分が悪くなったのだと心配して階下《した》のおばさんに、よろしくって頼んでおいたわ。一人で放っておいたわけじゃなくってよ」

「なるほど、なるほど。それで？」

と健次郎も、にこやかに話に加わった。

「それで、あなたたちが帰ったとき、美雪は元気を取り戻していましたか」

「どやどやと階段を昇る音で目を醒ましたのね。大きな欠伸《あくび》をして、ああいい気持、とこうよ。心配してやった私たちが馬鹿をみたみたいだったわ」

藤田と健次郎は、目を合わせて、安心したような、期待をはぐらかされたような気持で、小さく頷きあった。念のために、と藤田は、

「美雪君が一人でいた時間はどれくらいだった？」

少々こだわりすぎるようで、感づかれるかと気遣ったが、

「そうね、出かけたのが一時ごろで、帰ったのは六時すぎだったかしら」

と令子は、ちょっと考えてから、こだわる様子もなく答えた。藤田が軽く頷いて、どうやら琵琶湖では無事だったらしいと納得しかけたとき、

「先生」

と葉山が呼びかけた。

「誘導尋問は卑怯ですよ」

あっ、と鼻白む藤田に、葉山はおっかぶせるようにつづけた。

「美雪君が、いつ、どこで、誰のために妊娠したか、知っていることがあったら話してくれ、と、あっさりおっしゃったほうが、いいんじゃないかなあ」

素早い視線を一座に走らせて、

「柴本さんや先生が、なんの目的で僕たちを集めたか、それが僕たちに見抜けないとでも思っておられるのですか」

一座は、しんと静まった。葉山の発言を、突飛とも思っていない、むしろ、そういうことだよ、と言わんばかりの表情であった。

やがて健次郎が押し殺した口調で言った。

「そうまで言うのなら、私もはっきりと言わして貰おう。美雪は、言われるとおり、父の判らない子を身ごもった。医者には固く口止めしたし、洩らす人ではない。だのに君たちは知っていた。だから相手の男は君たち生徒のなかの誰かだ。知っていたら言ってくれ。誰だ、そいつは！」

健次郎は一人一人を睨みつけた。誰もが首を振った。最後に葉山の目と合った。

「僕も知りたい。そいつが判ったら思い切り殴ってやる」

葉山は、そう言って、内藤に視線を向けた。

「君には悪いが、僕は美雪君が好きだった」

「別に……」

と内藤は、言葉にならないものを、ぶつぶつと呟いて顔をそむけた。

「へえ、君たち恋仇だったの。おどろき」

美由紀が突拍子もない声を挙げた。誰も笑いはしなかったが、さきほどまでの緊迫した空気は忽ち萎《な》えて、健次郎は怒りの持って行き場がない思いであった。

「先生、一体どうなってるんです。高校生の分際で惚れたの腫れたのと。なっちゃいない」

「全然、明治調ね」

と美由紀が軽蔑するように唇を歪めた。

「何ですと？」

と健次郎は、大人《おとな》げないと思いながらも、つい声を高めた。

「美雪が、よくこぼしてたわ。おやじは判らずやで困るって」

「美雪がそんなことを？」

「ええ。判らずやで頑固で、馬鹿みたいに法律を守ることしか能がないって」

「法律を守る？　それがどうして判らずやなのかね」

「判んないかなあ、ここんとこのニュアンスが」

「判らないね。どうも私は君たちの話し方にはついていけない。発想が飛躍しているというのか、関連のない話がいきなり飛び出してくるので脈絡がつかないな。私が頑固に法を守ると言うが、そのとおりだよ。私は法に背くようなことは絶対にしない。私の会社にも、融通がきかな過ぎると言われるくらい、法の抜け道を行くことを許さない。それが悪いことかね」

「悪くはないけれど、よくもないわ」

話にならん、と健次郎は首を振った。

「判りやすく言えば、プラス・アルファがないということね」

「ちっとも判りやすくないな」

「そこんとこが、美雪に我慢ならなかったのよ。ひょっとしたら憎んでいたかもよ」

「憎んでいた？　美雪が私を憎んでいたって？」

「美由紀君！」

と藤田が、さすがに制したが、健次郎は藤田の口出しを、うるさそうに振り切って、

「どういうことだ、それは？」

「内藤君」

と美由紀は、健次郎の、もの判りの悪さに匙《さじ》を投げた、と手を振って、

「内藤君のほうが説明しやすいわね。法を守るってことが、どんなに美雪を傷つけたか教えてあげてよ」

健次郎は、腰を躙《にじ》らせて内藤と向かい合った。

「聞こうじゃないか。納得いくまで教えて貰おうじゃないか」

口ごもる内藤に、それまで殆んど黙っていた荒木が、少女のように朱い唇を薄く開いた。

「言ってやりなよ。気遅れすることはない。はっきり言ってやらなくちゃ判る人じゃなさそうだ」

冷《ひや》静で冷やかな声であった。健次郎は、一瞬、毒気を抜かれたように怯《ひる》んで、荒木の子供々々した顔を、まじまじと見つめた。

「では、言いますが」

と内藤は意を決したふうに、健次郎を真向うから睨んで言った。

「柴本さんの会社は、この春、豊中の浮田町にマンションを建てましたね」

話が一転したので、健次郎は咄嗟《とっさ》には返事もできなかった。黙って頷くと、

「それも、住民の反対を押し切って」

「ちょっと待った。押し切ってというのは、事実と違う。確かに反対運動はあった。いま流行の日照権騒ぎというやつだ。かなりてこずったが、結局は補償金を払って納得して貰っている」

「そう。あなたは太陽を金で買った」

「そういう言い方は気に食わないな。言いがかりとしか思えない。第一、補償金にしたところが、本来は払う必要はなかったのだよ。私のほうは建築法を確実に守って建てたのだから。当然の権利を行使したまでで、誰の権利を侵したわけでもないんだ。ビルを建てるのに、いちいち文句をつけられていては、都市の進歩も発展もないじゃないか」

そこで、健次郎は軽く膝を打った。

「ああ、そうか。それを言いたかったのか。法を守るだけでは不足だ。プラス・アルファが欲しいと、あんたが言ったのは」

と美由紀を振り向いて言った。美由紀は、決まってるじゃないの、と言わんばかりに顎を引いた。

「だが、それは大人の事業の問題だ。君たちには関係はない。そんなことで、美雪が父である私を憎んだりするわけがなかろう」

「そうかしら」

と美由紀が嘯《うそぶ》くように言った。

「違うと言うのか」

「あのマンションの真下に内藤君の家があったのよ。建築の騒音と、太陽を奪われて、内藤君のお婆さんは寝込んじゃったの。そして死んじゃったわ」

「やめてくれ!」

と内藤が叫んだ。が、美由紀は叩きつけるような口調でつづけた。

「言い出したからには、すっかり言わなくちゃ駄目よ。でなければ判んない人なんだから、柴本さんは。いいこと、柴本さん。お婆さんは死んじゃったのよ。そりゃ、前から病気がちだったし、もう年齢《とし》だったかも知れないけれど。でもね、お婆さんは、暗い、暗い、と呟きながら死んだんですってさ」

「それは……」

と健次郎は内藤に目礼を送った。

「それは気の毒なことをした。しかし内藤君、だからと言って美雪を責めたのは筋違いだ。マンションを建てたのは私だ。美雪には責任のないことだ」

「責めたりなんかしませんよ。僕は、あなたは憎かった。だけど美雪君は、気の毒だ、悪いことをしたと言って、僕のために泣いてくれた」

健次郎は、しばらく絶句した。その間合いをはかるようにして、荒木が冷やかな声を挟んだ。

「柴本さん。あなたは、さきほど高校生が惚れたの腫れたのと、なっちゃいない、と言いましたね」

「…………」

健次郎は、荒木が何の関連があって、そうした話をむしかえしたのか判らぬままに、無言で頷いた。

「愛情があれば、僕だってセックスしますよ。しかし金で女を買うようなことはしない。たとえ売春防止法が抜け穴だらけで、誰も咎めないとしても」

「それが……それが、いまの問題と、どう関係があるんだ」

「判りませんか。あなたは法さえ守れば、太陽だって買えると思い上がっている。愛情なんかなくったって、金で女が買えるようにね。買われた人間が、どんな気持でいるか、考えてもみない人だと言ってるんですよ」

「青臭いことを言うな。そういうのを書生の屁理屈と言うんだ」

健次郎は吐き捨てるように言ったが、荒木はたじろぎもせず快いほどの爽やかな口調でつづけた。

「そうかも知れません。でも太陽を奪われた人たちは、あなたを憎んだでしょうね。金の力では、あなたに太刀打ちできないのなら、せめて娘を穢《けが》してやろうと思う人がいたとしても不思議じゃないでしょうね」

健次郎は、がば、と立ち上がった。

「判ったぞ、貴様だな」

腕を伸ばすと、内藤の制服の襟がみを摑んで引き寄せた。藤田が制する隙もなかった。

「貴様だな。貴様が筋違いにも美雪を穢したんだな。貴様は、それで俺に復讐したつもりか！」

「違う……僕じゃない」

「違うと言ってるじゃないですか。困った人だな、変に興奮したりして」

と荒木は冷やかに言った。

「内藤君は愛情がなければセックスしない側の人間ですよ。あなたとは反対側の人間なんだ。見損なっちゃいけない。復讐のために美雪君を犯す人間は、あなたと同じような考え方をする側の人間だと思いませんか」

「貴様は、そいつを知ってるんだな。反対運動をやっていた連中のなかにいるんだな。よし、言え。そいつの名を言え」

「知りませんよ。知ってるわけがないじゃないですか。よしんば知っていたって、あなたに教える義理はありませんね」

荒木は、けろりとして言った。

「それに、美雪君が、意に反して犯された形跡でもあるのですか。誰かに暴力で犯されたのなら、美雪君なら敢然として告発するはずですよ。泣き寝入りするような、だらしない人じゃなかったものね」

「貴様らは！」

と健次郎は、内藤を突き放すと、座敷の中央にどっかと居坐った。

「無茶苦茶だ、貴様らの言うことは！　つぎからつぎへと訳の判らん話を持ち出して。一体、俺を苦しめてどうしようというのだ。俺が貴様らに何をしたというのだ」

美由紀が、まるで、ひとりごとのように言った。

「何もしないのに、暗い暗いって苦しんでる人もおおぜいいるわよ」

その声の嘲笑《あざわら》うような響が、健次郎の辛《から》くも持ち堪《こた》えていた自制のたがを断ち切った。うおっ、と獣のような声とともに、内藤に襲いかかろうと立ち上がった。と、襖が開いて祥子が顔を覗かせた。

「あなた。学校からお電話です。藤田先生に急なご用ですって」

健次郎は辛うじて踏み止まった。

「こちらへ、こちらの電話へ切り替えるんだ」

藤田は救われたように、受話器を取り上げた。二こと三こと交わすと、青ざめた顔を内藤へ向けた。

「内藤君。君の弁当に毒がはいっていたと言うんだ。柳生君が食べて倒れた」

凝然と立ち竦《すく》むなかに、受話器から、もしもし、もしもし、と苛立《いらだ》った声が微かに洩《も》れていた。

少年が倒れた

1

「さあ、買った、買った！　鮭《さけ》の切身に、ミニ昆布巻三本。おまけに毒消し用に梅干が一箇、真白い飯《めし》の真中に鎮座まします特製弁当だよ」

教壇で香具師《やし》まがいの大声をあげているのは、例によって田中信博であった。豊能高校二年二組の昼休み恒例の〝弁当セリ市〟が始まった。

「五十円！」

「六十円！」

と声がかかる。そのたびに、安い！　まだまだ！　もう一声！　と笑声を混えた野次が飛んだ。

「七十円！」

田中は、ギロリと持ち前の愛嬌のある丸い目を剝《む》いた。

「ただいま七十円、七十円。さあ、もうないか。どうだい、この鮭の切身の厚いこと。北海の海の香りが立ち昇る極上品。三越デパート謹製の鮭だよ。それが七十円。安いなあ。もう一声。ないか。ええい面倒だ、売った！」

拍手とともに、アルミの弁当箱は、前列に陣取った生徒に渡された。

「キャッシュで願いますよ。ローンは取り扱わないよ」

と田中は真面目な顔で言って、七十円を受取ると、弁当提供者に六十円を渡した。十円は彼の取り分であった。

豊能高校生の八割までが、昼の弁当を鞄に入れて登校する。あとの二割は、学校の売店でパンと牛乳を買って食べる。エスケープして街の食堂へ行くのは、かなりの度胸がいる。暴《ば》れると処罰ものである。弁当を持って来ない理由は、さまざまである。そんなのイモ（野暮）のすることさ、と粋がるのもおれば、家庭の事情で、という生徒も少なくない。食欲の旺盛な年ごろであるから、パンでは満腹感がない。また昼食時間まで待てずに、二時限目の休みに弁当を平らげてしまう、いわゆる早弁の生徒も少なくない。彼らは昼食時間にも、人並みに米飯を食べたくなる。一方では、弁当を持っては来たが食べたくないという生徒もいる。副食物が気にいらないという単純な理由の者もあれば、たまにはパン食をしてみたいという者もいる。美容のために節食を志して、涙と唾を併せ飲み込む肥満娘もおれば、パチンコ代やボウリング代のために弁当を売りに出す例も少なくはなかった。

こうして弁当の市が立つ。仲介は田中の特免事業であった。価格は原則としてセリによるが、おおむね副食物の品質で上下する。しかし、ときたまクラスの女王的存在の生徒の、手づくりの弁当がセリにかけられると、男生徒たちは、やっきになってセリ上げた。八百三十円という熱狂相場で落札した例もあった。落札者は女王からお茶の接待を受けた。弁当箱の蓋に注がれた番茶を、落札者は恭しく飲み干して満場の喝采を浴びた。

哀れなのは憎まれ者の弁当であった。買い叩かれた。だれ一人セリに参加せず、田中が職責上、やむを得ず十円で買い取った。その弁当は、校庭へ迷いこんだノラ犬の餌にされ、一同は大いに溜飲を下げた。

「つぎ。提供者は内藤規久夫君。提供理由は本人が故柴本美雪君の初七日法要に招かれて不要になったため。いまごろは、本人は柴本邸で豪華な飯《めし》にありついているだろう。従って、お安く提供することにして、三十円から。はい。三十円、三十円、さあ、ないか！」

「四十円」

「四十と五円」

「五十円」

「ただいま五十円。あと一声。牛肉の甘露煮と卵焼き。飯の上には、ご丁寧にも鰹《かつお》のけずり節がふりかけてあって香気ぷんぷん。これで五十円はどうみても安い」

と田中は煽《あお》り立てた。

「六十円！」

「六十円、もうないか。六十円」

「百円！」

いきなり値が飛んだ。田中が驚いて声の主を探すと、柳生が俺によこせ、と目顔で告げていた。そこそこの高値であったうえ、クラスの実力者の柳生と競《せ》り合うのを遠慮したのか、誰も声を出さない。

「はい、百円で落札。本日はこれで予定数終了。ご協力ありがとうございました」

ぴょこんと頭を下げる田中に拍手を送って、恒例のセリ市は幕を閉じた。お茶当番が大薬缶を運び込んで、賑やかな食事が始まった。

事件は、その二十分後に起こった。

柳生が激しい腹痛と頭痛を訴えて倒れた。駆けつけた校医の網干は、皮膚に浮いた微かな発疹を見咎めて、表情を固くした。

「便は？」

と、なかば意識の混濁した柳生を、揺さぶるようにして尋ねた。

「何回も……。そのたびに米のとぎ汁のような……」

応急処置をすますと、網干は校長の耳に口を近づけた。

「救急車を。それに警察にも連絡を」

「警察？」

校長の顔が、ひきつった。

「砒素《ひそ》中毒の疑いが濃いのです」

「そんな……しかし……」

「ともかく救急車を早く」

網干は、逡巡する校長を叱りつけるように言った。校務員が慌てて電話器を取り上げた。

「内藤君の弁当が……」

柳生が呻くように言った。

「弁当？　弁当がどうした？」

網干が脈搏を計りながら耳を近づけた。脈は早く、弱い。砒素中毒の症状の一つであった。

「変だと思った。それで……少し食べただけで……まだ残してあるから……」

「どこにある？　え？　あとはどこに置いてあるんだ」

網干は校長に目配《めくば》せして、尋ねた。

「新聞紙に包んで……教室の僕の机に……」

「よし。判った。始末する。大丈夫だから、もう黙るんだ。すぐ楽になるよ」

網干は厳しい口調で校長に言った。

「すぐ回収して下さい。救急車で一緒に病院へ運んで下さい。ひょっとして誰かが食べないとも限らない。ここへ持って来て下さい。救急車で一緒に病院へ運んで誰かが分析しなければ」

「どうして弁当に毒が……。なぜ内藤の弁当を柳生が……」

「そんな詮索はあとにして、早く弁当を」

救急車のサイレンが近づいた。

二年二組の教室は、騒ぐでもなく静まるでもなく、異様なざわめきに包まれていた。田中は隅で蹲《うずくま》っていた。彼が毒を入れたとは、誰も思っていないにしても、彼を見る目は白かった。全く無関係とは言えない立場にあるだけに、その視線に阻まれて、田中は気軽く皆の会話に加わることができなかった。

「ごっつう（厳しく）絞られるぜ、これは」

と武田長也が、慰めとも脅かしともつかぬ声をかけた。大阪弁の柔かさで、幾分かは慰めの響が強くでて、田中も、

「うん、意気消沈」

と、持ち前のおどけた表現で答えた。

「けど、考えようによったら、田中君には固いアリバイがあんのや。君が、あの弁当を持ってから柳生に渡すまで、皆んなが君の手許を見つめていたんや。そやから君が毒を入れたんやないことは、はっきりしとる」

「それがアリバイか」

「そやな、アリバイというのも、ちょっと変やな。けど安心せえ。君がセリの最中に、さっと弁当に毒をふりかけたのやないことだけは、僕が証人になったる。セリに出す前に、かけてたのかどうかは保証できんけどな」

「なにが安心せえ、だ。そんな証人なら、ちっとも有難くない」

「そうとも言えへんぜ。セリより前に毒を入れたとなると、クラス全員、一人残らず怪しいと言えるぜ。そうやろ、皆んな」

と武田は得意気に、まわりを見渡した。いつか武田を中心に円陣ができていた。

「二時限目は化学やった。全員が実験室へ移って、この教室は空《から》やった。そやから人知れず忍び込んで毒を入れることは、誰にでもできたのや」

生徒たちは顔を見合わせた。化学の時間や、休憩時間に、そっと席を外したのは誰だったか、と思案する目であった。

「それが、どうして僕に有利だと言えるのだい」

田中は一同の視線を意識しながら言った。

「問題は弁当箱の指紋や」

と直ちに武田は得意気に切り返した。

「指紋？」

「そうや、指紋や。警察は、まず弁当箱の指紋を調べるやろな。弁当を作った内藤のおふくろと内藤、それに弁当を食った柳生。この三人の指紋はひとまず措《お》いといて、それ以外の指紋が出てきたら……いや必ず出てくるはずや。弁当箱に触《さわ》らずに毒は入れられんからな。その指紋の主が、ずばり犯人や」

一同は、なるほど、と武田の薄い唇を眺めた。

「さて、そうなると、俄然、有利になるのが田中や。ええか、田中。ここんとこをよう聞くのやぜ。君は幸いにも衆人環視の中で、あの弁当に触れた。そやから君の指紋が検出されても、これは問題にならへん。田中はシロ。どや、改めて安心したやろ」

「なにが改めて安心だ。どこをどう調べられたって、僕は毒なんか入れてないんだ。最初から安心しているよ」

「と、田中が安心したんやが、おっとどっこい、名刑事は考えたな。これは、ひょっとして田中のトリックではあるまいか。彼は毒を入れるとき、うっかり指紋を残した。そこで、わざとその弁当をセリにかけて、べたべたと自分の指紋をつけた。そしてマンマと証拠を湮滅《いんめつ》したのではあるまいか、と。さすが刑事の名推理やな。無駄に税金を食っとらん」

「馬鹿な。なにが名推理だ。第一、なぜ僕が内藤の弁当に毒を入れなくちゃならないんだ」

「それは本人の自供を聞かんと判らへん」

「自供とはなんだ。ひとを犯人扱いにして。それに、仮に僕が犯人だとしたら、内藤の弁当に毒を入れたのは、内藤を狙ったからだろう。だのに、その弁当をセリに出したら、誰の口に入るやら判らないじゃないか」

「ふうん。それもそうやな。名刑事の推理にも、ここに穴があったというわけや」

「よくも、そんなデタラメが考えられたものだ」

田中は怒るより呆れた口調で言った。

「まんざらデタラメとは言い切れへんぜ。犯人にしてみたら、被害者が、このクラスの誰であったってよかったんかも知れへんぜ。なんせ、理由なき殺人は、いまの流行やさかいな」

もう誰も相手にしなかった。相手にはしなかったが、武田の言葉は、澱《おり》のように全員の胸の底に沈んでいた。それはヘドロのように、疑惑という名の悪臭を、止めどもなくぶつぶつと吐きつづけていた。

藤田が内藤たちを連れて帰って来たのは、ちょうどそのときであった。

「およその事情は聞いた。いま一番大切なことは、騒ぎたてたり勝手な憶測を口にしないことだ」

藤田は生徒たちの動揺を静めるために、努めて平静な口調で言った。

「それよりも、まず柳生君の回復を願うことだ。校長が病院へ付添って行かれたから、間もなく様子が知れるだろう。それまで教室で待機していて貰いたい。それから、ひょっとして警察の調べがあるかも知れない。もし何か聞かれたら、知っていることは正確に答えること。そして知らないこと、判らないことは、はっきりと知らないと答えることだ。いい加減な想像をつけ加えないように。判ったな。判ったら席に着いて、自習だ」

自習は無理というものであった。武田が、おずおずと手を挙げた。

「あのう、柴本君のほうはどうでした」

「うむ、報告を忘れていた。きょう柴本君の初七日が行われて、有志が代表してお詣りして来た。柴本君の冥福を心からお祈りして来た」

「あのう、それだけですか」

「それだけ、とはどういう意味だ」

「つまり、その、柴本君について何か新事実が見つかったとか……」

「それが余計な憶測というものだ。どうも君は妄想を逞《たくま》しくする性質《たち》らしいな」

そうだっか、ほんまに妄想ですやろか、と武田は腹のなかで抗議して、黙った。

「内藤と田中。ちょっと来てくれ」

藤田は二人を手招くと、教室を出かけた。そして振り向いて、つけ加えた。

「念のために言っとくが、警察以外の者に、例えば新聞記者なんかに、こんどのことを聞かれたら、いっさい先生に聞いてくれと答えるように。秘密にしろとか隠せとか言うのじゃないが、うかつな意見を言って誤解されてもつまらんからな」

藤田の姿が消えると、室内は騒然となった。これが騒がずにおられようか、と憶測・妄想が一せいに迸《ほとばし》り出た。

「まあ、なんやな。僕の推理のなかで一番確かなことと言うと、もうこれからは、わがクラス名物の弁当セリ市は閉鎖やということやな。田中のアルバイトも有終の美やのうて、憂愁、うれい悲しむの憂愁やぜ、その憂愁の美でチョンやな。どや、このシャレ、ちょっといけるやろ」

武田が鼻をうごめかしたが、完全に黙殺された。

2

藤田は空いていた応接室へ内藤と田中を導いた。テーブルを挟んで向かい合ったもものの、さてとなると、何から聞いていいのか、藤田にも問題の整理がつきかねた。まして内藤と田中は、えたいの知れないものへの恐怖と困惑に捕われていた。蒼ざめた唇を、放心したように半ば開いて、空《うつ》ろに藤田を眺めていた。

これでは、まず落ち着かせることが先決だ、と藤田は、

「こら、田中。君のために、とんだ騒動だぞ」

と、わざと核心を外して、口を切った。

「僕は……ただ、頼まれて弁当をセリにかけただけで……。毒入りと知ってたら、そんなことはしやしません」

「頼まれた？　誰に？」

「僕が頼みました」

と内藤が答えた。

「三時限目に、先生から柴本君の家へ行くように言われたので、弁当がいらなくなりました。それで先生と出かける前に、田中君に売ってくれと……」

「ふむ。すると、僕と君が出かけるまでは、あの弁当は君が食べるはずだったのだね」

「そりゃそうです。だって、きょう僕が柴本君の家へ行くなんて、先生に言われるまで誰も知らなかったのですから」

「ですから……」

と田中が、おずおずと口を挟んだ。

「さっきも言ってたんです。毒は、化学の時間に誰かが入れたに違いないって。そいつは内藤君を殺す……いや、内藤君を狙って入れた。それが急に、あんなことになって……」

「君！」

と藤田が厳しく遮《さえぎ》った。

「憶測はやめるんだ。君の考えだと、その犯人は、毒入り弁当が何の関係もない人間の手に落ちようとしている間、じっと成り行きを見ていたことになる。それは悪魔か狂人の仕業だ。そんな恐ろしい人間が、同じクラスにいるとは到底信じられない」

「………」

「われわれは事実だけを確かめよう。ところで内藤君、弁当を詰めたのは？」

「母です。いつも母が作ってくれます」

「それを君は鞄に入れて登校したのだね。誰にも手渡したことはないね」

「ありません。登校して鞄は机の横の釘に掛け、弁当は教科書と一緒に机のなかへ入れました。いつも、そうしています」

「そして三時限目が終わったあと、田中君に渡したんだね。そのとき、何か気づいたことはなかったかね。例えば、包み方が変わっていたとか……」

「さあ、それは……。別に気にとめていませんでしたから。でも、特に変わってはいなかったようです。それだったら気づいたはずですから」

と内藤は慎重に思い出しながら答えた。藤田は、変わった点がなかった、というよりは、気づかなかった、ということであろうとは思ったが、いまさら確かめられることでもなかった。

「そこで田中。その弁当をどうした」

「どうって……。机のなかに置いておきましたよ。きょうは売り物が四件でしたから、机のなかに全部納まりました」

「誰も触《さわ》りはしなかったろうな」

「四時限の授業中、僕は机に座っていましたし、授業が終わると、すぐ教壇へ運んでセリにかかりましたから、誰も触っていません。勿論、僕もセリを始めるまで開いていません」

やはり問題は、教室が無人になった二時限目、化学実験の一時間にあるな、と藤田は思ったが、口には出さなかった。二年二組の教室は校舎の二階にある。外部の者が見咎められずに入り込むことは、まず難しい。不可能と言ってもいいであろう。とすれば、田中の憶測も、単なる妄想と退け難くなる。しかし、それは教師である彼にとって、想像するだに、おぞましいことであった。

ノックがあって、校務員が遠慮がちに、そのくせ好奇心で目を光らせながら首を差し入れた。

「先生に校長先生からお電話ですが……」

藤田は小走りに去った。

二人だけになると、田中は、ふうっと溜息をついて、

「とんだ飛ばっちりだ。おい内藤。本当に心当たりはないのかい。統計によると、毒殺犯は女性に多いそうだぜ。陰険だからなあ、女のやることは。女生徒の誰かに恨まれるようなことをやったのじゃないだろうな。言ってみろよ、正直に」

「いやなことを言うなよ。僕に、そんなことができるもんか」

「だろうな。君には無理だな。惚れていた美雪君にデートを申し込む度胸さえなかったんだからな」

と内藤にイヤ味を浴びせるのが、せめてもの鬱憤《うつぷん》晴らしであった。内藤は、そんな田中を睨みつけたが、それ以上あらがう気力もなく黙って目を伏せた。

藤田が慌ただしい足音をたてて、戻ってきた。

「幸い柳生君の見とおしは明るいようだ。少ししか食べていなかったのと、手当てが早かったので、症状は案じたほどでもないそうだ」

　まずはよかった、と三人は頷き交わしたが、藤田は再び表情を固くしてつづけた。

「警察が一応の事情を聞きに来るそうだ。内藤と田中、それに、きょう弁当をセリに出した者と落札した者。それだけの者は、いますぐ、この部屋に集まるんだ。あとの者は、速かに下校する。田中、そう伝えて来たまえ」

　田中が部屋を出るのと入れ違いに、校務員が、また首を突き入れた。

「先生、柴本とおっしゃる方が、ご面会に見えていますが」

「柴本さんが？」

　困ったときに、と顔を顰《しか》めたが、初七日の席から慌ただしく引き揚げた非礼を思い合わすと、むげに断わるのも非礼を重ねることになる。隣の応接室へ通すように言って、ぐったりと腰を伸ばすと、煙草に火をつけた。

「ともかく一服だ。あれやこれやで、頭のなかが、ごったがえしているようだ。がんがんするよ」

　と内藤を見て、意味もなく笑った。こっちは、それどころか、と内藤は、ぶすっとして見返した。藤田よりも柳生よりも、本当の被害者は自分なんだぞ、と喚《わめ》きたい気持であった。

　柴本は、藤田を見るなり猛《たけ》りたった。

「先生、これは一体どうなっているんです。美雪はあんなことになるし、生徒の弁当には毒が盛られたと言うし、これが学校のなかの出来事ですか。私は、もっと学校という所は清潔なというか、神聖な場所だとさえ思っていました。それが、なんというザマです。これでは一昔前の飯場よりひどい。まるで犯罪者の集団じゃありませんか」

藤田は、まあ興奮なさらずに、と力なく答えるしかなかったが、それで納まる柴本ではなかった。

「そんな事なかれ主義でいるから生徒たちが付け上がるんですよ。こうなったら私は学校の世話にはならん。私のやり方で美雪の仇を討ってやる。いままでは美雪の名誉や、私の世間体を考えて、随分と我慢を重ねて来たつもりです。学校や先生方の誠意を期待していたのですが、どうやら、それは甘かったようです。さあ、内藤という生徒を出して下さい。腕の一本や二本をへし折ってでも、あいつのやったことを吐かしてやる」

「柴本さん、そんな乱暴なことを」

「乱暴？　乱暴なのは連中のほうじゃないですか。何の罪もない美雪をあのような目に合わせて。先生は、美雪がどんな有様で死んでいったか、見ておられないから、そんな気楽なことを言っておれるんですよ。美雪はね……」

手術直前に麻酔が射たれた。美雪は訴えるような目で健次郎を見た。健次郎は、強いて笑顔を作って頷き返した。美雪、大丈夫だよ、それで身も心も軽くなる。元気になって手術室から出ておいで——そう心の中で呼びかけたのが最後であった。

看護婦の慌ただしい声で、手術室へ駆け込んだとき、美雪の唇に血の色はなかった。

どうなったんです、と詰め寄る健次郎に、医師の有田は、

《子宮掻爬《そうは》は無事に終わり、麻酔もさめた。ところが顔面に軽いチアノーゼがあり、血圧が下がって来た。なにぶんにも弱年なので、ショックによるものと考えられるので、酸素吸入を行ない、副腎皮質ホルモンを注射したのだが……》

と狼狽の色は隠せなかった。美雪の蒼白な唇は、苦しみを訴えるように、わなないていた。健次郎は、たまらず、美雪に覆い被さって、唇に耳を近づけた。せめて最期の言葉を聞いてやりたかった。

「美雪は何と言ったと思われます？　先生。美雪は、そんな危篤状態だというのに、学校のことを気にしていたんですよ。苦しいとはひと言も洩らさずに、アルキメデス、そうです、アルキメデスと呟いていたんです。きっと勉強が遅れることや、テストを気にしていたんでしょう。そんな娘だったんです。そんな娘を、あの連中は……。とにもかくにも先生、内藤という生徒を連れて来て下さい。さきほどは、つい乱暴な口をきいてしまいましたが、大丈夫です、私だって取り乱してはいません。ただ納得いくような話を聞きたいのです」

話しているうちに、健次郎は落ち着きを取り戻した様子であった。藤田は、一応安堵したものの、内藤と会わせるのは考えものだと思案した。

「なにしろ本人は、こんどの中毒事件で興奮しているものですから。いま会われても……。それに、いまのあなたのお話のなかで、ちょっと解《げ》せぬ点があるのですが」

と藤田は柴本の気勢を削《そ》ぐ意味もあって、話題を逸《そ》らした。

「確か美雪君は、アルキメデスと言ったとか」

「ええ、聞こえるか聞こえぬかの、譫言《うわごと》のようなものでしたが、私にはそう聞こえました。よくは知りませんが、ギリシャの物理学者でしたね、アルキメデスというのは」

「ほかに同名の歴史上の人物は思い当たりませんから、そうとしか考えられませんが……。しかし、そうだとすると、ちょっとおかしいですね」

藤田が考え込むように言った。

「麻酔中の譫言といえば、普通は日ごろ心に鬱積していることを口走るものですね。それに、お母さんとか、恋人の名とかを。それがアルキメデスとは……」

「ですから、それほど学課のことを気にしていたんですよ。美雪は数学や物理が苦手でした。それだけに余計に気にかかっていたのでしょう」

「それだったら、なおさら変なのです。いいですか、柴本さん。私は専門ではないから、詳しくは知りません。しかしアルキメデスの名を最初に習うのは小学校の四年か五年生の理科の時間なんですよ。梃子《てこ》とか浮力の学習のときなんです。中学や高校でも、勿論、彼の名は出てきます。しかし彼の名が、譫言に出てくるほど強烈な印象を与えるとしたら、どうしたって小学生のときでしかあり得ないのです」

「そうでしょうか」

と健次郎は納得しかねるように呟いた。

「聞き違いではないでしょうね、ほかの似た言葉と」

「絶対に。美雪は、そう言ったのです。それも二度も繰り返して」

ノックがあって、校務員が校長の帰校を告げた。

3

校長は、わずか数時間のうちに、すっかり憔悴《しょうすい》していた。むくんだような蒼い顔を向けて、

「ああ、藤田君。こちらは豊中東警察署の方々だ」

と言ったきり、椅子に身体を埋めて、目を閉じた。校長は日本史を専攻したことから、古武士のような風格を保つことに誇を持っていた。それが、まるで断罪を待つ敗

軍の落武者のように、ちんまりと縮こまっていた。

藤田は差し出された名刺を、ちょっと頂いてから机の上に並べた。

豊中東警察署捜査課　巡査部長　野村恒男

黙読して顔を上げると、五十歳近い痩せた長身の男が、思ったより柔かな目で軽く頷き返した。横には、対照的に肩幅の広い三十になるかならぬかの男が、よく光る目を気短かそうに瞬《また》かしていた。名刺には、捜査課巡査、大塚礼光とある。このほうは藤田の目礼に応えもしなかった。気負いをベールで覆うには若すぎるのだろう、苦手な相手になりそうだ、と藤田は大塚を敬遠して、野村に視線を戻した。

「学校側から事故を届けるという形で話して下さい。私たちは、まだ詳しいことを承知しておりませんので」

と野村は世間話でもするように、のんびりと切り出した。

その口調に釣り込まれて、藤田の舌もやや滑らかになった。田中や内藤から聞いた内容を、できるだけ順序だてて話した。野村は、ときおり、ほう、ふむ、と頷くだけで、むしろ楽しい話を聞くような、穏やかな表情を崩さなかった。話が終わっても、しばらく無言であった。やがて、何とも遣り切れないといった口調で、

「弁当のセリ市とはねえ。何をしでかすやら、近ごろの若いのは。どうだね、大塚君。君の高校時代は？　君は食意地が張っているから、随分と高値でセリ落としたん

だろう」

「冗談じゃないですよ。それより先生、その田中という生徒を、ここへ呼んで頂けませんか」

藤田は無言で立ち上がった。

「いいかい、大塚君」

と野村が囁いた。

「子供にガミガミとやるんじゃないで。石のように黙ってしまうから。俺にも高校生のガキがあるが、めったと口をきいてくれない。我が子ながら扱いようがないね、あの年ごろの子供は」

「部長におまかせしますよ。弁当のセリ市の胴元なんかをやるガキは、ぶん殴ってやりたくなる。どういう教育をやってるんだろう、全く」

校長は身じろぎもせず、黙っていた。

田中が入って来た。ぺこんと校長にだけ頭を下げて、悪びれるふうもなく、野村と大塚を交互に眺めた。

「あの……私たちは？」

と藤田は校長に視線を走らせながら言った。野村は、いや、と手を振って、

「取調べというわけじゃありませんから……。ただ参考に聞かせて貰うだけなんです

から、どうぞ先生方も、いらして下さい。そのほうが生徒さんたちも気丈夫で話しやすいでしょう。それとも、校長先生の前では、却って気詰まりかな」

と視線を田中へ戻して、緊張をほぐすように、細い目で笑いかけた。田中も、にやりとして頭を掻いた。空気が和《なご》んだところを、すかさず、

「弁当のセリ市とは、なかなかやるじゃないか。君が考えついたのかね」

「ええ、まあ」

「まあ、と言うと？　以前から、あったわけ？」

「相対ずくの交換はありました。でも、それじゃ、需要と供給がうまく一致しません。それで僕が流通機構を作ったんです」

何が流通機構だ、と大塚は目を剝《む》いたが、野村は、

「ふうむ、なかなか難しいことを言うじゃないか」

と、むしろ感心した口ぶりであった。

「君は……。な、なんという……」

と校長が、耐えかねたように声を出した。膝の上で、両手が小きざみに震えていた。

「親にすまないと思わんのか。親の手づくりの弁当を売り買いするなんて……」

田中は、きょとんとして校長を眺めた。なぜ校長が、そんなに興奮するのか理解で

きない表情であった。野村は、まあまあ、と校長を制して、

「よくないことだとは思わないんだね」

「どうしてですか。だって、売った者も買った者も喜んでるんですよ。その証拠に、手数料を取っても、何とも言わないじゃないですか」

「だがね、手づくりの弁当というものには、母親の愛情がこもっている。それを売買するのは、子としてどうかな、と校長先生は言っておられるんだが」

「そんな、そんな乱暴な理屈ってありますか！」

田中は、まるで言い掛りを撥ね返すように声を高めた。

「弁当に母親の愛情がこもってるって？　たかがスーパーで、ちょいちょいと買い集めてきたものを詰めただけのことじゃないですか。刑事さん、刑事さんは、インスタント食品を電子レンジで温めるのを調理と呼びますか。あれが調理なら、弁当づくりにも愛情があると言えるでしょうが」

「そんなもんかね。だが、そんな手軽な弁当でも、作って貰わなくちゃ困るだろう？」

「だって、弁当を詰めるのは、主婦が分担している家事雑務の一つじゃないですか。当然、作る義務がありますよ」

「義務……か。愛情ではなくて」

どっちだっていいじゃないか、と田中は、そっぽを向いて答えない。

「それで、問題の弁当なんだがね」

と野村は、心持ち表情を引き締めた。

「柳生君は平素も弁当を持って来ないのだね」

「ええ、彼の場合は、たいてい売店でパンを買っていました。それに……」

ちらと藤田を見て口ごもった。

「それに？」

「彼くらいのボスになると、ときおり塀を越えて町の食堂へ行きますよ。冷えた愛情のある弁当より、温かい飯《めし》のほうが、金を払ってでも、うまいですからね」

小憎らしいガキだ、と大塚がまた目を剝いた。

「早速、皮肉のお返しかね。それでは、なんだね、問題の弁当が柳生君に落ちるだろうとは、前もって君には判っていなかったんだね」

「勿論ですよ。それが公平なセリというものですから。セリは三十円から始まって、何人かが六十円までセリ上げたんです。すると柳生君がいきなり百円とセリ上げたんで、皆がおりてしまって……」

「いきなり百円ねえ。ちょっと高すぎはしないかな」

「そう言えば、あの場の雰囲気では、僕も八十円までいけばいいところかなと思っていたくらいですからね。いきなり百円の声がかかったので、ちょっとびっくりしました」

「妙だとは思わなかったかね」

「変だと言うほどでもないですよ。八百円で落ちることもあれば、十円でも売れないことだってありましたから」

「うん、美人の弁当は高いってね。でも内藤君は美人っていうわけじゃない」

「でも柳生君と親友というか、同じグループですからね。多少イロをつける気になったのじゃないですか」

「グループ？　仲が良かったんだね」

「特に、ということはないけれど、同じ中学でしたから」

と田中は歯切れ悪く答えた。事件に余り深くかかわりあいを持つのを警戒した様子であった。

話が途切れた。要点をメモするために手帳を開《ひろ》げていた大塚は、匙《さじ》を投げたといわんばかりに、わざとらしい音をたてて、手帳を閉じた。要点どころか、まるで取調べと呼べる内容とは思えなかった。

「ちょっと、言っていいでしょうか」

田中が横目で校長の顔を窺《うかが》いながら言った。

「いいとも、何でもどうぞ」

と野村は校長を無視して答えた。しゃべりたいだけ、しゃべらせておけば、そのうちに捜査のヒントが摑めるだろうという腹づもりであった。

「弁当のセリなんですけれど……。続けてはいけないでしょうか」

「そいつは、何とも……」

と、面喰った思いで野村は口ごもった。

「有益な面だってあるんですよ。例えば、一度、アンパン一箇が五百円で落ちたことがあるんですよ。パン一箇がですよ」

「それが、どうして有益なんだ」

藤田が思わず口を挟んだ。あまり突飛なことを言いだして、警官の心証を害されては、あとあとが困るのだ。

「そいつは修学旅行の積立金が払えなかったんです。だから僕は最低値を百円にしてセリに出しました。そいつの家が貧しいことは皆が知っていました。値はどんどんセリ上がって、とうとう五百円で落ちました。それが一ヵ月の積立金額だったんです」

「………」

なまじっか同情して募金するより、からりとした友情の示し方であったかも知れない、と藤田は複雑な気持で聞いていた。

「なるほどね。すると君も十円の手数料は取らなかったろうね」

野村が半《なか》ば呆気にとられたように呟くと、

「なぜです？　当然、貰いましたよ。だって、これはビジネスですからね。チャリティ・バーゲンじゃありませんよ。慈善だなんて、そんな薄気味悪いことは、まっぴらですよ」

野村は横面を張り飛ばされた思いで黙った。藤田も、さきほど柴本が〝彼らは発想の次元が違う〟と嘆いた言葉を思い浮かべて、憮然としていた。

「そんなこともありますので、セリ市の存続を認めて……いや、黙認してほしいのですが」

田中は訴えるように野村を見つめた。

「さあ、そいつは……私の口からは何とも……。校長先生のお考えもあることだろうし……」

野村の歯切れの悪い言葉を、聞いているのか、いないのか、校長は黙然として、不思議な生きものでも見るような目で、田中を眺めていた。

「さて、と」

と野村が、ぎごちなさそうに、藤田に向かって言った。

「内藤君を呼んでいただけませんか」

田中は不服そうに顔をふくらませて立ち上がった。その姿を見送りながら、大塚が吐き出すように言った。

「何をホザクやら……。捜査の参考にも、なりやしない」

半分は野村の煮え切らない尋問への当てつけでもあった。

「そうかな。僕には結構、面白かったし、参考になったがね」

「そんなもんですかねえ」

「お気に召さんようだな。でも、セリの話なんか、生徒同士の心の通じかたが判って楽しかったじゃないか」

「楽しいもんですか。親が聞いたら嘆きますよ。全く何を考えているんだか……」

野村は、おや、と思った。大塚が常日ごろ野村のことを〝合理性に欠けた古い型の刑事〟と内心で軽んじていることを知らないではなかった。それは、若さが老いに対して持つ当然の批判であると、おおらかに受けとめて、できるだけ〝若い考え〟を理解しようと努めて来たつもりであった。それでも大塚の言動が理解しきれずに〝何を考えているんだろう〟と苦々しく思ったことが再三であった。その大塚が、田中を同じ言葉で非難するとは思いがけないことであった。世代の断絶とは、所詮、そのようなものか、と野村は苦笑した。

「そう言えば、僕は、たまたま、うちの子の日記を読んでしまってね」

と野村は突然、話題を変えた。はあ、と訝《いぶ》かる大塚に、世間話をするように野村はつづけた。

「長男の部屋に入ったら、日記帳が開いていたんだ。前の日に高校二年の成績表を見せられたんだが、例によって誉《ほ》めた成績じゃなかったので、少々怒鳴りつけたあとだった。それで、ふと息子の気持が気になって、読むとはなしに読んだんだがね。その日記に何と書いてあったと思うかね」

知るもんか、と大塚は脹《ふく》れる。

「友がみな、我よりよい点を取りし日よ、蒲団《ふとん》をかぶりて、ひとり慰さむ」

「何です、それは？」

「啄木の歌の焼き直しさ」

「それは判りますが……」

「だからさ、君も覚えがあるだろう。警察学校で悪い点を貰ったりさ、昇任試験に失敗したときにさ、持って行き場のない苛《いら》だたしさを、ひとり慰めて……」

「よして下さいよ、馬鹿々々しい」

「照れることはないさ。誰だってそうだったんだから」

「部長は一体、何をおっしゃりたいんです。そんなこと、ちっとも捜査に関係ありはしない」

「そうとも言えないぜ、俺の言いたいのはね。いまの少年たちは、俺たちの若いころよりも、啄木よりも、はるかにフランクだってことさ。啄木のように〝花など買いて〟と上品ぶったり〝妻としたしむ〟などと持って回った表現はしない。あけっぴろげに自分の気持をぶちまけるね。飾ったり、照れ隠しをしたりしないってことだよ。だから尋問するときも、先入観を持たずに、素直に彼らの言葉を聞かなくちゃ捜査を誤るかも知れない。それを君に知って欲しかったのさ」

ちょっと訓戒じみて悪いかな、と思い直したとき、ドアを押して内藤の緊張した顔が覗いた。その神経質そうな顔を見て、野村は、これは田中より難物だぞ、と直感した。

4

「弁当箱の指紋はどうでした？」

椅子に腰を下ろすか下ろさぬかに、いきなり内藤が問いかけた。野村は面喰って、ほう？　と言ったきり内藤をまじまじと見詰めた。

「指紋を調べなかったんですか。母、僕、田中と柳生。それ以外の指紋が出てきたら、それが犯人なんだから……」

野村は、やっと合点がいった。そして、首を振った。

「なんだ、調べなかったんですか」

「調べなかったんじゃないが、とても明瞭な指紋が検出できる状態じゃなかったようだね。それに、毒を入れるほどの者なら、指紋を残すようなヘマはやらないさ」

「毒はなんだったんです？」

「砒素系の農薬らしいね、どこにでもある農薬さ」

大塚が、たまりかねて、野村をついた。

「なんだね？　ああ、そうか。せっかくだが内藤君、質問するのは僕のほうにさせてくれんかね。なに、ほんの参考のためなんだから……」

「いいですよ、なんなりと」

と内藤は無愛想に答えた。相手の捜査能力をあまり評価していない様子を隠そうともしない。

「君が弁当を食べない、つまり柴本家へ行くと知ったのは、三時限目の終わりだったね」

「そうですよ」

「クラスの全員も、その時まで知らなかったんだね」

「そのとおりです」

と藤田が口を挟んだ。

「三時限は私の国語の授業でした。私は授業をしながら、生徒たちの顔を順に眺めて人選したのですから。一組の葉山には、授業が済んでから教室を覗いて告げました」

「なるほど。すると内藤君は藤田先生の指名のおかげで助かったようなものだね。でなかったら、あの弁当を食って……」

内藤は、さすがに顔を顰《しか》めたが、とりわけて藤田に感謝する筋合いはないといった顔であった。

「心当たりはないのかな。例えば誰かに恨まれているとか、誰かにひどいことをしたので仕返しを受けるとか……」

「全然。誰かが、いたずらにやったのなら別ですが」

心外な、と言わんばかりに内藤はむっとして答えた。

「いたずら？　これは、いたずらとは言えないね。人命にかかわりかねないんだよ。現に君の代わりに柳生君が……幸い二口、三口食っただけで吐き出したから助かったものの」

「僕だって吐き出しますよ、あんなもの」

「あんなもの？　どうして君が、あんなものと言えるのだね。君は一度も、あの弁当を見ちゃいないんだろう」

「だろうと思うんですよ。だって農薬でしょう、臭くって食べれやしないに決まってますよ」

「ふむ」

と野村は大塚を振り向いた。

「鑑識では、どう言っている？」

「臭いよりも舌を刺戟して、とても食えたものではないと言っていましたっけ。米飯のうえに醤油をかけた鰹節がまぶしてあったので、いくらかはごまかせただろうが、よほど腹のがっついている者でも、二口とは食えまいって」

「だろうな。しかし少ししか食わなくったって砒素中毒は怖しいからな。いたずらとは考えられないね。本当に、恨まれる心あたりはないのだね」

「ないって言ったでしょう。僕は人に恨みこそあれ、人に恨まれるようなことはやっていない」

「恨みこそあれ、とは穏やかでないね」

と野村は、じんわりと攻めを開始した。

「君が恨んでいる相手が、案外と君を恨んでいるものなんだよ。誰なのかね、その恨みこそあれ、の相手は」

「判っていますよ、刑事さんの狙いは。あのことを言わしたいんでしょう、柴本君のことを」

「柴本君？」

野村は戸惑った。事件が起こったのは、内藤が柴本美雪の初七日法要に出かけた留守中のことだとは聞いていたが、美雪が中毒事件とどう関連しているのか判断がつきかねた。

「とぼけないで下さいよ。警察では、柴本君の妊娠を、僕のせいだと疑っているんでしょう」

野村は、え？ と絶句した。どうやら事件の背景を聞かされていないらしいと気づいて「藤田先生」と抗議の響きをこめて呼びかけた。

「先生は、どうやら肝心のことをお話して下さっていないようですな」

「それは……」

藤田は野村によりも、校長を憚《はばか》って、口ごもった。校長は依然として彫像のように、動かず、語らない。

「困りますなあ、隠しだてをされちゃ」

「いえ、隠したわけではないんです。ただ、こんどの件には関係がないと思ったものですから」

「関係があるかないかの判断は警察に任せて下さい。とにかく柴本君の、確か妊娠と言いましたな。それについて詳しくおっしゃって下さい」

藤田は脂汗を滲《にじ》ませながら、美雪の死を語った。いきおい話は初七日の席の混乱にも及び、さらに野村の巧みな質問に導かれて、健次郎が、いまも応接室で待ち構えていることまで話してしまった。

「そういうことでして……。決して隠すつもりでは……。美雪君を診《み》た有田医師が必要な届けは出していると思いましたので……」

校長と野村を交互に見ながら、しきりと汗を拭く藤田を、野村は冷やかに眺め捨てて、内藤に尋ねた。

「それで、柴本君のことで、警察が君を疑っているのだろうという理由は？」

「だって、前にも刑事さんが僕を調べに来たじゃないですか」

「前に刑事が？　いつのこと？」

「柴本君の葬式の日ですよ。葬式の帰り道に」

野村は大塚に目で尋ねた。大塚は首を振った。そして野村が顎をしゃくると、立ち上がって電話器に向かった。

「豊中東警察署の刑事だったかね」

「ええ、豊中東署の者だと言いました」

「名前は？」

「聞いたけれど答えませんでした。内ポケットから黒い手帳を出して筆記していましたので、刑事に違いないと思いました」

「で、どんなことを聞いたかね」

「柴本君のことでした。妊娠していたのは本当かとか、相手は誰だとか」

「君は何と答えたの」

「知らないと答えました。本当に知らないんだもの。だって、柴本君が妊娠中絶で死んだってことは、ついその直前に聞いたばかりで、僕自身、びっくりしたくらいだったもの」

「その直前にね？　で、誰から聞いた？」

「誰にともなく、そういう噂だったんです」

「噂にしろ、その噂を君に話したのは誰？」

内藤は、ちょっと躊躇《ためら》ったが、

「柳生君です」

野村は、思わず腰を浮かした。

「君の弁当を食った、あの柳生君かい」

電話を終わった大塚が、憤然とした口調で野村に言った。

「課長も初耳だと言っています。柴本美雪の死亡については医師から一応届出はあったそうです。ただ家族の希望もあって、署内でも関係者以外には知らせていないそうです。勿論、それについて捜査したことはないと言っています」

　野村は頷いて、

「内藤君、聞いたとおりだ。その男は、どうやらニセ刑事だね。どういう狙いで君に話しかけたのか判らないが、こんど見かけたら、すぐ連絡してくれ給え。話を聞かれた以外に、被害はなかったのだろうね」

　そう言いながら、野村は美雪の死を洗う必要があるなと考えた。間接的にもせよ、中毒事件と何らかのかかわりがあるように思えるのであった。

「それから柴本健次郎さんが美雪君のことで君を恨んでいるとしてもだよ、彼が弁当に毒を入れることは不可能だね。彼はずっと法事の席にいたのだし、第一、彼が君を疑い始めたころには、もう君の弁当はセリにかけられていたのだからね」

　内藤は無言で頷き返した。

「じゃ、ご苦労さま。つぎは……」

「失礼だが」

　と校長が圧《お》し潰されたような声を出した。

「もう遅いし、生徒たちを長く引き止めるのも……。できれば日を改めて頂くわけにまいりませんか」

校長が口にした意見らしい意見は、ただこれだけであった。謹厳だけが取り柄の老校長にとって、ショックはそれほど大きかったのであろうと、野村も、

「そうですね。ま、いいでしょう」

と、あっさり承知した。生徒のなかに犯人がいるとしても、逃亡する恐れはなかった。へたに捜査を強行して、学校側や生徒たちを刺戟し、捜査への協力を拒否されては都合が悪いという配慮もあった。

「あ、ちょっと」

と藤田が、部屋を出ようとした内藤を呼びとめた。

「君たちのクラスでは、いま西洋史か物理でアルキメデスのことを習っているかい」

「いいえ、別に」

内藤は、なんの脈絡もない質問に、怪訝な顔で答えた。

「ふむ。じゃ何か最近、アルキメデスのことが話題になったかね」

「さあ……。それが事件に関係あるのでしょうか」

「いや、たいしたことではないと私は思うのだが……。ただ美雪君がアルキメデスに興味を持っていたらしいので」

「ああ、それなら」

と内藤は、初めて笑顔を見せた。

「文化祭の英語劇のことですよ、きっと」

「英語劇……ね」

「五月に創立五十周年記念祭があって、僕たちのクラスは英語劇をやったでしょう。あのときの演《だ》し物がアルキメデスだったんです」

英語の教科書に出てくる、入浴中にアルキメデスの原理を発見したという逸話であった。プルタルコスの英雄伝から翻案した、この話は、英語劇に格好のものであった。なによりも内容がポピュラーであった。参観の父兄たちにとって、英語劇くらい苦手なものはない。てんで理解できないのだが、観客席を埋めてやらなければ子供たちへの義理が立たない。それに父兄同士の見栄もあって、科白が理解できないという顔はしたくない。そんな観客でも、この劇なら十二分に判る。科白の内容も朧《おぼろ》げながら見当がつくので拍手を送るツボを外す心配もなかった。有難いことに、同伴の小学生も、話の筋は知っているので退屈しないという付録までついている。

「思ったとおり大成功でした。とくにアルキメデスが裸で街を走るところが受けました。なにしろ素っ裸なんですから」

「全裸でかい？　そりゃ……君」

と野村が目を丸くした。

「だって、ブリーフをはいたアルキメデスなんて滑稽以外の何ものでもないって、演出係が断乎として譲らなかったんですよ。正論ではありますよね。それで、結局、照明をうんと絞って、観客には素裸がはっきりと判らないようにする。そしてスポットを何本も、上手《かみて》から下手《しもて》へ流れるように走らせて、それで町の人を浮き上がらせると同時に、アルキメデスの走っている感じを強調するということで話がついたんです」

「なるほど考えたね。それで?」

「ところが照明係が、誤ってか、それともいたずら心でか、一瞬、アルキメデスの肝心のところへスポットを当てちゃったんです」

「そりゃ……まずい。猥褻《わいせつ》物陳列罪だぞ、そいつは」

と野村は、にやにやしながら言った。

「ほんの瞬間ですよ。ところが運悪く、というか運よくというか、最前列に陣取っていたのが柴本君らのグループだったんです。おまけに柴本君の視線が、たまたまアルキメデスに向けられていたんですね。まともに見ちゃった。お見事だったんですってね、と、あとになってそのグループの者が囃《はや》したてていました。柴本君は、見えなかったと否定してたけれど、真赤になっていたところをみると、どうやらバッチリだったらしいですね」

内藤は、そこで一息つくと、

「それくらいしか思い当たりませんね、柴本君とアルキメデスの関連は」

と、けろりとして藤田を眺めた。藤田は苦笑しながら尋ねた。

「誰だい、そのアルキメデスを演《や》ったのは？　君かい」

「とんでもない。僕のような貧弱な身体では、とてもじゃないが衆人環視の場に晒《さら》す勇気はありませんよ。柳生君ですよ」

「柳生！」

「また柳生か……」

藤田と野村が、同時に小さく叫んだ。

内藤が姿を消して、しばらくしてから、野村は、ほっ、と溜息をついた。

「女生徒の妊娠といい、男生徒のストリップといい……藤田先生、近ごろの高校生というのは、ああしたものなんですかねえ」

「いや、一概にそうとは……」

と藤田は辛くも反論したが、

「私にも高二の坊主と中三の女の子がいるんですがねえ。いまの話を聞いていて背筋がなんだか薄ら寒くなりましたよ。実際のところ彼らのセックスに対する考え方はどうなんでしょう。これは捜査とは関係なしで、先生のお考えを教えて頂けませんか」

と野村は真面目な口調で尋ねた。

「そう言われても……。そうですね、これはこの七月に京都の竜谷大学の心理学教室で調査した結果ですが、ご参考までに申しましょうか」

　と藤田は手帳を繰った。

「京都市内の公、私立高校の男生徒六八三人と、女生徒一二三八人、その父親一三一人、母親一四三人について調査したデータですが。それによりますと、肉体関係の経験者が、男二七・七％、女三・四％となっていますね」

「男生徒の四分の一以上が？　私には……信じられん」

　野村は自分の息子の、子供っぽいニキビ面を思い浮かべて言った。そして、あいつはどう考えても、残りの四分の三のくちだと思った。

「ごもっともです。この調査でも、我が子が経験しているかも知れないと答えた父母は、二七五人中でただの一人もいませんものね。つまり、知らぬは親ばかりなり、ということなんでしょうな」

　野村は、ふむ、と不安になった。すると、あいつも、ひょっとしたら四分の一のくちかも……。

「経験はまだないけれど、関係を持っても差支えないではないかという回答をしたのは、男で六一％、女でも三四％ありますね。それからペッティングの経験者は、さらに多くて……」

「やめんか！　君」

と校長が怒鳴った。

「くだらんことを長々と……」

「いえ、私はただ統計が……」

「その統計がくだらんというのだ。他校の生徒はともかくも、本校の生徒に限って、そのようなふしだらなことは……」

それでは、知らぬは親ばかりと同然ではないか、と思ったが、さすがに藤田は口に出すのを憚った。しかし校長は、その気配を敏感に受け止めて、

「私はその調査結果の真偽を言っているんじゃない。ただ本校生徒の実態は、そんなものではないと言っているんだ。そもそも本校の教育方針は……」

野村が、まあまあ、と手を振って制した。校長の教育方針を拝聴させられても捜査の足しにはならない。

「藤田先生も、もう結構です。それ以上伺ったら、家へ帰って息子や娘の顔をまともに見るのが恐しくなりますから。では、本日のところは、これで」

大塚は、ぶすっとして立ち上がった。なんとも締まりのない捜査だ、と腹立たしかった。

「さて……と」

校門を出ると、野村は大きく伸びをした。

「ついでだから柴本の家を見ておくか。どうやらこの事件は、美雪の死とまんざら無関係ではなさそうだ」

「いいでしょう。このまま署に戻っても」

報告するだけの成果がない、と大塚は不満顔である。

瀟洒《しょうしゃ》な商店街を通り抜けると、道は小高い丘を巡って、住宅街へ入った。丘陵を一つ越えると、万国博会場跡は、つい目の前である。

「家は城である、とはイギリスの諺《ことわざ》だそうだが、俺はこういう家を見ると、全くだと相槌《あいづち》を打ちたくなるね。どの家も、たかだか二百坪かそこらの土地を、乙《おつ》に澄ました塀で高々と囲っている。小さな城の殿様気取りなんだね、このあたりの住人は」

と野村は、道路の両側に建ち並ぶブロック塀に向かって毒づいた。彼の家は、豊中市の南の端の建築後四十年の四軒長屋である。塀も門もない。五十メートル先きには、赤茶けた汚水を平然と垂れ流す町工場があった。

――そこの工員の柄の悪さときたらどうだ。それを真似て、末の娘まで自分のことをミーは、と言う。ミーは芦屋とまでは望まないけれど、せめて豊中の住宅街で一戸建の家を持っている相手でなくちゃ結婚しないわ、とこうだ。そして四軒長屋に住んでいる刑事の俺に嫁が来たのが不思議でならないって顔をしやがる――

「ここですね」

大塚の声で、野村は我に返った。生垣を巡らした、小さな城の前であった。

「寄ってみますか」

いや、と野村は首を振った。

「それよりも、美雪を診《み》た有田医師に会ってみよう。身内に聞いた話では、どうしても身贔屓《みびいき》になったり誇張があったりするからね」

有田産婦人科までは十分とかからなかった。

「健康保険証と初診料だけ持って来たのじゃ、診察して貰うのに気のひけるような病院だな」

と野村は大塚を見て呟いた。住宅街のなかでも、一きわ目立って華麗な白亜の三階建であった。

「それも、男連れときちゃ、なおさらですな」

と大塚も、いささか気後れの態《てい》である。

「そうだな……。俺たちの受けた命令とは、直接の関係はないかも知れないが、一応、当たってみるか」

有田は名刺を見て、ご用件は、と不安そうに言った。医師は、ことに産婦人科医は、一種の人気商売である。変な噂や、悪い評判が立つと、てきめんに患者が寄りつかなくなる。刑事などは最も敬遠される部類に属していると言えた。

柴本美雪のことで、と言われると、有田は自らカルテを繰った。

「中絶の施術が順調でなかったと聞きましたが……」

野村は、あえて失敗と言わずに、気を遣ったつもりであったが、有田は途端に表情を厳しくした。

「順調でなかったですと？　誰がそんなデタラメを言ってるんです。手術にはなんの手落ちもありませんでしたよ」

しかし、と野村は有田の口調の激しさに辟易しながら、

「美雪さんは死亡した……」

「確かに患者は間もなく死亡しました。しかし、それは手術のせいではありません。ここのところは、患者の父にも、よく説明しておいたはずです。いいですか、患者は卵管妊娠だったんです」

耳慣れない言葉なので、野村は、ははあ、と口を開いたまま黙った。有田は、だから素人の口出しは迷惑だ、と吐き捨てるように言って、説明を始めた。

卵管で受精した卵は、子宮へ降りて着床し、胎児に発育するのが普通の形である。ところが、受精卵が子宮へ降りる途中の卵管に狭窄部《きょうさく》があると、卵はそこで止まって成長を続ける。卵管は細くて、妊娠一、二ヵ月になると、拡張の限度に達して破裂してしまう。そして腹腔内に千五百ccから二千ccの血があふれ出て死に至る。

「いわゆる子宮外妊娠だったのですよ、患者は」

有田は、この言葉なら聞いたことくらいはあるだろうと言わんばかりに野村を睨みつけた。野村も、破裂以前に、子宮外妊娠の事実を診断することが極めて困難であるくらいの知識はあった。だから有田の怒りを理解しないわけではなかった。

「判りました。無責任な噂をお耳に入れて恐縮です。ところで先生、もひとつ教えて頂きたいのですが」

有田は、まだ心穏やかでないのか、返事もしない。野村は構わず続けた。

「麻酔中の言葉、つまり譫言《うわごと》ですが、どの程度まで信用できるものでしょうか」

「麻酔の深浅にもより、本人の身体の状況にもより、まちまちですよ。ですから一概には言えません」

と取りつくシマもなかった。野村は、ほうほうの体《てい》で辞し去った。

「まずかったな。もう少しメドをつけてから行くべきだったな」

そう言いながらも、野村はたいして後悔した様子もなく、

「ところで、ちょっと歩かないか。いままでのところを整理してみたいんだが……」

署までは歩いて二十分くらいの距離だし、秋の陽はまだ暮れ残っていて、散歩にはもってこいの時間であった。

「どうも心にひっかかると言うか、釈然としない点があるんだが……」

と野村は、ゆっくりと足を運びながら言った。大塚は、どの点がですか、とも問わない。黙って歩調を合わせただけであった。相手に質問するというより、自問して自答しながら考えをまとめていくのが野村の癖であった。野村と一年以上もコンビを組んでいる大塚は、その癖をすっかり飲み込んでいた。反問したり返事をしては、野村の思案を妨げることになる。何を言おうと、肯定とも否定ともつかず、ただ頷いておればいいのであった。

「第一点は、柴本美雪がついに関係した相手の名前を告げなかったこと。アルキメデスが柳生のことだとしても、相手がアルキメデスであると言ったわけじゃない。しかも譫言だ。どこまで信じていいのか。

また、内藤は弁当に毒を入れた人間に、まるで心当たりがないと言う。つまり被害者は……美雪を被害者と呼んでいいかどうかは疑問だが……被害者は二人とも加害者の名前を言わない。知らないから言えない、と割切ってしまえばそれまでだが、俺には、そうとばかりは思えないのだ。

第二点は、二つの事件が、全然別箇のものなのか、関連があるのか、いまの段階ではどちらとも考えられることだ。内藤は関連があると思っているらしい。だからこそ、中毒事故について尋ねているのに、問われもしない美雪のことを自分から言い出したのだ。なぜ彼は関連があると思ったのか。

それと柳生の存在だ。譫言の主であることと、中毒の被害者であること。そのことで柳生は、二つの事故を結びつけていると一応は言えるだろう。しかし、それだけではいかにも薄弱だ。弁当に農薬を入れた者と、美雪との関連。それと柳生がその弁当を食べるに至った必然的な理由。それらが解明されなければ、柳生の存在が二つの事故を結びつけているとは言えないのではないか……」

青年が消えた

1

入院一週間で柳生隆保は退屈しきっていた。もともと頑健なうえに若さがものをいって、中毒症状は四日目で峠を越した。あとは食養生だけであった。退院したっていいんだよ、と医長は言ったが、隆保は一応大事をとることにした。というより、家へ帰っては、却って落ち着けなかった。寡婦である母の幾代は生命保険の外交員、姉の美沙子は大阪の貿易商社のOLをして、家計を支えている。二人とも、そうそう休んではいられない。家へ帰れば、さし当たり昼食は自分で整えなければならない。そのほか、ご用聞き、集金人、セールスマンと、留守なら留守ですむものを、なまじ家におれば、応対しなければならなくなる。それでは、おちおち寝てもおられまい……というので、三人で相談のうえ、一週間だけ病院に滞在と決めたのであった。

「きょうは珍しく十三日の金曜日よ」

と幾代がリンゴの皮をむきながら言った。またリンゴ汁か、と隆保はうんざりした目で眺めている。クラス有志の見舞品であった。三日目くらいからリンゴ汁なら食べられると聞いて、一箱担ぎ込んで来た。有難くはあったが、なにぶんにも量がありすぎた。絞《しぼ》っても絞っても減らなかった。見舞客に押しつけるようにして食べさせても、まだ半分と捌《さば》けていなかった。いきおい隆保はリンゴ汁攻めにあう。

「そんな迷信、いまどき、どうってことないだろう」

と不機嫌に答える。リンゴ汁が病人食によいというのも、同様に迷信だと腹の中で毒づいている。

「それが、そうでもないの。保険の勧誘には結構役立つのよ。交通事故はいつ襲って来るか知れません。ことに十三日の金曜日には、やはり多いようですわよ。こちらへ伺う途中でも自動車が正面衝突しているのを見ましたけれど、一家三人が……なんてことを適当に話してたら、一口とれたもの」

幾代は努めて明るく笑う。自分が忙しさにかまけて、弁当を作ってやらないことが、こうした事故の因だという自責の念が、そうさせるのだった。が、それより気がかりなのは、農薬の混入経路がいまだに判っていないことであった。内藤の弁当を食べたのは〝全くの偶然だよ〟と隆保は事もなげに言う。そして何度か見舞いに来た内藤とは、わだかまりもなく話し合っていた。それが、幾代には気に入らなかった。

「そりゃ隆保が内藤さんを責めたって仕方のないことだし、責める筋はないと言えるかも知れませんよ。でも、内藤さんも内藤さんだと思うわ。言ってみれば、あなたは内藤さんの身代りになったようなもんじゃないの。だったら内藤さんは一言くらい謝ってもいいのじゃないかしら」

と不快そうに言ったのも再度に止まらなかった。そのたびに、隆保は幾代以上に不快そうな口調で、彼だって被害者だよ、と首を振った。被害者はあなたよ、と幾代は押し返したが、隆保はそれ以上は、その話題を避けた。

「隆保の年ごろって、そんなものよ。隆保にとって友情は最高なのよ。友情が生命より大切な年ごろなのよ」

というのが、幾代の不満に対する美沙子の説得であった。幾代は、そんなものかしら、と納得した顔ではなかった。

そうした幾代ではあったが、さすがに、きょうは退院の日だけあって晴々としていた。リンゴ汁をテーブルに置くと、

「荷物は夕方に美沙子とまとめに来るからね。五時に自動車を頼んでおいたから、あなたは身一つで帰ればいいわ。久しぶりに夕御飯が一緒にいただけるわ」

話しながら手早く化粧を整えると、

「じゃ、あと二、三軒廻って、十三日の金曜日を、せいぜい利用してくるからね」

そそくさとドアに手をかけてから、そうそう、と振り返った。

「修学旅行は、確か二十五日からだったわね」

「そうだよ。二十五日から三泊四日。四国一周だよ」

「どう？　行けそうなの」

「勿論さ。医者も心配ないって言ってた」

「よかったわ。それが気がかりだったの。あんたが、がっかりしはしないかと思って」

「本当を言うと僕もさ。中間テストより、旅行のほうが心配だった」

「あんなことを……。でも、よかった。じゃあ、私も行こうかしら」

「母さんも？　どこへさ」

「いいえね、支店の秋の運動会がね、北陸の温泉であるの。あんたと同じ二十五日の夜にバスで出発して、二十七日のお昼に帰ってくるの。行けないとお断わりしてたんだけれど……」

「行けばいいじゃないか。僕のことなら心配することないよ」

「そうね。そうさせて貰おうかしら」

幾代が去ると、入れ替わるようにして、美沙子が顔を出した。

「あれ、いいのかい、会社をサボったりして」

「ええ、ちょっとね」

と美沙子は言いよどんだ。

「彼が……お見舞いに行きたいって言うものだから……」

「彼？　ああ亀井か」

「ええ。かまわなくって？」

「かまうもかまわないも、来てしまったんだろう。だったら仕方がないじゃないか」

「仕方がないだなんて……折角ご親切で来て下さったのに」

「歓迎はしないよ、僕は」

ドアがためらいがちに押されて、縁なしの眼鏡をかけた青年の顔が覗いた。

「よかったね、きょう退院するんだって？」

柔和な微笑であった。

隆保は壁を見つめたまま答えない。白く整った顔が見たくなかった。端正な顔立ちが気にいらないのではなかった。姉の恋愛の相手であるというのが気に障わるのでもなかった。亀井正和に、結婚三年目の妻と二歳になる子供があることも、そのくせ美沙子と関係を続けていることも、咎め立てる気はなかった。美沙子が、それを承知のうえで亀井を愛しているのであれば、自分がとやかく言う筋はないと思っていた。

だが嫌《いや》なのであった。どうしてそんなに嫌うの、と美沙子に問われても、返事ができなかった。説明できないが、ともかくも虫が好かないと呟くほかなかった。

亀井は、美沙子が入社と同時に配属された庶務課の係長であった。亀井は、彼女の弟が豊能高校の後輩に当たると知ると、急速に好意を示した。初めての職場で不安に包まれていた美沙子にとって、亀井は頼りになる上司であった。それが弟の先輩という一段階を隔てての結びつきであるにしても、心強いことには違いなかった。つい甘えが出た。その甘えが、亀井には、男性に対する女性の媚態に見えたとしても、必ずしも亀井ばかりを責めるのは酷と言うものであろう。亀井に妻子があるのを知りながら、美沙子が男性としての亀井を受け入れたのは、僅か入社後半年のことであったからである。

さすがに職場では慎重に振舞っていたので、根拠のない噂話程度に聞き流されていたが、幾代の目は欺けなかった。

母娘の間に、激しいやりとりが繰り返された。ふしだらは許せないという母と、愛に理屈はないという娘との間に、妥協点が見出されるはずもなかった。無責任だと責める幾代と、このままでいいの、別かれるのなら、いっそ、と迫る美沙子とに挟まれて、亀井は、そのうちに必ず納得して貰える解決を、と繰り返すだけであった。

そして一年。事態は少しも変わらなかったが、三人三様に争い疲れて、表面は奇妙な平穏を保つようになっていた。こうした関係を、それほどの不倫とは見ない世相の変移が、この平穏を齎《もたら》したのかも知れなかった。

美沙子にとって気がかりなのは、隆保の態度であった。最初のうちは、むしろ好意的でさえあった。亀井に対しても、単なる先輩としてではなく、義兄に寄せるような親しみを見せていた。それが半年くらい前から急によそよそしくなり反抗的になった。高校二年は第二反抗期だよ、気にすることはない、と亀井は笑い流したが、美沙子にはそれだけとは思えなかった。美沙子に対しては、相変わらぬ親しい態度なのである。時には結ばれぬ恋に同情的でさえある。しかし亀井には嫌悪の色を隠そうとはしなくなっていた。

要するに色気づいたということさ、いまにもっと成熟すれば僕たちを理解するようになるさ……と亀井は美沙子を宥《なだ》めて、隆保に対しては、当たらず触らずの態度を維持していた。そして隆保の中毒事故を聞くと、すぐに駆けつけて、おろおろする幾代と美沙子を追い立てて、てきぱきと善後処置をつけてくれた。しかも隆保を刺戟することを避けて、退院の日まで隆保の前に姿を見せなかった。

その点は見直したわ、と幾代は美沙子に言ったものであった。男の値打ちは、けじめのつけ方にある、と言うのであった。いざというときには、行きがかりを捨てて、するべきことをするかどうかで男の正念が知れる、と言うのであった。つぎは妻子を捨てて美沙子を取るか、美沙子から離れて家庭へ戻るか、その結着をつけるのが、あの人の正念場ね、とも言ったが、美沙子は相手にならなかった。そんな話の蒸し返しは真平であった。

「で、退院の準備はできたのかな。手伝うことがあれば……」

亀井は笑顔をつづけながら声をかけた。

「いいんです。もう終わったから」

とニべもない隆保に、美沙子は眉を顰めて、とりなしかけたが、亀井は屈託なげに室内を見回して、

「この程度なら乗用車に乗せられるね。なんなら僕の車で運んじゃおうか」

と美沙子に言った。その幼児のむずかりを軽くいなすような態度が、隆保の神経を逆撫でしていることに気づかないのか、気づいていながらわざと無視しているのか、それが判然としないだけに、隆保は不快を通り越して憎悪に近い憤激を覚えていた。

ドアが勢いよく開けられて、内藤が姿を現わした。学校の帰りらしく、鞄をベッドの上に投げるようにして置くと、

「学校へは、いつから？」

と美沙子へも、亀井へも、挨拶は抜きであった。美沙子は無作法を咎める表情を露骨に浮かべたが、内藤は頓着しない。自分が訪ねたのは隆保であって、美沙子でも亀井でもない。そこに居合わせようが、いまいが、知ったことか……というのが彼の理屈であった。

「来週からでるよ」

「じゃ、テストは？」

「受けるさ。だって、テストは受けないが、修学旅行には行くというのじゃ可愛気がないだろうからね」

と可愛気のない口をきいた。

「それに、たとえ点が悪くてもさ、この際だから先生も多少の手心を加えてくれるだろうしね」

「同情点を稼ぐってわけか。そうなると僕は不利だな。君に回す同情点だけ、僕のほうが引かれるかも知れないや」

「それくらいは当然だ。君の弁当で中毒したんだから」

二人は声を合わせて笑った。

美沙子には理解し難い、和らいだ笑声であった。亀井も仕方なく苦笑していた。

「で、学校の様子は、その後どうだい」

「それがね、いろいろと……」

内藤は臆面もなく亀井と美沙子を見つめて口を閉じた。邪魔者は消えろという身振りである。亀井は、けろりとしている。俺が先客だから、俺が居て都合が悪ければ、そちらが出直せばよかろう、と態度で応《こた》えていた。そんな二人を眺めて、隆保は薄く笑った。ささやかな葛藤《かっとう》だが、人間模様の縺《もつ》れは、第三者の目で見れば結構楽しいという表情であった。

「いいから言えよ。その人たちには関係のないことだから、聞こえたって、どうってことはないさ」

と隆保は亀井を無視することで挑戦した。亀井は涼しい顔つきだし、美沙子は苦り切っている。

「刑事がやって来てね、何だかだと聞き回っているよ。校長や藤田は大弱りだ。皆は面白がって暇潰しに、いろいろと情報を伝えてやってるんだが、警察って、あれで案外と非能率的なんだな。一向に埒《らち》があかないらしい。弁当に農薬を入れたのは化学の時間のときだと見当はつけたものの、誰がとなると五里霧中ってところさ」

「判りっこないよ」

「だろうな。僕たち生徒の間でも見当がつかないものを、他所《よそ》者の刑事に判るはずがないさ」

二人は、にやにやと笑いあった。

「犯人が捕まらないのを喜んでいるようだね」

と亀井が、最初から会話に加わっていたかのように、抵抗もなく口を出した。

「捕まったって、どうってことないものな」

「そうさ、それで僕の腹の痛みが帳消しになるわけでもなし……」

「医療費は保険払いだし……ね」

亀井は、そう言えばそうだね、と軽く答えて、

「美沙子さん、どうやら我々にはご用はなさそうだ。出ましょうか」

二人の足音が遠ざかると、内藤はベッドの端に腰を下ろした。

「あれか、例のドン・ファンは？」

「ドン・ファンって柄か。ただの女好きさ。姉貴に至っては男欲しやの発情期のメス犬だ。悪いことに発情期が長い。一年半も続き放しだ」

「それよりも、刑事が柴本美雪との関連を嗅《か》ぎ回っているそうだね」

嚙んで捨てるように言って、

「無駄な努力というやつさ。どうだか判ったものじゃないさ。ただ柴本のおやじがうるさくってね。僕を疑っているのさ。それにニセ刑事まで一役買ってるんだから……」

「一度、そいつに会わせろよ。とっちめてやる」

「いいよ、あんなの。ニセと判ったから、ちっとも怖くない。適当にあしらっておけばいい。うるさくなったら、本ものの野村に引き渡せば済むことだから」

「まあ、警察に協力することもないぜ」

「だから、放っておけばいい。僕が、はいはいと恐縮して見せるものだから、当人は暴露《ばれ》ているとも知らずに威厳を保ってやがる。そして、見当違いの質問をしては、僕の答えで見込みをはぐらかされて、深刻な顔で考え込んでいる。とんだ茶番劇さ、全く」

「なにを探ってるんだい」

「美雪の相手を知りたいらしいね」

「何のために？」

「それがよく判らないんだ。ひょっとしたら、その相手を強請《ゆす》るつもりじゃないかな。そんな面構えの男だよ」

「ふうん。それだけのことなら問題じゃないが……」

隆保は、ちょっと首を捻った。

看護婦が首を突出して、自動車の到着を告げた。

「一緒に乗れよ。真直ぐ家へ帰ったってしようがない。万国博会場跡の万博サーキットを飛ばさせようや。オートバイで吹っ飛ばすほどではなくても、いくらかは気が晴れるだろうぜ」

2

電話が鳴った。机の上の社長専用の直通線であった。

「はい、私だ」

と健次郎は、読みかけていた書類を置いて答えた。直通電話の番号を知らせてある相手は限られている。内輪の者か、特別の関係者しか、かけて来ない。取引先や金融機関、それに地方政界人との秘密の話も、この直通電話を使っていた。建設業界は裏の話の多い世界である。交換台を通して洩れてはならない。

「なに？　ああ、ゴンベエか。何だ、何か摑んだか。うむ、いや、そりゃいかん。お前のような男に会社に出入りされちゃ信用にかかわる。自宅へ？　のぼせるな。貴様なんかが敷居を跨《また》げた義理か。うん、よし、六時だな。よし行く」

電話を切って、健次郎は机の引出しを開いた。美雪が笑いかけていた。豊能高校に入学した日の写真である。セーラー服の襟が清潔であった。健次郎は、しばらく瞑目して、引出しを閉じた。

六時かっきりに社長室を出た。柴本工務店の本社は豊中駅前に近い。社用車を断わって駅まで歩いた。流しのタクシーを拾うと、庄内へ、と命じた。庄内町は豊中市内の南方一帯を占める新開地である。無秩序に開発された、商店と小住宅、それに文化住宅を僭称する二階建の棟割長屋が蝟集《いしゅう》する都市スラム化寸前の地域であった。道路は狭く人通りが多い。うっかり横道へ入ったら、運転手も乗入れを敬遠する地域であった。

庄内駅前で車を降りた。

そんな横道をいくつか折れると、行きも戻りもできなくなる恐れがあった。

次郎は、そのうちの一軒の戸を引いた。薄汚れた小料理屋が軒を連ねた一角があった。健
「これは……？」

と入口に陣取っていた労務者風の二人づれが、場違いな客が、といった顔で首をすくめた。

「これは、柴本の社長、とんだ所へ……」

と腰を浮かすのに目もくれず、

「来ているか」

おやじが頷くと、梯子《はしご》のように急な階段を身軽く昇った。昇りつめた三畳の間には、芳野が畏まっていた。ちゃぶ台の上の銚子とタコの足が冷えたまま手もつけられずにあるのは、芳野なりに遠慮したつもりであろう。

「話を聞こう」

あぐらをかくと、柴本は顎をしゃくった。芳野は慌てて銚子を持ち上げたが、いら

ん、とニべもなく手を振られた。

「マンション建設反対派の連中を探ってみたか」

「へえ、一わたりは……」

「で……？」

「どうも……」

と頭を掻いて、

「こう言っちゃなんだが、旦那の評判は恐しく悪いようで……。まるで人でなし扱いで」

「そういう奴らだ。補償金をせしめたうえで悪口を叩く連中だ」

「全く貧乏人のひがみというやつでして」

「そういうところだろうな。それで？」

「しかし、どいつも、こいつも、大それたことのできるようなやつじゃございません。安月給取と小商売人ばかりでして。まあ陰口だけは達者だが、手出しをする根性はありませんな。私が顔を出して聞いて回っただけで震えあがっているような手合いばかりでして」

と芳野は得意気に額を叩いて見せた。

「へたに脅すんじゃないぜ。そんな連中でも束になってくると仕末が悪い」

「心得てます。やつらが、ごちゃごちゃ言ってきましたら、私に任せておくんなさい。ま、そんな具合でして、とてものこと、お嬢さんをどうこうなんて芸当のできるはずもございません」

「反対運動の委員長だった南はどうだ」

「だって、あのおやじは、もう五十五ですぜ。孕ます元気もありませんや」

「息子がいたろう」

「腰抜けの月給取でさ。旦那の名前を出すまでもなく、私の顔を見ただけで蒼くなっていました。よほど旦那に痛めつけられたようで……」

「そうだろうな。あいつの勤め先から鉄筋を仕入れているからな。社長に、お前の会社の南て小僧はアカか、と怒鳴ってやったら、その日のうちに、こっぴどく叱りつけたらしいな。翌日から交渉の場所にも姿を見せなくなった」

「うまい手を使いなさったもので」

「月給取なんてそんなものさ。外《そと》ではでかい面をしていても、上役にはぺこぺこだ。骨のあるやつなら人に使われてはいないさ」

「それは皮肉で？」

と芳野は幇間《ほうかん》のように頭を叩いて、拗《す》ねてみせた。

「いや、ゴンベエさんは大したもんだ。葬式屋の下請けをやっていて、陰で結構、悪どく稼いでいるらしいな。隠したって調べはついているよ。葬式屋といえば、仮にも仏を成仏させる手伝いをする役柄だ。そのお前が、仏の秘めごとをほじくり出して、恐喝のタネにするとは後生がよくないぜ。まるで死肉にたかるハイエナのようなやつだ」

と健次郎は、汚物を見るように、芳野を見据えた。

「そういう旦那だって、生きている人間からおてんと様を奪い取って稼いでいる阿漕《あこぎ》な商売じゃありませんかね。言ってみりゃ、活餌にむしゃぶりつく山犬ってところですぜ……おっと、これは俺が言うんじゃありませんぜ。反対派の連中の言い草でさ」

と芳野も、そこそこに切り返した。

「こちらはまともな商売だ。カツアゲと一緒にされてたまるか。お前も、あまり大きな口をきかんことだ。商売柄、警察に知り合いがいないこともない。それより、ガキどものほうはどうなんだ」

健次郎は本題へ話を切り替えた。芳野を手足に使う以上は、あまり刺戟するのも得策ではないと考え直して、表情を柔らげた。

「おっしゃるとおり、八月一日から四日までの連中のアリバイとやらを聞き込みに回ったんですがね。骨が折れましたよ、これは。隣近所で探ったんですがね、変に怪しまれたりしましてね」

「得意のニセ刑事でやったのか」

「ま、そのへんは臨機応変ってやつでさ。それで、一応確かめたところを申しますと……」

内藤は一日《ついたち》は、一日中、家でごろごろしていた。二日は朝の十時に柳生がオートバイで誘いに来て海水浴へ行った。行先きは須磨だと大声で言い残して行った。帰って来たのは夕方の六時ごろ。オートバイの排気音がうるさかったと近所のじいさんがぼやいていたから時間は確かである。三日から一週間は、体操クラブの合宿に参加して奈良県へ出かけたから問題はない。

葉山弘行。七月二十五日から母親の実家のある群馬へ。帰ったのは八月五日。

峰高志。一日は大阪市内で開かれたフォーク・ソングの会へ。二日は終日家でごろごろ。三日から内藤と同じく体操クラブの合宿で奈良県へ。

柳生は……と芳野は頭を掻いて、

「こいつばかりは手こずりましてね。なにしろ中毒騒ぎがあったので、家の近くも、病院も、本物のデカがうろついていて近づくわけにいかないんで。まあ確かなところ、一日は家でおとなしくしてたようです。二日は内藤をオートバイの尻に乗っけて須磨海岸行き。三日と四日は、家にいたり学校へ顔を出したりで。近くのパチンコ屋で見かけたっていう者もいましたから、遠出をした様子はないようで……」

「ふむ」

健次郎は手帳にメモしたあとを読み返して、考え考え言った。

「須磨行きってのが怪しいな。オートバイで吹っ飛ばせば、須磨だろうが琵琶湖だろうが同じようなものだからな」

「すると、あの二人が……」

「どちらかだろうな」

「輪姦《まわし》ってこともありますぜ」

と芳野は唇を淫らに歪めて言った。

「馬鹿め。美雪は生娘だぜ。それも赤ん坊みたいな小娘だ。そんな目に会って平気な顔をして、あと二日も友達と遊んでおれると思ってるのか。それに……」

と健次郎は手帳を閉じると、

「ゴンベエ。一日暇を作って、琵琶湖へ行け。宿のおかみに会って、二日の日、誰か訪ねて来なかったか、内藤か柳生らしい男を見かけなかったか、そいつを調べて来い」

「行けとおっしゃるなら行きますがね。でもだいぶ前の話なんで、どこまで突き止められることやら」

渋っ面だったが、ちゃぶ台に二万円投げ出されると、ま、なんとか、と手を伸ばした。

「泊まりがけのつもりで行って、じっくりと調べるんだぞ」

夏場ならともかく、この朝夕は冷え込むという季節に、水泳場泊まりとは気がきかぬ、と芳野は胸のなかで二万円と天秤にかけながら頷いた。

「で、柳生は、もう学校へ出ているのか」

「へえ、今週の初めから。いまはテストとやらの最中で、連中はネコのようにおとなしくしているようで。なんでも来週は修学旅行に出かけるとか言っていましたが」

「修学旅行か……」

健次郎は、美雪が楽しみにしていたのを思い出して、ふと黙った。旅行が四国一周と決まったときから、美雪は四国の案内書を離さなかった。とりわけ船旅が心を捕えた様子であった。大阪から高松までの八時間足らずの、生まれて初めての海の上の旅が、どれほど少女の旅情をかき立てていたことか。

「行かしてやりたかった」

と思わず呟いたのを、へえ？　と芳野が怪訝《けげん》そうに聞き咎めた。

「もういい。帰る」

健次郎は、汚《けが》らわしそうに、芳野の視線を跳ね返した。美雪への追憶を、お前ごとき虫ケラに妨げられてたまるか、と腹立たしかった。

おやじに五千円札を投げるように渡した。入口にいた二人づれが、とろんとした目で目礼を送った。

「あいつらにも酒をやってくれ。そして俺が来たことは内緒にしろと言っておいてくれ」

おやじは片目をつぶって頷いた。

真直ぐに家へ戻るつもりであったが、駅まで歩いて車を拾うと、気が変わって、浮田町のマンションの横で降りた。車を待たしておいて、北側の道へ入ると、月の淡い夜空に、マンションがあたりを威圧するように聳《そび》えていた。窓の灯が一きわ輝かしく、足許にうずくまったちっぽけな家々の屋根を照らしていた。それらの家は、マンションという巨大な怪物への生贄《いけにえ》のように、みすぼらしく弱々しかった。

「俺の知ったことか」

と健次郎は呟いた。

「俺は法の制限を正直に守って、正当な権利を行使したまでだ。まっとうな商売をした俺が恨まれる筋合いはない」

そう自ら納得して、踵《きびす》を返そうとすると、背後から豆粒のようなものが降った。はっ、と振り向いたが、人影はなく、鬼はそと、と言う声が、かすかに聞こえた。目ざとく健次郎を見つけた日陰の住人のいやがらせに違いなかった。

「馬鹿者めらが！」

と車に戻った健次郎は、窓から唾を吐いて罵《ののし》った。仲介者の顔を立てて、六階建の一部を四階に削ったうえに、補償金まで支払ったことが、いまさらながらに悔まれた。ああした反対派の連中に譲ることはなかったのだ、法の許す限りに、いや少々は制限を突破してでも、うんとでっかいやつをぶっ建てて、思い知らせてやったらよかった、と悔まれるのであった。

3

「大丈夫だろうね」

と幾代は何回目かの念を押した。隆保は、もう返事もしない。黙ってボストン・バッグの中を改めている。

「間食は駄目ですよ。まだお腹は弱ってるんですからね。それに夜食も……」

「いい加減にしてくれよ、お母さん。もう子供じゃないんだから。それより母さんこそ、羽目を外して酔っ払わないでくれよ。女の酔ったのは醜態だからな」

ボストンを下げると、肩を一振りして、

「七時に学校に集合だからね。行って来ます！」

見送って居間へ戻ると、幾代はぺたんと腰を下ろして、美沙子と向かいあった。

窓のそとは、もう薄暗い。

「今夜とあすの晩、美沙子は一人だね。なんだか悪いみたい」

「平気、平気。遠慮しないで行ってらっしゃいよ」

と美沙子の声は明るい。

「温泉なんて、何年、何十年ぶりかねえ」

「だったら、なおさらのこと、せっかくのチャンスを逃がすことはないわ。バスの発車は二十二時だったわね」

「ええ、豊中の駅前を二十二時。夜どおし走って、あすの朝早く片山津温泉に着くのだって。きっと眠れやしないわ。疲れるでしょうねえ」

幾代は、もひとつ気の進まない顔つきであった。美沙子はそうした母の、ふっ切りの悪さが苛立《いらだ》たしく、

「何を言ってんのよ、いまさらになって。皆さんにご迷惑だわよ、急に不参加だなんて言い出したら。それに九時に皆さんと落合ってお夜食なんでしょう」

「あまりお腹を空《す》かしてバスに揺られると酔うのですって」

「だったら八時半には出かけなくちゃ。用意はもうできてて？ 洗面具はいれたかしら。そうそう、石鹸を忘れちゃ駄目よ。旅館の備えつけの石鹸は泡立ちがよくないか

ら、持っていかなくちゃ……」

「いいの、いいの。そんなに言って貰わなくたって。それこそ隆保の言うとおり子供じゃないんだから。そんなに急《せ》かされちゃ。なんだか追い立てられてるみたいで……」

「だって……」

「なんだか母さんが出て行くのが嬉しいみたいね」

その言葉に、かすかな皮肉と非難の響を覚えて、美沙子は鼻白んだ。その表情を悟られまいと俯《うつむ》いた。

そうであった。九時には亀井が訪ねて来る約束であった。母も弟もいない家に亀井を迎え入れる、めったにない好機であった。

幾代と隆保が同時に旅に出ると判った日、美沙子は頬を上気させて、亀井に囁いた。

「ゆっくりできるわ。お泊まりになっても……。私、一度でいいから、あなたと一軒の家に住んでみたかったの。せめて一夜でも、ご夫婦のように」

ホテルでの逢瀬は、どうにもならない後めたさがつきまとった。ことに、人目を避けて別かれ別かれにホテルを出るときの味気なさは、情事の甘美さを帳消しにして白々しかった。そこには、きぬぎぬの別かれ、の情緒のかけらすらなかった。情緒を伴わない逢瀬、それは若い美沙子にとって、むしろ苦痛に思えるのであった。それが今夜は……と美沙子は時計の針の歩みの遅いのを苛立たしく眺めながら、空想をめぐらした。

熱いお茶を入れてあげる――テレビを見ている肩をそっと揉んであげる――お風呂に入っている間に、簡単な料理を用意してお酒を燗《つ》ける――それから……。

さすがに、そのあとの想像は憚られて、美沙子は、いやいやをするように首を振った。

そして翌朝は、彼の寝息をうかがいながら、そっと床を抜け出して台所に立つ。愛する人のために朝食を作る、それが女性にとって最高の喜びであると誰か偉い人が言っていたが本当だわ……ほっと溜息をついて、我に返った。時計を見上げた。針は、やっと八時を回っていた。

「お母さん、そろそろ出かけなくっちゃ」

と思わず声が弾《はず》んだ。幾代が何度も荷物を確かめるのがもどかしく、戸締まりと火の元に気をつけてね、と幾代が玄関を出たときには、美沙子は期待とは裏腹に、気落ちしたように吐息を洩らした。崩れるように座ると、じっと耳を澄ました。床板の冷たさが膝に染みたが、立つ気にはならなかった。一秒でも早く亀井に会いたかった。

亀井が戸を開いた瞬間に飛びつきたかった。奥から走り出る時間さえが勿体《もったい》なかった。

いくつかの足音が近づいて遠ざかった。そのたびに、美沙子は腰を浮かせ、やがて力なく落とした。

九時きっかりに、門が軋《きし》んだ。美沙子は式台を飛び越すようにして、引戸に手をかけた。同時に引戸は外からの力で引き開けられて、亀井の、いくらか不安気な顔が覗いた。美沙子は亀井の両手を握ると、力を込めて引き寄せた。たたらを踏む亀井の胸に顔を伏せると、わけもなく涙が出て、

「お帰りなさい」

と思いもかけない言葉を吐いてしまった。いつの日か、この言葉で亀井の帰りを迎えたいと願っていたのが、無意識のうちに迸《ほとばし》り出たのであった。

ふと気づくと、足袋裸足《たびはだし》であった。まるで狂態だと恥ずかしかったが、一夜くらいは夫婦としての生活を味わいたいという気持は、恥ずかしさを圧倒し去って、美沙子を放恣《ほうし》なまでに大胆にしていた。その気持は敏感に亀井に通じた。亀井は美沙子を横抱きにすると、我が家へ帰ったように、つかつかと茶の間へ入った。夫の座は、ちゃぶ台の上手《かみて》こそふさわしい。彼はそこの大きな座蒲団の上に、どっかと腰を据えた。

美沙子は抱かれたままであった。今夜は夫婦なのだから、挨拶も、気がねもいらないと思った。目を閉じた。亀井の唇が荒々しく重ねられた。これこそ夫婦の挨拶だと

感じた。着替えをさせて、お茶を出して、と、あれほど楽しみにしていた手順は、全て不要であった。そんな手順を考えたこと自体が、夫婦でないからこそのことか、といまさらながら思い知らされた。

亀井は、あやすように美沙子を抱きしめていた腕を、突然、外した。美沙子の臀部が、亀井のぶ厚い膝に支えられて、身体が弓なりに反《そ》った。下肢と頭部が畳に触れて、切なく息苦しい。抗《あがら》う隙もなく、着物が撥ね除けられて、亀井の顔が美沙子の身体の中心に押し当てられた。

「………」

声を呑んで歯を噛みしめた。弓なりに反った胸に食い入る帯が痛く、頭に血が下って動悸が早まった。だが、苦しくなればなるほど、快感は反比例して昂まった。やがて身体の中心から嵐が湧いて背筋を貫き、四肢の末端まで硬直した。臀部を支点にして身体が宙に浮いた。ついで朦朧《もうろう》が訪れた。

不意に亀井が頭を上げた。夢を断ち切られた思いで美沙子も目を開いた。真上から蛍光灯の白い光が瞳を刺して痛かった。

「戸を叩いている……」

亀井が耳をそばだてながら囁いた。

「そんな……いまごろ、誰が……」

喘ぐ美沙子を、しっ、と制して、

「確かに、君の名を呼んでいた」

その声が終わるか終わらぬかに、

「美沙子、美沙子。母さんだよ、早く開けて頂戴！」

反射的に美沙子は跳ね起きた。咄嗟《とっさ》にテレビのスイッチを押した。いつものように幕があき、と耳慣れた歌声が流れ出た。

「中二階へ、早く！」

と美沙子は着物を整えながら囁いた。頷いて亀井は次の部屋へ走り、隅の襖《ふすま》を開いた。常は襖で隠されている細い階段が中二階へ通じていた。中二階は物置になっていた。電灯もなく暗い。亀井は階段の軋《きし》みを押し殺しながら、手さぐりで昇った。

「しばらく静かにしていてね。なんとか考えるから」

美沙子は亀井が及び腰で昇っていくのを見定めてから、襖を閉めて玄関へ向かった。

「お母さん？」

と、わざと不審気に声をかけた。

「そうよ。どうしたの、さっきから呼んでいるのにさ」

「お母さんこそどうしたのよ。帰って来たりして」

「いいから早く開けてよ」

「開けるわよ。だってテレビを見てたんだもの、お母さんの声、聞こえやしなかったのよ」

気息を整えて、美沙子は差込錠を外した。幾代は転び込むように入って、ペタリと座った。

「どうしたのよ、大丈夫なの？」

「いえね、夜食のお蕎麦《そば》を食べようとしたら、急にお腹が差し込んで来てね。どうにも我慢がならなくなったの」

「まあ、なんだって急に……。とにかく立ってよ。そんな所で座っちゃって、せっかくの服が台無しだわ」

「ちょっと手を貸してよ。家へ帰ったら、なんだか気が抜けちゃって……。失礼して、おトイレへ」

美沙子は思案した。幾代がトイレに入っている間に亀井を逃がそうかとも思ったが、時間が計りかねた。中二階へ声をかけて、亀井が階段を降り、玄関を通り抜けるには、どう急いでも三分はかかるであろう。下手《へた》をすると、トイレから出て来た幾代と鉢合わせしないとも限らなかった。といって、このまま幾代が寝室で寝込んでしまったら万事休すであった。中二階への階段は、その寝室の隅にある。

亀井の来訪が幾代に知れたら知れたで、そのときの覚悟はできていた。隆保も薄々は感づいている様子であるし、いっそはっきりと打ち明けてもいいとは思っていた。しかし、母と弟の留守を狙って、こっそりと引き入れていたその現場を、こんな形で見られるのは、自分にも亀井にとっても不様《ぶざま》なことである。この場は、なんとしてでも切り抜けなければならなかった。

思案がまとまらないうちに、幾代は、いくらか落ち着いた顔で出て来た。

「やっぱり冷えてたんだねえ。お腹がまるで超特急」

「いやだわ、そんな年齢《とし》でもないのに。で、どうするの」

「どうって？」

「旅行は止すの？」

「そうね……」

「いま九時三十五分よ。バスは十時だったわね。急げば間に合うことよ」

「でもねえ……」

「惜しいわ、せっかくの楽しみだのに。それに会費だって払い込んだのだし」

「お金よりも……身体がねえ」

「……」

それ以上、強くは言いかねた。美沙子は思案を巡らせるための時間稼ぎに、テレビ

のチャンネルを次つぎと切り替えながら、

「そうだわ、一応、お医者さんに診《み》て貰わなくちゃ」

「いいよ、そんなに大げさにしなくったって」

「でも、隆保みたいになっちゃ大変だわ」

「悪いものを食べたわけじゃなし。私のはただの冷え込み」

「念のためってこともあるわ。いまなら、まだ有田さんも起きてらっしゃるわ。遅くならないうちに行きましょうよ。私、連れてってあげるから」

美沙子は幾代の腕を取らんばかりにして言った。

「随分と親孝行なのね、今夜は」

と幾代は、しぶしぶ立ち上がった。

玄関の引戸を、わざと音高く閉めて、美沙子は亀井が気づいてくれることを願った。引っ返して来るまでに、うまく抜け出てくれれば、心残りではあったが、一応危機は逃がれられる。

有田医院までは幾代の足でも十分とかからない。産婦人科の看板を掲げてはいるが、幾代は古くからのかかりつけであった。このあたりが今ほど建て込まないころは、有田も産婦人科だけではやっていけず内科も診た。そのころから続いている患者は、いまでも風邪の腹痛のと訪れた。さすがに男性は憚ったが、幾代も美沙子も、気のおけない家庭医のつもりで親しんでいた。

医院の前まで来ると、幾代は呼鈴を押そうとする美沙子を押し止めて言った。

「付添いのいる病人じゃないんだから、母さんは、ひとりで診て貰って、先に帰るからさ。美沙子は悪いけれど、ついでのことに駅まで行って、支店長さんに旅行はやめさせて頂きますと伝えてくれないかしら。行くとも行かないとも、はっきり言わずに帰ったものだから、待っていて貰っちゃ皆さんに悪いものね」

「いいわ」

と美沙子は、亀井が気がかりではあったが、幾代の言い分がもっともなだけに断われなかった。

「なるべくなら、バスが出発するまでお見送りしてあげてね。なんたって、こちらがご迷惑をかけたんだから……」

「いいわよ、判ってるわよ」

支店長の長々とした慰めの言葉を受けたあと、定刻より五分遅れて発車したバスに手を振ってから、小走りに家へ戻ってみると、幾代は、もう茶の間に座ってテレビを眺めていた。

「早かったのね」

「どうっていうほどの病人じゃないんだものね。注射を一本して頂いただけ」

腹痛に注射とは、とふと思ったが詮索するほどのことでもなく、それよりも中二階が気になって、さり気なく寝室を覗くと、もう蒲団が敷いてあった。あら、と振り向く美沙子に、

「孝行娘へのサービスに敷いといてあげたのよ。今夜は早寝することにしようよ。疲れちゃった」

と幾代はテレビを切った。大きな伸びをして、ちゃぶ台を片寄せると、自分の床をとりにかかった。茶の間が幾代の寝室であった。

美沙子は横になると息をこらして耳を澄ました。中二階ではコトリとも音はしない。幾代の寝息を確かめて、そっと階段への襖を開いた。囁くように呼んだが返事はなく、足音を忍ばせて階段を昇り、そっと覗いたが、人のいる気配は全く感じられなかった。

うまく逃げてくれたのね、と安心して床へ戻った。目を閉じると、さきほどの興奮が思い出された。下半身の痺《しび》れがよみがえって、思わずヒクと腰が痙攣した。中心に掌を当てると、生々しいほてりが感じられた。いつとは覚えず指が蠢動《しゅんどう》を始めていた。さきほどの目くるめく快感には程遠かったが、亀井の顔が瞼に浮かんで、吐息が熱くなって来るのを感じた。

あすになって、亀井に会ったとき、恥ずかしくてとても正面から顔を見ることはで

きないだろうと心配だった。が、その心配は無用だった。翌日、亀井は勤め先に姿を見せなかったからである。

4

関西汽船乗船場の大阪港弁天埠頭《ふとう》は、乗降客でごった返していた。十九時二十分に高松から観光船が到着して、満船の乗客を吐き出すのと入れ違いに、二十時三十分と同四十分に高松行の二便が相次いで出港するので、乗船客が詰めかけて来る。折り柄のレジャー・ブームの、しかも秋のシーズンであるうえに、この二便が寄港する小豆島は、いまが紅葉の見ごろとあっては、船会社にとって、かき入れ時でもあった。埠頭から一キロたらずの国鉄環状線と地下鉄の弁天町駅まで、人と車で埋め尽されたといっても言いすぎではないほどの混雑ぶりであった。

困ったことに、とは言っても船会社にとっては願ってもないことに、この年の修学旅行は、どうした加減か船旅に人気が集中した。高校ともなると、学校側でお膳立したお仕着せの旅行プランでは生徒たちは承知しない。期日から日程、行先きを自分たちで決める。自主的と言えば聞こえはいいが、要するに自分勝手である。学校行事の日程を斟酌《しんしゃく》しないくらいのことは内部で繰り合わせがついた。しかし交通機関の多客時を選ばれては、学校当局はたまったものではなかった。この日の乗船を確保するために、藤田は旅行社との交渉に汗をかいたことであった。

生徒たちは、そんな事情には、おかまいなしである。服装こそ、度重なる討議の結果、華美を避ける趣旨から制服着用と決まっていたが、色とりどりの旅行鞄までは規制できず、ましてその喧噪さはどうにもならなかった。

藤田は、そうした連中を、ともかくも整列させ、持物を確かめさせ、人数を改めた。それだけで、もうぐったりして、これから先が思いやられると同僚とこぼしながら待合室のベンチに割り込んだ。

待合室も喧噪を極めていた。藤田たちの近くのベンチでは老婆がおろおろ声でわめいていた。鞄がなくなったというのである。時間待ちの退屈しのぎにとばかりに、十数人が老婆を取り囲んだ。同情心からというよりは、物見高い好奇心から、口々に老婆から事情を聞いていたが、藤田たちは、ちらと視線を送っただけであった。事が生徒たちに関係しないかぎり、傍観者の態度を決めこむつもりであった。そういう気もりででもいなければ、とても四日間つきあいきれる相手ではなかった。

乗船の合図があったとき、待合室の大時計は二十時を指した。内藤につづいてタラップへ向かおうとした隆保の前を、一人の学生が横切った。学生の足が隆保のボストンに触れて跳ね飛ばされ、運悪く水たまりに転がった。隆保の腕は反射的に伸びて、相手の腕をわし掴みした。

「目がないのか！」

帽章は豊中商業高校であった。見逃がせぬ相手であった。

「豊能高校の列を横切って、それで済むと思ってるのか。豊能生のボストンなんか、蹴っ転がしときゃいいってわけか」

相手は一瞬ひるんだが、彼も豊能高生が相手では素直に謝まるわけにはいかなかった。

商業高校と普通高校の間には、旧制中学のころから伝統的な対立意識があった。ことに豊能高校と豊中商高は、地理的に近くにあるだけに、ことごとに反目して来た歴史があった。小さないざこざは登下校時に絶えなかったし、十数人が集団で乱闘することも、毎年の卒業間際の年中行事のようなものであった。まして修学旅行の出発直前となると、双方とも出走前の競走馬のようにいきりたったのも、もっともであった。

豊中商高生のニキビに埋まったような面構えは、隆保の闘志をかき立てた。彼は、ことさらに悠々と一歩を踏み出した。思いきりパンチのきいた罵倒を吐きつけようとしたとき、スピーカーがわめき始めた。

「豊能高校の皆さん、ご乗船願います。一組から五組まで、ご順に一列になってご乗船下さい。係員がタラップで人数を改めますから、ご協力をお願いします。繰り返します……」

隆保は、ちぇっと舌を鳴らすと、

「内藤、こいつを逃がさんでくれ。おい、話は船の上でつけようぜ」

と唇を曲げて凄んでみせた。内藤は無言で豊商生の腕を摑んで引き寄せようとして、あ、と小さく叫んだ。どうした、と目で尋ねる隆保の耳に唇を寄せて、

「例のニセ刑事だ。こんなところまで、なぜ？」

「どいつだ」

内藤が指さしたあたりに、人垣が揺れていた。

「置引きだ。そいつだ！　逃がすな！」

ひときわ高く叫ぶ声が聞こえた。

「よしっ」

と隆保は人ごみへ向かって突進しようとした。

「だめよ、柳生君。すぐ乗らなくちゃ」

と延命美由紀が慌てて引き止めた。

「すぐ戻る。顔を見て来るだけさ。五組の列のドン尻に並んで乗るから、僕のボストンを頼む。それまで、内藤、そいつを逃がすなよ」

「内藤君も、だめよ」

と美由紀は小声で言った。

「タラップの上で人数を数えているわよ。この人を連れてったら数が余っちゃうじゃないの」

内藤は荒木と顔を見合わせた。放すか、と目顔で相談したが、見逃がすのは癪《しゃく》だった。

列はタラップへ向かって徐々に進み始めた。

「お前、なんて名だい」

荒木は、のんびりした口調で言った。

「僕、栗原です。豊商の二年です」

前後を豊能高生に囲まれて、栗原和義は震え声で答えた。

「ふん、修学旅行か、豊商も」

「ええ、小豆島です。坂手で降りるんです」

「だったら同じ船じゃないか。まあ、おとなしくついて来るんだな」

タラップを昇りおえると、内藤は栗原を引き止めた。掌で栗原の顔をぐいと持ち上げると、

「面を覚えておくぜ。お互いに旅は楽しく行こうじゃないか。だからさ、いいか、余

計なことを言い触らして、これ以上騒ぎを大きくするんじゃないぜ」

と、にんまりと凄んでみせて、

「行きな」

と顎をしゃくった。テレビで見覚えた、やくざっぽい仕種《しぐさ》に満足した内藤は、逃げるように走り去る栗原に冷笑を浴びせながら、

「美由紀、柳生には巧く言っておいてくれよ。ごたごたは起こしたくないんだから」

「いいわ。彼、デッキで待っているようにと言ってたの。私、行って来るわ」

「へへえ、早速、デッキで新婚旅行の予行演習ってわけか」

取り巻き連中が、内藤の意を迎えて、ようようと囃したてた。

「なにさ、嫉《や》いてんの、君たち」

美由紀は、手荒くボストンを荒木に投げつけた。

「彼のよ。寝る場所を空《あ》けといてね」

出港のドラが鳴った。

藤田は船室で手帳を開いた。

――十月二十五日(水)午後八時三十分。弁天埠頭を定時に出港。全員異状なし――

書き終わるとベッドに横たわった。ぶるんと掌で顔を撫でると、鞄からウイスキーのポケット瓶を取り出した。酔いの力を借りてでも、寝ておかなければならなかっ

た。これから四日間は、気の休まる隙もないのだから。

関西汽船の高松桟橋は木製の粗末なものである。二百メートルばかり西にある国鉄宇高連絡船の発着桟橋が瀟洒《しょうしゃ》な白亜の姿を誇っているので、関西汽船のそれは、ひとしおみすぼらしい。

しかし朝霧のなかでまたたく青と赤の灯台の間を抜けて、船が接岸を始めると、豊能高生たちは、浅い睡りで充血した目をこすりながら歓声を挙げた。

狭霧の港――シビレちゃう！　と言うのである。桟橋なんか、みすぼらしいほうが、ぐっときちゃう！　と言うのであった。

女生徒たちは、半時間もの間、港と名のつく歌謡曲を、つぎからつぎへと歌いつづけていた。港と涙と霧。俺の若いころと歌謡曲は一向に進歩しておらん、と藤田は睡気を払い落とすように怒鳴った。

「全員、船を降りたら、桟橋は狭くて危険だから、直ちに改札口を出ること。待合室前の広場に整列するんだ。点呼が終わるまで勝手な行動は絶対に許さん！」

人員さえ揃っておれば、付添い教師の責任は一応、果たされる。少年の感傷だの、船酔いだの、そこまで世話が見きれるものか、と教員歴二十年の図太さで割り切って、藤田は、全員の下船を確かめてから、最後にタラップを降りた。

高松港から真南に五十メートル道路が走って、三大名園の一つといわれる栗林公園に通じている。その北端が高松市の玄関というわけであるが、観光都市の玄関というには程遠いうら侘しさが漂っていた。本土を離れて島へ来たという郷愁がそう思わせるのか、それとも、極彩色に塗りたてた土産品屋の看板が余りに田舎じみているためであろうか。

生徒たちは、興醒めした面持ちで、辺りを窺っていたが、藤田はそうした感傷には付き合ってはおれない。

「早く並ぶんだ。いいか、前後左右に、いつもの見飽《あ》きた顔が揃っているかどうか確かめろ」

「ヘドのでるほど見飽きたのは、てめえの面だよ」

列の中から野次が飛んだが、藤田は平気である。ガキと狂人は逆らわずに無視しておけばおとなしくなる。それが教員の生活の知恵というものであった。

「柳生がいないよ」

と誰かが呟いた。

「なに？　誰がいないって？」

野次には耳もかさぬ藤田も、こういう言葉には直ちに反応を見せた。職業的訓練の賜《たまもの》である。

「いるわよ、柳生君は」

美由紀が、藤田の不審顔を見返しながら言った。そして、

「早くよ、柳生君。長いのねえ、あんたのオシッコ」

と大声を挙げた。わっと湧いた生徒たちの笑声に答えるように、隆保の長身が待合室の横から現われて、手を振った。

――十月二十六日（木）午前四時二十分、定刻どおり高松港着。同三十分、上陸点呼。全員異状なし――

と藤田は手帳に書き入れた。

観光バスに分乗して屋島へ向かった。日本史に疎《うと》い少年たちも、ここが源平合戦の古戦場と聞くと、さすがに身を乗り出してバス・ガールの説明に耳を傾けていた。

「光源氏も、ここで戦ったのかしら」

という突飛な質問に、目を丸くした藤田も、

「ここだと思いますが、詳しくは存じません」

と平然として答えるバス・ガイドのしたり顔を見ては、呆れて説明する気も起こらなかった。

栗林公園の美も、水城・玉藻城の歴史も、生徒たちには無縁のことであった。高松城と聞いて、わずかに豊臣秀吉の高松城水攻め、兵糧《ひょうろう》攻めを思い出して、自分たちの空腹を刺戟されたに止まった。勿論、その高松城は備中のもので、高松市の城とは縁

もゆかりもないと知っていた生徒は数多くなかった。
そんな連中にとっても、清水港の次郎長一家は、歴史に燦《さん》と輝く大人物であった。だからバスが琴平の町に着いて、金刀比羅神宮の石段を前にしたときには、遠州森の石松の、次郎長代参の一席が、文字どおり悪声ながらも列のなかに湧いた。そして高松の旅館に着いたときには、空腹以上に睡魔と戦わなければならない生徒たちであった。

藤田は手帳を開いた。

――二十六日（木）午後六時。高松市、四国屋旅館着。全員異状なし――

5

十月の末日、兵庫県西宮市の西警察署に行方不明者の捜索願が提出された。同市に住む亀井久美子が、夫の正和が二十五日以来消息を絶ったと言うのであった。

家出、失踪、蒸発と、行方不明者の届出は多い。いきおい警察も、それほど力を入れて捜索はしない。冷淡なわけではないが、なにぶんにも人手と予算が足らなかった。裏に犯罪の匂いでもあればともかく、単なる家出では通り一ぺんの手配がされるだけである。

亀井の場合も例外ではなかった。届け出た妻の久美子にも失踪の原因が思い当たらないし、行先きのメドもつかないとあっては、差し当たり警察としても手の打ちようがなかった。少しでも手掛りになる噂を聞いたらすぐ知らせるように、と力づけてくれただけでも親切といわなければならなかった。

翌十一月一日、久美子は思い余って、夫の勤務先を訪れた。できることなら勤務先に夫の失踪を知られたくなかった。履歴に傷がつくだけではなく、場合によっては職場放棄で処分される恐れがあった。失踪二日目に、勤務先から〝欠勤しているが〟と問い合わせがあったときも、風邪で臥《ふ》せっている、届が遅れて申し訳ない、と言いつくろっておいた。しかし、いつまでも放っておくわけにもいかなかった。

久美子は勇を鼓《こ》して会社の門をくぐった。応対に出た庶務課長の森田は表情を暗くした。

「すると亀井君は出張だと言って家を出たのですね」

「ええ、東京の本社へ行くと言って出ました。二十五日の夜行で立って、翌日の晩には帰ると……」

出張を命じた事実はなかった。咄嗟《とっさ》に森田の頭にひらめいたのは、社費の横領、使い込みではないかという疑いであった。営業や経理の職場と違って、庶務課では発生の恐れは少ないが、事情に通じた社員が奸智を巡らせれば、やってやれないこともない。監督の立場にある上司として、森田はまず、それを恐れた。久美子を応接室に待たせておいて、腹心の部下に耳打ちした。

部下の安否や、その妻の心痛を第二にして、まず当の部下を疑ってかかるという森田の行動は、或いは人間味に欠けた処置であったかもしれない。しかし結果から見れば、そのほうがよかった。亀井の周辺からは、なんら疑わしい点が発見されなかったからである。

森田は安心して——と言うのは累《るい》が自分に及ぶ恐れがないことを確認して——久美子を人事部長に引き合わせた。人事部長は幸い西宮の西警察署長と顔見知りであった。早速、会社名でも捜索願を出すとともに、なにぶんともよろしく、と個人的に電話を入れた。その一言が効いたわけでもないだろうが、中二日おいた四日の土曜日に、捜査課の大石が久美子の自宅を訪れた。

三歳になったばかりの昇を抱いて、久美子はただおろおろとするばかりで、大石の質問に殆ど答えられなかった。交友関係は？　学校友達は？　賭ごとは？　最近思い悩んでいた様子は？　不審な人物の出入りは？　金銭面での問題は？　と矢つぎ早やに問われて、久美子は、いかに自分が夫について無知であったかを思い知らされた。なんとなく平穏な生活がつづいていたことに、すっかり安住していた自分の愚かさが、情なく、恥ずかしかった。

「ご主人が会社で一番親しくなさっていた人は？」

大石は久美子から聴取するのをあきらめて尋ねた。男というものは、私的な内緒事は、友人には打ち明けても妻には明かさないものだということは、亀井の場合も例外ではないように思えるのであった。

「営業課の越智さんという方が、同期の入社だとか言っていましたけれど……」

その人に会うから奥さんも、と大石は、気乗りはしないが仕方がないという表情をあらわにして、久美子を促した。そして、久美子が昇を連れて出て来たのを見て、とんだ子連れ捜査だと顔を顰《しか》めたが、三歳の子をひとりで留守をさせるわけにもいかなかった。

会社に着いて越智を呼び出すとき、受付の少女たちは好奇心で輝く目を見合わせていた。夫に逃げられた妻を貶《さげす》む目だ、と久美子は身が竦《すく》んだ。昇だけが母と一緒の遠出で大はしゃぎで、その姿がなおさら受付嬢の興味をそそった。

越智は困惑と好奇とが半ばした表情で、久美子たちを近くの喫茶店へ案内した。

「心当たりとおっしゃっても……」

越智は大石と久美子を、交互に見ながら言った。

「お互いにプライバシーには立ち入らない黙契のようなものがありましたから。ただ……」

と言いかけて、久美子を憚るように口ごもった。

「ただ、なんですか」

と大石は斟酌《しんしゃく》しない。

「奥さんが会社へいらっしゃるまでは、誰もが亀井君は風邪で寝ているとばかり思っていました。ところが、柳生君、ええ庶務課の柳生美沙子君です、柳生君だけが、それ以前から亀井君のことを気にしている様子でした。僕のところまで聞きに来たくらいですから」

「それは何日のことです」

「あれは……そう先月の二十八日でした」

「間違いありませんね」

「ええ。土曜日でしたから。半ドンで帰りかけたとき、引き止められて聞かれたのですから」

「で、なんと言いましたか、柳生さんは」

「亀井さんはどうしたんだろう、と言うのです。僕が、風邪だということだよって答えますと、それならいいんだけど、と不審そうな顔でした」

大石は、ふむ、としばらく黙ってから、

「越智さん、すみませんが柳生さんを呼び出して私と別の場所で会わしてくれませんか。私を警察の者だと言わずに、そうですね、亀井さんの学友ということにして貰って」

「あのう……」

と久美子が口を挟んだが、

「奥さんは、ここで待っていて下さい。奥さんがいたのでは、率直に話さないのではないかと思いますから」

「すると、その方は……」

久美子の頰に血の色が浮いたのを見て、大石は、鈍いようでも女は夫の情事に関係のありそうなことには特別のカンが働くのか、といささか辟易《へきえき》した。

別の喫茶店で、固い表情の美沙子と向かい合うと、大石はいきなり言った。

「あなたのことは亀井君から聞いています」

その一言で、美沙子の姿勢は一挙に崩れた。

「すると……亀井は……」

やはり、と大石は胸のなかで頷いた。女性が男の姓を呼び捨てにするのは、よほど深い関係、夫婦に近い関係にあることを告白したようなものである。

「ええ、僕には何でも打ち明けていました。あなたのことでは、彼も随分と悩んでいました」

と、止めを刺すと、それまでは警戒の色を浮かべていた美沙子の目は、縋りつく目に変わった。

あとは簡単であった。

二十五日の夜、亀井が訪れたこと、そして奇妙な形で帰ったことを聞き出すのに時間はかからなかった。

大石は、自分の仕事は、ここまでだと自分で決めた。亀井の消え方には、刑事として心に、わだかまるものがあったが、これ以上深入りする義務はない、と自分に言い聞かせた。あとは上司に報告すれば、然るべく処理するであろう。大石は、物問いたげな美沙子にも、待たされた揚句、なんの説明もしてくれないのに不満気な久美子にも、

「まあ、心配するほどのことはないでしょうが」

と曖昧《あいまい》に答えて、別かれた。

その日の午後も遅くなって、西宮西署から連絡を受けた豊中東署の捜査課長も気乗り薄であった。そうでなくても捜査課は手一ぱいの忙しさである。ＯＬとの情事が原因で蒸発するようなサラリーマンを追跡する余裕はなかった。十日もすれば、しおれた姿で妻子の前に現われ、一場の愁嘆場なり修羅場があって、元の鞘《さや》におさまるさ、と苦笑しかけた課長は、ふと気がついた。

「おい、野村君。豊能高校生の農薬中毒は、君が洗ってるんだったな」

「はあ、どうも……」

と野村は頭を掻く。

「いや、せかすわけじゃないんだ。確か柳生と言ったね、被害者は」

「ええ」

「柳生美沙子ってのは？」

「被害者の姉ですが。どうかしましたか」

「ふむ。じゃ、ついでのこと、君に当たって貰おうか。まあ、中毒事故とは関係ないだろうが……」

俺はいよいよ貧乏くじを引いたな、と野村は呟いた。中毒事故にしてからが、一人前の刑事が情熱をたぎらせて走り回るヤマではなかった。肝心の被害者がすでに回復しているし、学校側はむしろ捜査に迷惑顔である。狼狽《ろうばい》して届け出たのを後悔している口ぶりですらある。そこへ加えて蒸発の捜索とは……。

「柳生という少年は、妙にひっかかってくるな。いつも関係があるような、ないような立場にいる。も一度、会ってみるか」

野村は相棒の、これも野村以上に役不足でふくれ面の大塚を促して立ち上がった。

柳生家に着いて呼鈴を押したが、応答はなかった。引戸に手をかけたが、鍵がおりているらしく動かない。腕時計を見て、野村は苦笑した。五時前であった。幾代と美沙子はまだ勤務中であろうし、隆保も学校から帰っていない時刻である。

昼間は柳生家は無人だという簡単なことを忘れるようじゃザマはない。と二人は肩を竦めて足を返した。通りを一分と歩かないうちに、ショッピング・カートを引いた幾代に出会った。普段着姿であった。

「ああ、きょうはお休みでしたか」

と野村は愛想よく話しかけた。

「ええ、なにしろ契約さえ取れれば、毎日定《き》まった時間に出勤しなくてもいい職場ですから。で、きょうは、なにかご用でも？」

と幾代はショッピング・カートに積んだ大根が転げ落ちそうになるのを積み直しながら小首《かし》を傾げた。

「たくさんのお買物ですな」

と野村は、ますます愛想がいい。

「休んだ日に一週間分くらい買い溜めますのよ。三人とも外に出てますでしょう、買物をする時間がなくて」

「ごもっとも。実は、ついいましがたお宅へ伺ったのですが、どなたもいらっしゃらなかったので」

「あら、そうですか」

と幾代は訝《いぶ》かるように首を傾げた。

「隆保がもう帰ってるはずですが。きっとまたテレビに夢中になって、呼鈴が聞こえなかったんですわ。すぐ開けさせますから、どうぞ……」

幾代は小走りに家へ向かった。

「いいんですよ、急ぎませんから。ご一緒にお話を伺いながら参りましょう」

「でも、散らかしていますから」

言い捨てて幾代は足を早めたが、ショッピング・カートが重いと見えて、野村らとの間隔はさほど開かず、家の前で追いついたときは、幾代は引戸を叩きながら、

「隆保、隆保、お客さまよ」

と大声を挙げていた。なるほど、テレビの音声をあげていたら、あれくらい叫ばなくちゃ聞こえまいと野村は合点した。

隆保が顔を突き出した。そして野村を見ると、なんだとばかりに肩を竦めて、どうぞ、とそっけなかった。Gパンにランニング・シャツ一枚の薄着であった。若い者は元気だな、と野村はつまらぬ感心をしながら敷居を跨ぎかけて、ショッピング・カートに躓《つまず》いた。ずしんと足に応える重さであった。それでは女の手にある、と幾代に、

「重そうですな。なんでしたら台所まで運びましょうか」

「とんでもない！」

幾代は慌てて野村の手を払った。遠慮にしては手荒い断わり方だとは思ったが、幾代くらいの年配になると、多少は警察の権威を尊重してくれるのかと内心楽しくもあった。

大塚は、終始無言であった。野村の〝権威のない〟態度が不満なのであった。

上がり框《かまち》に腰をかけて、野村は亀井の話を持ち出した。話が進むにつれて、幾代の目は釣り上がっていった。とんでもない言い掛りを持ち込んで来たとばかりに野村を睨みつけて、叫ぶように言った。

「信じられませんわ、そんなこと！　美沙子が私たちの留守中に、そんなふしだらなことをしでかすなんて！」

「しかし……」

と大塚が、冷やかに口を挟んだ。

「美沙子さんが、そう言ってるんですよ。亀井を呼んだと。そして消えた、と」

幾代は、はた、と大塚を見据えた。

「美沙子がなんと言おうと、私が家を出るまでは誰も訪ねては来ていませんでした。そして私が帰って来たときも、美沙子ひとりでした。亀井さんとやらを、私は見ちゃいません」

「僕も見ていないな、そんな男」

と隆保が突っ立ったまま、小馬鹿にしたように野村を見下ろして言った。

「僕は修学旅行に行っていましたからね、その夜から。そんな男が来ようが来まいが、消えようが消えまいが、僕には関係も興味もありませんね」

野村は、しばらく黙った。やがて、けろりとした口調で切り出した。

「差し支えなかったら、ちょっと上がらせて貰えませんか。美沙子さんが亀井さんを隠したと言っている中二階を見せて頂きたいんですが」

「お断わりします」

幾代は言下に言った。

「調べられる筋合いはありませんわ。それとも、そういう令状でもお持ちなんですか」

「いや……まあ、ほんの参考までに、と思いましてね」

「だったら、お断わりします」

「いいじゃないか、母さん」

と隆保が、のんびりした口調でとりなした。

「だって不愉快じゃないの。まるで私たちがその男をどうかしたみたいに言って……」

「そうは言っていないさ。ただ中二階を見たいと言うだけのことじゃないか。見せてやればいいさ。こだわって変に勘繰られちゃ却って迷惑だよ」

「隆保がそう言うのなら……」

その機を外《はず》さず、野村は靴を脱ぐと、

「どちらです？」

とさすがに素早かった。

「この部屋だよ。あの隅の襖を開けると階段になっている」

隆保は顎をしゃくって教えた。部屋の真ん中に敷蒲団が一枚、乱れて敷かれてあった。野村が、それを避けて通るのに、

「昼寝してたんだ。せっかくいい夢を見てたのに、とんだお客さんだ」

と隆保は言わでもの悪態をつく。野村はそんな隆保の相手にならず、襖を開けて階段を昇った。人ひとりがやっと昇れる細さで、これでは大きな荷物は運べないなと思いながら、首だけ突き出して中二階を見渡した。

梁《はり》をむき出しにした、屋根裏と呼んだほうがふさわしい四畳半くらいの部屋であった。風通しが悪く、かすかに饐《す》えた匂いが鼻を打った。電灯もなく薄暗いなかにコの字型に小箱や衣類箱が、きちんと整頓されて並んでいるのが見えた。

「勝手に触らないで下さいよ。季節ごとに区分して並べてるんですからね」

幾代が、ふて腐れたように下から叫んだ。

確かめるまでもなく窓はなかった。棟木の下に通風用の小穴があるが、十五センチ角に過ぎず、そのうえ格子が打ってあるので、人が通り抜けられようはずもなかった。

では……と野村は考える。亀井は、家内が無人になったときを見計らって、階段を降りて脱出したとしか考えられなかった。その時間は、と考えながら、階段を後退《あとじさ》りに降りかけると、

「どういうことなの、これ？」

と美沙子の声がした。

「ああ、美沙子」

と幾代が叫ぶように言うのに、おっ被《かぶ》せて野村は、

「ちょうどよかった。いいところへ帰って下さった。皆さんで、あの夜のことを、できるだけ正確に話してくれませんか」

幾代は、半ば開き直った態度で、茶の間に座った。そして美沙子と確かめ合いながら、こもごも語った。野村は何度も問いただしながらメモを取っていたが、

「では、こういうことになりますな」

と、一覧表を作り上げて、読みあげた。

①　6時30分……隆保、家を出る。
②　8時30分……幾代、家を出る。
③　9時00分……亀井、来る。
④　9時30分ごろ…幾代、腹痛でいったん帰宅。
⑤　　同…………亀井、中二階へ隠れる。
⑥　9時40分ごろ…幾代、美沙子、再び家を出る。
⑦　10時00分ごろ…幾代、有田医院から戻る。
⑧　10時25分ごろ…美沙子、10時5分発のバスを見送って戻る。
⑨　10時30分ごろ…幾代は茶の間で、美沙子は問題の部屋で就寝する。
⑩　11時ごろ……美沙子が中二階を覗いたが亀井の姿なし。

「ということは……」

と野村は念を押すように言った。

「九時四十分から十時の間に、亀井は中二階を出て姿を消したということになりますな」

「刑事ってのは、随分と馬鹿念を入れた面倒くさい考え方をするものだな」

と隆保が、あざ笑うように言った。

「二十分あれば逃げられますよ。二人が遠ざかるのを待って、道路にも人のいないのを見定めて、こそこそと逃げたんだよ、泥棒ネコのようにね！」

幼児が舐《な》めた

1

「で、君たちの考えは？」

捜査課長は野村の報告を、気のなさそうな顔つきで聞いたあと、野村と大塚を等分に眺めながら尋ねた。十一月六日、月曜日の昼前であった。

「気に食わんですなあ」

と野村は答えにならない返事をして、顎を撫でた。

「どこが気に食わないんだ」

課長も、のんびりと問う。野村が顎を撫でつづけるだけで、あとの言葉を出さないのを咎める様子もない。

「別にどうってこと、ないじゃないですか」

と大塚が野村に気がねしながらも、苛立って言った。

「亀井は充分に逃げ出す時間はあったのだし、自分の意思で姿を隠しただけのことですよ。犯罪があったわけでもなし、ありふれた情事の縺《もつ》れにすぎません。我々が介入することはありませんよ」

「それなら、それでいいんだがな」

と野村は誰にともなく呟いた。

「どうも気に食わんのだよ」

「だから、どこがですか」

と大塚は声を尖《とが》らせた。

「柳生なんだな。あいつが、そのときは居なかったんだな。それが気に食わんのだよ」

「隆保ですか？　だって彼は修学旅行でしょう。現場に居なかったから関係ないじゃありませんか。もともとこれは美沙子と亀井の問題なんですよ。関係のない隆保がどこにおろうが、それこそ無関係じゃないですか」

「理屈からいけばそうなるんだがね。どうも気に食わん……」

大塚は、もう相手にならなかった。課長も、どちらに賛成するでもなく黙っていたが、目顔で、もういいと告げて、書類を取り上げた。

野村は自席へ戻ると、憚りなく大欠伸《あくび》をして、目を閉じた。

——美雪の死と、隆保の中毒と、亀井の失踪。関連があるのかないのか、判然としない。関連があるとすれば、それぞれの事件が隆保と直接間接に結びついていることだけである。しかし間接的にせよ、一人の人間に関連して三つの事故が相次いで発生したら、その人間が何らかの鍵を握っているものと疑ってかかるのが、捜査の常識ではないだろうか——

野村は、こっくりと自分で頷いた。それを見て、大塚は、先輩は居眠りか、と苦笑した。その含み笑いを聞き流して、野村は考えつづけた。

——美雪が受胎したと思われる日、隆保は須磨に行っていたと言うが確認されていない。美雪に聞こうにも死んでしまった。第二の事故は、隆保自身が被害者だが、あれほど個性の強い男が、加害者を追及しようとしないのは納得できない。自分が殺されかけたのだから、普通ならやっきになりそうなものだのに、それほどでもないのはどういうわけか。

そして第三の事件だ。亀井は単なる蒸発だろうか。隆保が亀井に好意を持っていなかったことは一昨日の態度でも判る。姉の不倫の相手だ。憎んで当然だろう。となると、隆保が蒸発に一枚嚙んでいないと考えるほうが不自然ではないだろうか。一回目は死んだ。二回目は中毒。三回目の亀井は——

「野村部長、野村部長はおられませんか」

受付の婦警が冷やかな声で呼んだ。野村は目をぱちくりとさせて、ほうい、と間のびした声を上げた。

「ご面会です。亀井久美子とおっしゃる方が……」

「亀井？　久美子？」

野村は大塚と顔を見合わせた。亀井の妻だろうと想像はついたが、呼んだ覚えはなく、その必要もなかった。

「変なんです。私にはどうしたらいいのか判りません。でも……変なんです」

いきなり嚙みつくように叫ばれて、野村は、まあまあと手を振った。夫に蒸発された妻の傷心は判らないではなかったが、それにしても久美子の興奮はひどかった。片手で昇の小さな手を握りしめていたが、その昇も怯えた泣き顔で母を見上げていた。

野村は久美子の肩を抱くようにして、別室へ導いた。大部屋で泣き出されでもしたら、処置なしであった。

「私、尾行《つけ》てたんです。けさから、ずっと……」

「ははあ、なるほど」

と野村は逆らわずに頷く。相手の興奮を冷《さ》ますには、この手しかないと心得ていた。

「そしたら、あの女は……」

「ちょっと待って下さいよ。誰を尾行てたんです？」

「決まってるじゃありませんか。柳生ですよ、柳生幾代」

「ははあ、なるほど。そうでしょうな、勿論のこと……」

と野村は無理に合点して、

「まあ、腰を下ろして下さい。お話をすっかり伺わせて頂きますから。で、奥さんは、どうして柳生幾代を尾行るようになったのです?」

崩れるように椅子に腰を下ろすと、久美子は、やっと落ち着きを取り戻して、話し始めた。

話したがらない大石を問い詰めて、柳生のことを聞き出した久美子は、矢も楯《たて》もたまらぬ思いで、朝早く柳生の家に駆けつけた。

駆けつけてはみたものの、さすがに入りかねた。物陰で様子を窺《うかが》っていると、間もなく姉弟が出ていった。通勤と通学であることは想像がついた。美沙子を引き据えて面罵してやりたかったが、相手が二人づれであることが、久美子を怯《ひる》ませた。しかし、あと家に居るのは幾代だけだと思うと勇気が湧いた。親だからといって、責任がないとは言わせない、と正面切って問い質《ただ》すつもりで、門に近づきかけると、幾代がショッピング・カートを引いて出て来た。辺《あた》りを窺いながら落ち着かぬ様子だったので、

「ふと、あとを尾行る気になったんです」

と、ここで久美子は大きく息を吐いた。

「ところが、あの女は変なものばかり買うのです」

「変なもの？　というと……」

「セメントなんです。それも、家庭用のビニール袋に入った小さなのを幾つも。一軒の店で二袋買ったかと思うと、つぎはスーパーで三袋。かと思うと、わざわざ離れた荒物屋まで行ってまた二袋と買い集めては、ショッピング・カートに積んでいくのです。カートが一杯になって随分と重そうでした。最後に野菜を買って、セメント袋を隠すように覆ったんです」

野村は、きらりと大塚へ目を流した。大塚は既に立ち上がっていた。

「奥さん」

野村は鋭く言った。

「幾代は、いま家に居ますね」

「ええ、家に入るのを見届けて、すぐこちらへ駆けつけたのです。大石さんから野村さんのお名前を伺っていましたので……」

「参りましょう。ひょっとしたら……」

おぞましい想像は口に出すのも憚られた。が、その気持は敏感に久美子にも通じた。

「私も、そんな気がして、恐しくて、恐しくて……」

久美子は昇を抱きしめて喘いだ。

車は五分と走らず柳生家の前に着いた。呼鈴を押す手ももどかしく引戸を引いた。施錠はなく、飛び込んだ野村たちの前に、幾代が阻《はば》むように突っ立った。

「また？　なにかご用ですの」

蒼ざめてはいたが、動揺の色は見られない。

「ちょっとお伺いしたいことがあって。こちらは亀井正和さんの奥さん」

と、野村も気負った様子は見せない。幾代は冷たい視線を久美子に注いでから、どうぞ、と招じた。

玄関を通り抜けながら、野村は素早い視線を台所へ送った。こんもりと盛り上がったショッピング・カートが見えた。昨日のカートも重かった。上に大根を乗せて隠してはいたが、あれもセメントの小袋だったのであろう。だからこそ、野村が親切心で運んでやろうとしたとき、慌てて拒んだのであろう。あの重量では二十袋はあったろう。そのセメントは、どこで、どのように使われたのか。

「奥さん」

中二階の階段へ通じる部屋で座を占めると、野村は早速切り出した。

「セメントを買いましたね」

「ええ。それがどうかしまして？」

と幾代は悪びれない。知られたのなら知られたでいいといった表情である。居直ったな、と野村は感じた。

「それも、随分と沢山《たくさん》」

「いくら買おうと勝手でしょう」

「大袋を建材屋から届けさせたほうが、ずっと安くつきますがねえ」

「家庭用のは砂を混《ま》ぜなくてもいいんですよ。手軽で便利ですからね」

「それだけの理由でしょうかね。届けさせたのじゃ人目につくからね。それで、あちこちの店で少しずつ買い集めた……」

「ご想像は自由ですわ」

居直りを通り越して、ふて腐れとも言える幾代の態度であった。野村は焦る色もなく、じんわりと攻めつづける。

「それで、一体なにに使われたのです」

「お勝手やお風呂の修理なんかに」

「あれだけの量を？」

「買ったのは昨日ときょうだけですわ。それほどの量じゃありませんわ」

「そうでしょうかねえ」

と野村は争わない。争うだけの裏付がないためもあったが、問題が量にはなく、その使途にあるためであった。

「ところで、修理のお手際を拝見してもいいですか」

「どうぞ」

と幾代は、たじろぐ色もない。野村も敢えて検分する気はなかった。カムフラージュに、一、二回分の量を、台所や風呂場に塗りたくっているであろうことは想像に難くなかった。

玄関の引戸が鳴って、母さん？　と訝《いぶ》かるような声がした。

「あ、隆保」

と幾代の態度が、かすかに崩れを見せた。

「おや、もう学校は終わったのかね。まだ昼になったばかりだのに」

と野村は、突っ立ったままの隆保を見上げて微笑した。

「一昨日《おとつい》も、きょうも、早いお帰りだね。なにか急ぐ用でもあるらしいね」

「余計なお世話ですよ」

と隆保は、ぷいと横を向いた。頬の筋肉がかすかにわなないたのを、野村は見逃さなかった。こちらから攻め落とすか、と口を開きかけたとき、

「よしなさい、昇ちゃん。汚ないことを！」

と久美子が昇の右手を摑んだ。昇が畳を擦《こす》った指を舐《な》めていたのである。

「ほら、ごらんなさい。こんなに埃が……」

とハンカチで昇の指を拭いかけて、はっ、と目を凝らした。

「刑事さん、セメントが！　ほら、畳の上に、そこにも……」

あっ、という声は、野村が発したのか、幾代だったのか、それとも同時だったのか。

野村の指示より早く、大塚は畳の縁《へり》に手をかけていた。も早、遠慮はいらなかった。畳をあげると、釘を抜かれた床板が乱雑に並べられていた。最近になって取り外した跡が明らかであった。

野村は素早く回り込んで、幾代と隆保の退路に立ち塞《ふさ》がった。が、その必要はなかった。幾代は端然として座ったまま、隆保は平然と突っ立ったまま、大塚の手許をひとごとのような目で眺めていた。

床板を除くと、異臭が鼻を打った。大塚は鼻を覆って覗き込むと、野村を振り返って、大きく頷いた。

「全員、隣の部屋へ移って！」

野村は掠《かす》れた声で命じた。現場を乱すまいという当然の処置であったが、それが大きな過失であったことに気づいたのは、一分後のことであった。

「ちきしょう！」

獣のような絶叫とともに、久美子が幾代に襲いかかった。

「よくも……よくも……」

咽喉を締められた幾代は、慌てる様子もなく、強い力で久美子を突き飛ばした。久美子は裾を乱して仰向けに倒れた。

「いまさらになって、なにを騒ぐの。こうなる前に、その馬鹿力で、どうして亭主の首玉をしっかりと押えておかなかったのさ。そしたら美沙子だって苦しむことはなかったのに。馬鹿だよ、お前さんも美沙子も」

制そうと近寄った野村の背筋が寒くなるような、冷たい声音であった。久美子も凝然と目を剝《む》いて黙った。

「はゝゝゝ。あられもなや、とはこのことだ」

と隆保が、けたたましいほどに笑って、久美子のはだけた裾を大げさな格好で覗き込んだ。昇が小さな拳《こぶし》をかざして、隆保の腹を叩いた。母が侮辱されたと子供心にも悟ったのであろう。隆保は、ふん、と鼻を鳴らして、昇を突き飛ばした。会釈《えしやく》ない力であった。昇は壁際まで素っ飛んで、泣くことも忘れて顔を歪めて怯えていた。

「馬鹿々々しい。なにもかもが馬鹿げている！」

隆保は吐き捨てるように言って、部屋を出ようとした。野村が慌てて遮った。

「逃げるのか！」

「逃げる？　俺が？」

隆保は意外そうに野村を見つめた。

「なぜ逃げなきゃならないんです。あんたたちは、殺《や》ったのはお袋だと思ってるんでしょう。だったら、お袋を庇《かば》った俺は、とんだ親孝行者というわけだ。逃げ隠れする必要は、これっぽっちもありゃしませんよ」

「お黙り！　隆保」

と幾代が遮った。

「私ひとりがやったことよ。セメントだってなんだって。隆保は関係ない！」

「無駄だよ、母さん。そんな人情愁嘆場が通じる警察じゃないよ。あざ笑われるだけのことだ。それより、そちらの刑事さんよ、パトカーはまだかい。早く、この女とガキを片付けて貰わなくちゃ目障りになって仕方がないね」

2

亀井の死体を運び出すのは大仕事であった。床下の土が縦二メートル、横五十センチ、深さ四十センチほど、ちょうど棺桶のように掘られて、死体は着衣のまま俯《うつぶ》して横たわっていた。セメントは死体を放り込んだ上から注ぎ込まれたとみえて、背中は数ヵ所の凸部を残して殆んど埋まっていたが、顔面や腹部は穴底に密着していてセメントに包まれておらず、屍臭《ししゅう》はそこから発していた。

死体は直ちに解剖に回された。

豊中東署に留置された幾代は、神妙としかいいようのない態度であった。野村の質問を先回りするくらいに、すらすらと犯行を自供した。

「有田医院から戻って家へ入ると、ぱったりと亀井に出会いました。かねがね美沙子のことで、亀井にはっきりしたところを聞きたいと思っていましたので、ちょうどいい機会だと茶の間で話し合うことにしました。

なろうことなら、美沙子にも亀井にも、相手のことを諦めてほしかったのです。過去はないものにして、亀井は妻子のところへ戻り、美沙子はまともな相手と、まともな結婚をするのが一番よいのではないかと、頼むように言ったのです。

ところが亀井は、ふて腐れたというか、開き直ったというか、薄ら笑いを浮かべて、こちらはその気だが美沙子が離さないからどうしようもない、とそっぽを向くのです。私は恥も忘れて亀井に取り縋《すが》りました。本当に泣いて頼んだのです。

亀井は、そうした私をうるさそうに振り払って出て行こうとしました。その後姿が鬼に見えたときから、私はなにをどうしたか、はっきりと思い出せません。気がついたら亀井が倒れていました。首に洗濯物を干すビニール・ロープが巻きついていて、その端を私の手が握っていました。

私は慌てました。いまにも美沙子が帰って来るかと気が気ではありませんでした。でも、いざとなると、女でも力も智恵も出るものですね。畳をあげて床板を外し、亀井を転がして落としました。いいえ、土を掘ったのは、後日のことです。そんな時間はありませんでした。

床板を並べて畳を元に戻したものの、畳がうまく塡《は》まりません。無理矢理に押し込んで、上に美沙子の蒲団を敷いてごまかすのが、せい一杯でした。

美沙子は、亀井の姿が見えないのと、私が平気な顔をしているのを見て、安心したのでしょう。敷いてやった蒲団で、間もなく寝入った様子でした。自分の寝ている真下に、亀井の死体が転がっているとは知らずに。思えば可哀想な娘です、美沙子は……。

亀井を殺したことは、そのときも、いまでも、ちっとも後悔しておりません。当然の報《むく》いだと思っていますもの。でも、翌日、美沙子を会社へ送り出してからが大変でした。死体の始末をつけなければなりません。かなり涼しくはなっていましたが、二、三日もすれば腐りだして匂うでしょう。美沙子が感づくに違いありません。

それに隆保も、三日後には修学旅行から帰って来ます。隆保には知られたくなかった。隆保はまだ子供です。私の気持も理解できないだろうし、母が人殺しだと知ったら、どんなに驚き悲しむことか。それやこれやで、ぐずぐずしてはおれないと思いました。

私の勤めは保険の外交ですから、出勤は割と自由です。支店へ電話して、三日間の休暇を貰いました。戸締まりをして床下にもぐりました。死体の目が恨めしそうに睨んでいましたが、平気でした。だって逆恨みというものですからね。恨めしいのは、むしろ私のほうでした。

穴を掘るのは骨でした。狭い所ですから手足が自由に動かせません。でも幸い土がそれほど硬くなかったので、その日のうちになんとか掘りあげて、死体を転がして入れました。入れてはみたものの、穴が浅かったので、土で埋めたくらいでは臭気が洩れそうでした。といって、いまさら死体を取り出して、掘り直すのは無理でした。死体は馬鹿重くて、とても私の力では持ち上がりません。

思いついたのが、コンクリート詰め殺人の新聞記事でした。セメントで固めてしまえば臭気は洩れないし、私が家を売って出ない限り、まず発見されることもないでしょう。

私は翌日からセメントを買いに回りました。小袋ばかり買ったのは、刑事さんのお見通しのとおりです。毎日、少しずつ集めては、バケツで練って流し込みました。刑事さんは、まるで鬼の仕業《しわざ》を聞くような目で私を見られますが、私にとっては、日ごとに亀井の姿がセメントに埋まって消えていくのが、楽しくて仕方なかったのです。こいつが消えてしまえば、美沙子にもやがて平穏な生活が戻るだろうと思うと、毎日の仕事が待ち遠しかったくらいでした。

繰り返しますが、美沙子は勿論のこと、隆保も全く関係ありません。全て私ひとりでやったことなんです。だって、そうじゃないですか。もし隆保が手伝ってくれたのなら、男の力ですもの、もっと深い穴だって掘れましたし、なんならオートバイでどこか遠くへ運んで埋めることだって出来たのですものね。

これで終わりです。全てを申し上げて、さばさばしました。あとは死刑になりと、なんなりと。お手数をおかけしました」

野村は長い供述書を取り終わって、ほっと溜息をついた。後味の悪い事件ではあったが、ともかくもこれでケリがついた、と煙草に火をつけて、幾代にも一本差し出した。にっこりと受け取って、幾代はうまそうに太い煙を吐いた。

勿論、野村は幾代の供述を、そのまま鵜呑《うの》みにはしない。いくつかの裏付を取らなければ信を置けない点はあった。幾代のように、進んで自供する場合は、却ってその真実性を疑ってかかるのが取調べの常道であった。それはともかくとして、野村は隆保の供述を、夜の更けないうちに取らなければならなかった。

隆保には任意同行を求めて、署内の一室に待たしてあった。幾代は単独犯を主張していたし、隆保が未成年の高校生である点からも、逮捕に踏み切るのは憚られたのだった。

隆保は野村と大塚が席に着くのを無視して、うそぶいていた。

「晩飯は食ったかい。うまかったかな」

と野村は愛想よく尋ねたつもりであったが、これは愚問であった。警察に同行されて食った飯がうまかろうはずがない。隆保は心持ち唇を歪《ゆが》めただけで無言であった。

「中毒した腹はもうよくなったかね。もし具合が悪いようだったら、そう言ってくれ給え。特別の食事がとれるようにしてもいいからね」

隆保は、こんどは唇を開いて音もなく笑った。

「中毒事件を調べるために僕を呼んだんですか。だったらお門違いもいいところだ。僕は被害者ですよ」

挑戦された、と感じて野村は表情を固くした。取調べに当たって感情的になることの損失は、十二分に承知している野村も、我が子ほどの若僧に、正面きって揶揄《やゆ》されては、心穏やかであるはずもなかった。

「そんな悪態をつくだけの元気があれば、腹の調子もいいのだろうな。じゃ聞くが、亀井正和という男を知っているね」

「薄みっともない助平野郎だよ」

「そういう口のきき方は、君にとって不利だと思うがね」

「余計なお世話だ」

「助平野郎の死体だから、セメントで固めてやったということかね」

「さあ、それはお袋に聞けばいいだろう。僕の知ったことじゃない」

「君も手伝ったんじゃないか」

「僕が？　言いがかりはよしてくれ」

全面否認でおいでなさったな、と野村は予想したことだから気にもかけない。

「じゃ聞くがね。一昨日《おととい》の土曜日は学校を休んだね」

「ああ、腹が痛んでね。なにしろ毒を食ったんだからね、後遺症ってやつかな」

「そしてセメントを注ぎこんだ」

「見てきたような嘘をつくのは講釈師じゃなかったかな」

大塚が、きっとなって首を擡《もた》げたが、野村は構いつけずに話を進めた。

「だから私が呼鈴を押したとき、家に居ながら返事をしなかった。鍵もかけていたしね」

「昼寝していて聞こえなかったと言ったはずだよ」

「私たちが留守かと思って帰ったあと、君は急いで作業をやめ、畳を置き、蒲団を敷いた。そのころになって、また私たちがやって来た。幾代は、わざと大声で、お客さんだよと叫んだね。君に聞かせて、大丈夫かと尋ねたのだろうな。返事がなかったら、まだ跡始末ができていないと悟って、やれ寝入っているらしいとか、鍵がないとか言って、時間を稼ぐ打ち合わせになっていたのだろうな」

「素晴らしい妄想力だな。刑事より推理小説の作家になったほうが、よかったんじゃないかな」

「そのときの君の服装は、Gパンにシャツ一枚だったね。誰が見ても、セメント練りにもってこいの服装だった」

「誰が見ても、という言い方は、誰が聞いても独断だと思うだろうよ。証拠力はゼロだね」

「少くとも腹痛で寝こんでいた服装ではないことは確かだ」

野村は根気よくつづける。隆保が答えているうちに、不自然なところ、曖昧なところ、矛盾したところが出てくるのを、辛抱強く待つハラでいた。充分に言い逃れを準備しているであろう被疑者を相手にするときの常套手段であった。

僅かな矛盾でも発見したら容赦なく攻め立てる。被疑者の供述は混乱する。その混乱がさらに供述に矛盾を生んで抜き差しならなくなる。そのときになって吠え面をかくな、と野村は腹のなかで毒づいた。

「ところで、君が亀井の死体を見つけたのは、何日のことかね」

「とぼけた質問だな。つい、さっきじゃないですか。そちらの刑事さんが畳をひんめくったときですよ」

「嘘を言っちゃいけないな。君が修学旅行から帰ったのは何日だったかね」

「十月二十八日の……夜八時ごろかな」

「きょうは十一月六日だよ。十日近い間、気がつかなかったのかね。君の家の床下にあるんだよ、死体は。しかも君の母親が、セメントを買い込んでは流し込んでいたんだよ。それを全然気づかなかったなんて、信じられると思うのかい」

「信じるか信じないかは、そちらの勝手さ。だが事実なんだから、ほかに答えようがないね」

「きのう君の着ていたGパンには、かなりセメントがこびりついていたがね」

と野村は、軽くカマをかけてみたが、動じる相手ではなかった。

「お袋に言われて、風呂場や台所の修繕をやらされたからね。とにかく……」

と隆保は挑むように口調を厳しくすると、

「とにかく帰らせて貰うよ。おとなしく、あんたたちのくだらない質問に答える義務はないはずだからね。それとも帰さないとでも言うのかい」

野村と大塚は顔を見合わせて肩を竦めた。子供だと見くびっていて、カウンター・ブロウを食った思いであった。

「いいだろう、きょうのところは、ね」

と答えるしかなかった。時計は午後九時半を指していた。深夜の取調べは、ことに相手が少年で、被疑者とまで言い切れない場合は、控えたほうが無難でもあった。

3

捜査課へ戻った野村は、美沙子を待たしていたことを思い出した。亀井の死体を発見したときには、美沙子はまだ勤務先から帰宅していなかった。それは、むしろ美沙子にとって幸いと言えた。恋人の変わり果てた姿、それも殺されたうえセメント詰めにされた姿を、見ないですんだからである。まして、その犯人が実の母らしいとあっては、美沙子の受ける衝撃は幾重にも加重されたことであろう。野村は、それを思い遣って敢えて美沙子に知らせる処置を採《と》らなかった。彼女が夕刻になって帰宅するまでには死体の搬出が終わっているであろうから、死体を見ないで済む。だから、帰宅を待って、署へ来させるようにと現場の警官に命じておいたのであった。

「おい」

と野村は、若い刑事に声をかけた。

「柳生美沙子は待たしてあるかい」

「いえ、それが……」

と若い刑事は口ごもりながら答えた。

帰宅した美沙子は、一瞥《いちべつ》して事態を察知したらしく、警官の制止を振り切って室内へ走り込んだ。部屋の畳はすでに敷かれていたが、踏み荒された跡は歴然としており、砂や土粒が一面にこびりついていた。

美沙子の足は、その部屋の中央部で、はたと止まったかと見るまに、蠟《ろう》が溶けるように音もなく崩れ落ちた。

「ショックで失神したんです。張番の警官が慌てて豊中市立病院へ運びました。診断は脳貧血ですが、なにしろショックがひどくて放心状態なんです。医者も到底、取調べに応じられる状態ではないと言うので、どうしたものでしょうか、と現場から連絡がありました。それで、とりあえず回復するまで、病院に預かって貰うように手配しておきました」

無理もなかろうな、と野村は沈痛な顔で頷いた。そして大塚に、

「まあ被疑者というわけでもなし、急いで事情聴取の必要もあるまい。美沙子は明日

のことにするか」

と、自分自身を納得させるためのように、問いかけた。大塚も、そうですな、と目顔で答えて、大きく伸びをした。

セメント詰め殺人というショッキングな事件のわりには、被疑者の自供が早々と取れたことでもあり、あとはぼつぼつと、という気持がないでもなかった。

野村は湯沸し場から湯を汲んでくると、机の引出しから、取って置きの玉露を取り出した。ゆっくりと時間をかけて絞り出した。とろりとした苦味のなかから、じんわりと甘味が湧いてくるときの味わいは、酒好きの茶好きとはね、と笑われても、ちょっと捨て難かった。

「どうだ、君も」

すすめられた大塚は、はあ、と気のない顔で苦笑しながら、

「でも、大丈夫ですかね、隆保をあのまま帰らせて」

「大丈夫って、逃げるという意味かい。そりゃないだろう。逃げたら共犯を自供したも同然だと心得ているよ、あいつは。それに図々しいようでも子供のことだ。ひとりになってしんみり考えているうちに、母親ひとりに罪をかぶせて口を拭っていることに耐えられなくなってくるさ。頃合いを見て攻めれば、ころりと吐くんじゃないかな」

いたが、
大塚は、なおも不安な面持ちで、注がれた玉露を、せんぶりでも飲むように嘗《な》めて
「だったらいいんですが……」

「どうも気になる。駅前の派出所に言って、それとなく様子を見回らせましょう」

「それで気が納まるのなら、そうするさ」

と野村は二杯目の玉露の絞り具合のほうが気になって、上の空で答えた。

大塚が派出所に電話で手配を終えて、受話器を置くと、それを待ち受けていたように、呼出音が鳴った。反射的に取り上げた大塚は、うんうんと頷いていたが、急に声を尖《とが》らせた。

「なに、居ない？　どういうことだ。帰宅させたのか？　……うん、それで病室には？　……よし判った。自宅のほうは、こちらから手配する……よし」

乱暴に受話器を置くと、茶道具を納めている野村に、急《せ》きこんで言った。

「美沙子が病院を抜け出したそうです」

「なんだって？　どこへ行った？」

「判りません。病室へは一時間ごとに様子を見に回っていたそうです。九時に見回ったときには、よく睡っていたそうです。ところが、さきほど、十分ほど前と言いますから、九時五十分ごろですね、看護婦が覗いたら、ベッドが空《から》になっていたと言うの

です。寝衣はきちんとたたんでベッドの上に置いてあって、衣服を着替えており、靴も見当たらないと言いますから、本人の意思で出かけたとしか思えません」

「家へ帰ったのかな」

「だったらいいのですが。でも、それなら病院へ一言くらい断わっていきそうなものですが……」

ふむ、と野村は目を据えて黙った。美沙子の受けたショックの深さからみて、或いは自殺行か、と考えられないでもなかった。しかし、それならば、衣服を改めて靴をはくまでもない。一番手っ取り早いのは窓から身を投げることであろう。病室は四階である。発作的な自殺なら、それが最も起こり得るケースであった。

「帰宅したのだったら、隆保の様子を見に行った派出所から報告があるだろう。それまで待機するか」

野村は、遅くなりついでだと言わんばかりに、椅子に座り直した。

待つほどのこともなく電話が鳴った。野村は、ついと手を伸ばした。

「ああ、君か。どうだ、様子は？」

「それが……おりませんのです」

「おらん？　隆保がか。で、姉の美沙子はどうだ。帰っておらんか？」

「いいえ、無人です。電灯は、つけっ放しなんです。呼鈴を押しても返事がなく、玄関の戸を引いてみたら鍵もかかっていませんでした。念のため屋内を覗いたのですが、人の気配は全くありませんでした」

「ふむ。で、君はどこから電話しているのだい」

「はあ、柳生の家からですが……」

「あがっているのか」

「はあ、声をかけましたが返事がありませんので……保護を加える必要があるかと考えまして……」

「そいつは……まあ、いいが……」

野村は、傍で耳を澄ましている大塚と視線を合わせて、行くか、と目で尋ねた。

「よし、じゃ君はそこに居ろ。すぐ行く」

姉弟ともに姿を消したのは、偶然のことかも知れないが、それにしてはタイミングが合いすぎた。隆保は美沙子が入院していることを知らないはずであったが、帰宅して近所で聞けば判ることである。善後策を相談するために姉を訪ねることは充分に想像できる。夜の病院にひそかに入りこむことは易しい。病院は不時の急患に備えて深夜も出入口を開放している。廊下は無人だろうし、病人や付添人に、他人の訪問客にまで気を配る余裕のありようもない。入院患者への見舞には、一応、時間の制限があるが、容態によっては深夜に駆けつける場合が多い。従って病院の従業員が、かりに足早やに病室へ向かう隆保の姿を見たとしても、あえて咎めだてすることはないであろう。

野村は、自動車が走り出すと、

「君は病院へ行ってくれるか。隆保が美沙子を訪ねて連れ出した可能性がないとは言えないからな」

大塚は曖昧に頷いた。美沙子には自殺の恐れがあるが、隆保にはむしろ逃亡の恐れのほうが強い。そのうえ二人は、たとえ姉弟という絆《きずな》で結ばれてはいても、見方によっては、美沙子は被害者であり、隆保は加害者である可能性が強い。そうした二人のどちらかが、どちらかの意思に引きずられて、自殺か逃亡のいずれか一つを選ぶとは、まず考えられない。しかし起こり得ないとも断言できなかった。

病院の前で大塚を降ろして、野村は柳生家へ向かった。派出所の警官が、まるで自分に落度でもあったかのように、こちこちになって待っていた。

隣近所が、昼間の騒ぎを憚って、灯を消して静まり返っているなかで、柳生家だけが家中の電灯をつけ放していた。大げさに言えば、そこだけが煌々と輝いていた。

「その後、だれも帰って来ません」

警官のそう言う声を聞き流して、野村は隣家の呼鈴を押した。四十歳がらみの主婦が、窺うように顔を覗かせた。美沙子か隆保が帰宅したような気配はなかったか、という問いに、ええ、と主婦は簡単に頷いた。

「一時間くらい前に、隆保さんが帰って来たようでしたわ。見たわけじゃありませんけれど、それまで暗かった家のなかが、急に明るくなったので、おや、と思って覗いたら、家のなかで人影が動いていましたから。ええ、美沙子さんが病院へ運ばれたことは知っていました。ですから、帰って来たのは隆保さんだなと思ったのですわ。でも、あんな騒ぎのあとでしたから、声をかけるのもどうかと思いまして……」

と女は顔一杯に好奇の色を漲《みなぎ》らせて、物問いたげに野村を見つめた。

「美沙子さんは見なかったのですね」

「まだ病院じゃないんですか。人影は一人だったようですよ」

「それで、隆保君が出て行ったのは何時ごろでした」

「あら、いらっしゃらないのですか」

と不思議そうに問い返して、

「私は、それからテレビを見ましたから。連続ドラマなので、見逃すわけにいかないのですわ。ついテレビに夢中になって、お隣のことはそれきりになってしまいましたの。隆保さんをお慰めに行かなくちゃと思いながら、つい……」

嘘をつけ、と野村は腹のなかで答えた。野次馬の好奇心から、隆保の話を聞きたくてうずうずしていたのだろうが、気味悪さと怖さが勝って、訪れる勇気が出なかった

のが本音だろう、と腹のなかで答えてから、

「そのドラマは何時から始まりましたか」

「十時ですわ」

「すると隆保君らしい人物が戻って来たのは十時ちょっと前ということですね」

警察署を出たのが九時半過ぎであったから、隆保は真直ぐに帰宅したことになる。念のため反対側の隣家で確かめたが、やはり柳生家の電灯がついたのは十時少し前であったという答えであった。

隆保らしい人物が帰って来て点灯したのであるから、美沙子が先に戻っていたとは考えられなかった。暗い家へ帰ってくれば、まず電灯をつけるのが常識であろうから。

美沙子の行方が気にかかったが、それは、病院へ行った大塚からの連絡を待つことにした。野村は警官を連れて屋内に入った。無人の家に、電灯ばかり明るいのが却って寒々しく、ことに床下に死体のあった部屋には、夜気とだけでは表現できない身に染み入るように冷え冷えとした空気が漂っていた。

事情を知らなかった美沙子はともかくも、幾代がよく平気で死体を埋めた上の部屋で寝られたものだと、野村はいまさらながら、度胸を据えた女の神経の強さに戦慄に近い驚きを覚えた。

隆保の勉強室らしい三畳の間を覗いたが、目につくほどの異状はなかった。書棚に、教科書や参考書の類《たぐ》いよりも、教養書めいた書物が多いのを見て、案外と勉強家かもしれんな、と思ったくらいのことであった。

「さあて、と」

野村は茶の間の電話器の前に、のっそりと座った。隆保が逃亡したとは思わなかった。ひょっこりと戻って来るような気がして、案じる気も起こらなかった。

大塚から連絡があってからのことだ、と煙草を取り出した。そして、隆保が姿を消したのを自分の責任に感じたのか、そわそわと落ち着かない警官にも、さあ、と差し出した。

とたんに電話が鳴った。俺だ、と間髪をおかず答える野村に、大塚は早口でしゃべり始めた。

「隣室の患者が、九時をちょっと回ったころ、美沙子の部屋のドアが開閉した音を聞いたそうです。それ以外の目撃者は摑めませんが、おそらくそのときに美沙子が脱出したのだろうと思います。医者の話では、七時ごろに興奮を柔らげるために鎮静剤の注射をしたそうです。単なる脳貧血で、他に異状はないのですから、激しい運動はできなくても歩行には支障はないということです。それに、発作的に自殺するほどの精神状態とまでは言えないそうです」

「ふむ。それで、行先きのメドは……」

「なにしろ病院に担ぎ込まれてから、殆んど口をきいていませんから、見当がつかないそうです。しかし服装が、朝出勤したときのままですし、どこへ行くにしても、一たんは家へ帰るのが普通じゃないかと思うのですが」

「ところが帰ってはおらんのだ。いや正確に言えば、帰った形跡もないし、現在は美沙子も隆保も居ないんだ」

「そうですか？　この病院からだと、女の足でも半時間とはかかりませんね。美沙子が、かなり弱っていたとしても、九時四十分か、五十分ごろには、そちらへ着くことになるんですが……」

「九時四、五十分ごろ……か」

　と野村は、ちょっと首を捻った。帰宅したとすれば、隆保とほぼ同時刻になる。ひょっとしたら家へ戻る途中に出会って、そのままどこかへ、とも思ったが、それでは家じゅうの電灯が点灯されたことと、人影が隆保らしい男であったことを、どう解釈すればいいのか……。

「もしもし……もしもし……」

　黙ってしまった野村に、苛立たしげな大塚の声が昂まった。

「うん、判った。俺はもう一度家のなかを詳しく調べてみる。君も来てくれないか」

電話を切って時計を見ると、十一時を指していた。野村は、畏まっている警官に、

「ご苦労だが、向う三軒両隣というから、近所の五、六軒を回って聞いてくれないか。九時半から十時二十分ごろまでの間に、ここの家で、なにか物音を聞きはしなかったかと。どんな小さなことでもいい、気づいたことがあったら教えてくれ、と丁寧に頼むんだぞ」

若い警官は、はっ、と全身を緊張させて、走り去った。

野村は台所へ立った。女世帯だけあって、狭いわりに設備は整っていた。片隅が一段低くなって風呂の焚き口になっており、その土間は真新しいセメントで固められていた。コテ跡から一見して素人の工作と知れた。幾代が死体のセメント詰めをカムフラージュするための作業であろう。

野村は、ふん、と鼻を鳴らして、念のため包丁差しを改めた。ステンレス製の包丁が三本、清潔に磨きあげられて納まっていた。いまどきの女性が、包丁で咽喉を突いて自殺を図るとは考えられなかったし、かりにそう試みたところで、このステンレス製では難しかろう、と野村は苦笑した。

その他の調理道具もありふれたもので、平凡な家庭のたたずまいが窺い知れた。しいて目立つものを探せば、バーベキュー用のガス・テーブルが流し台の下に所狭しと格納されていたくらいのことであった。その上には、太い鉄串や大型のフォークが並

べられていたが、野村にはその呼称も使い方も判らない。ただ調理具が案外と豊富なので、美沙子も平凡な結婚をしておれば、あれで結構いい奥さんになっただろうに、と思っただけであった。

ふと気づいて、ガス炊飯器の蓋を取ってみると、澄んだ水の下に三合ばかりの米が沈んでいて、点火すればいいばかりになっていた。野村は安心した。炊飯の準備をしているようでは自殺の恐れはないと言えた。が、それが早い目に幾代が準備したものであるかも知れぬ、と思い返して、点検をつづけることにした。

六畳の間に戻って、中二階も改める必要があるな、と思った。階段へ通じる襖を開こうとしたが、手応えが固い。固すぎた。腕に力を込めたが、襖が傾いて上部はかすかに開くのだが、下部はビクとも動かなかった。考えるまでもなく理由はすぐ判った。心張り棒が支《か》ってある。部屋の側から心張り棒を支うことはできない。襖は壁の後を滑って開くのである。心張り棒は内部から、となると考えられることは決まっている。人間が、なかに居る。

「おい」

と野村は呼んだ。

「開けろ。なにをしているんだ」

返事はなかった。

「出てくるんだな。そんな所に隠れたって無意味だよ」

そのとおりであった。心張り棒を支《か》うこと自体が、なかに人間の居ることを暴露しているうえに、紙張りの襖一枚である。突き破れば済むことである。娘らしい浅智恵だな、と野村は笑う気にもなれなかった。まさか隆保が、こんな子供っぽいことをするとは思えなかったから、なかに籠っているのは美沙子としか考えられなかった。

しかし、下手に騒ぎ立てて、それがきっかけになって自殺でもされたらことであった。中二階が静まりかえっているのも無気味であった。

「ひょっとしたら、すでに自殺？」

野村は、力まかせに襖を押した。戦前の普請と見えて、敷居が深く襖もがっしりとしていた。軋《きし》みはしたが押し倒せなかった。体当たりで倒して、階段を走り昇った。手早く懐中電灯を照らす。光の輪のなかに美沙子の姿が浮かび上がった。長く床に倒れ伏して、ぴくりとも動かない。

4

「死んでいる！」

走り寄って抱き起こそうとした野村は、はっと手を止めた。薄えんじ色のツー・ピースの上衣が捲《まく》れ上がって白いブラウスが目を射たが、野村の視線の焦点は、そのブラウスの右腰の上の側腹部に釘付けになった。直径八ミリ近い鉄串が、ブラウス越しに突き刺さっていた。血痕が鉄串を巻いて赤黒く円を画いて、半ば凝血を始めていた。

野村は、声にならない叫びを挙げて、立ち竦んだ。死体を見て怯むようなナマな神経ではなかった。縊死《いし》であれ、服毒であれ、あるいは刃物で血にまみれていたとしても、美沙子の死体が明らかに自殺体であったなら、予感があったことでもあり、野村は冷静に対処し得たであろう。が、右脇腹に鉄串を刺し通した自殺体が考えられるだろうか。

駆け出しの刑事のように、野村は恐る恐る手を伸ばして、脈がすでにないことを確かめると、階段を転ぶように降りて、電話器を取り上げた。捜査課への直通番号を回しながら、がん、と頭を殴りつけられたような衝撃を受けた。

「襖には内部から心張り棒が支《か》ってあった！」

中二階には人間の通り抜けられる窓のないことは以前に確認ずみであった。となると、たとえ紙張りの襖一枚といえども、中二階は密室を構成していたことになる。美沙子を刺した犯人は、どのようにして中二階から脱出したのであろうか。

電話が終わると同時に、浮かぬ顔つきの大塚が姿を現わした。野村が口早やに説明すると、大塚は呆気にとられた面持ちで、そんな馬鹿な、とだけ言って絶句した。

「あのう……」

と聞き込みに回っていた若い警官が、遠慮がちに口を挟んだ。

「向かいの二階に中学三年の女の子が、ちょうど受験勉強中でした。その中学生が十時ちょうどに、この家の玄関の引戸がピシャッと音を立てて閉じられたのを聞いておりまして……」

「十時ちょうどとは、いやに正確だな」

「その音で、目を上げて時計を見たと言っておるのですから……」

野村は軽く頷いた。犯人か隆保——おそらく同一人であろうが——が家を出たときだろうと合点した。

「鑑識車が着くには十分はかかるでしょう。それまでに、中二階を調べてみましょうか」

と大塚は勢いこんだ。

いや、と野村は慎重であった。自殺とも他殺とも決めかねる状況であるだけに、専門の鑑識課員が到着するまで現場を荒らしたくなかった。鑑識と一緒に徹底した検証を行なわないと、僅かな見落としや、ひとりよがりの速断で捜査を誤る恐れがないとは言いきれなかった。

それは適切な判断であった。

「解剖してみないと正確なことは言えないが」

と前置きして、鑑識課員は言った。

刺傷は右脇の下部、やや背部よりにあった。この創傷の周囲に擦過傷や表皮剝脱は全く見られなかった。ブラウスの上から刺されていたが、ブラウスの刺穴周辺には傷がなかったから、一息にずぶりと突き刺されたものと考えられた。

「となると、他殺？」

と野村が尋ねたが、鑑識課員は返事を濁した。

自他殺の判定をするための重要な所見の一つに、ためらい傷がある。自殺者は初めから思い切って突けず、ちょっと突いては止め、また突きするものである。その度に致命傷の付近に小さな傷がつき、ためらい傷と呼ばれる。美沙子の場合は、そのためらい傷が全くないのであるから、野村が他殺か、と聞いたのは故なしとしない。

しかし、他人に刺された場合は、咄嗟に抵抗するか、逃げようとした痕跡が残るものである。即死でないかぎり、殆ど本能的に、加えられた凶器を抜き取って、少しでも苦痛を和《やわ》らげようと力を振り絞るのが常である。従って、凶器を抜き取れぬまでも、凶器を動かした痕跡が創傷に残るのが通常であった。凶器が細くて鋭利なものである場合、人間は心臓を刺されても、なまじ凶器を動かさなければかなり歩くことができるし、頸動脈を切ってから五十メートルを歩いた例証もある。

美沙子に加えられた凶器は、バーベキュー用の鉄串であった。台所にあった同型のものを見ると、長さ五十センチ、直径八ミリで、先端は研ぎすまされて鋭い。その鉄串がおよそ三分の一近く突き刺されているのであるから、内臓を傷つけて死に至らしめたであろうことは解剖を待たずとも明らかであった。また、こうした刺傷では即死に近いとはいっても、五分間やそこらは、いわゆる最後の力というものが残っていたと考えられる。他殺であれば、なぜ美沙子は、その最後の力で苦痛を和らげようとしなかったのか。

いまひとつの問題は、刺傷の場所であった。右脇腹の下方でやや背中よりという個所は、右ききの人間が自ら刺して刺せない位置ではない。しかし自殺者が自然に選ぶ位置では、さらになかった。

「刺せないことはなかろうが、一思いにずぶりとやれるかどうか」

と鑑識課員が首を捻って当然であった。反対に、他殺とすれば、加害者にとって格好の位置と言えた。

また、鉄串からは明瞭な指紋は採取できなかった。

「布切れのようなもので拭きとった形跡があるな」

と鑑識課員は呟いた。そのことは他殺説を裏づける一要因とも考えられた。

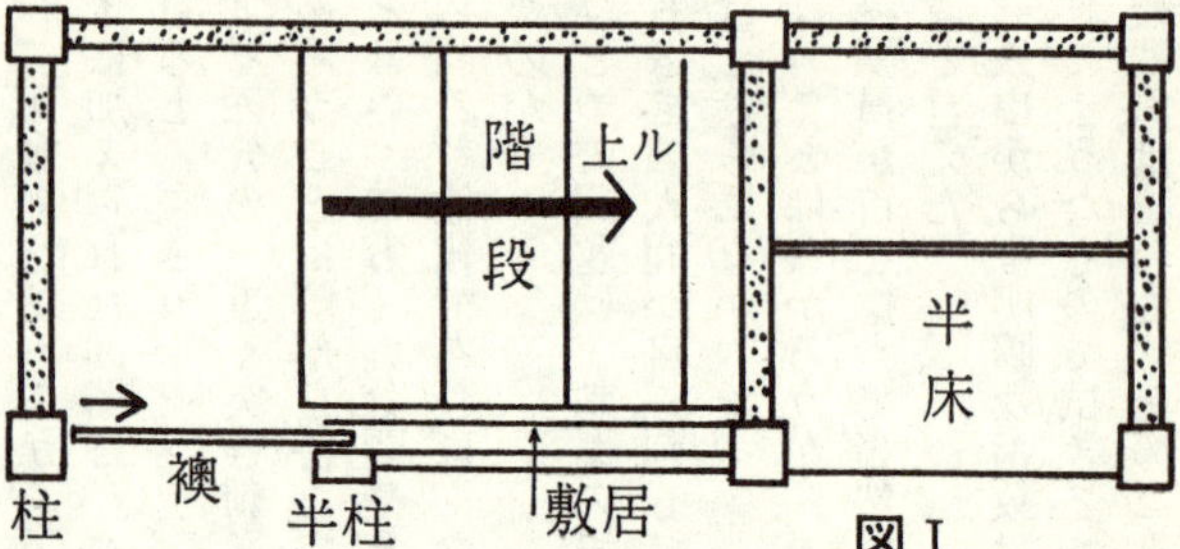

図I

刺傷から自他殺を判じるのは解剖結果を待つことにして、野村と大塚は中二階の室内を綿密に点検した。物置用に作られているだけあって、床板は頑丈なフローリング材が敷き詰められており、通常の天井裏のように、天井板を外して階下へ降りることはできない。階段だけが唯一の通路であった。その端が襖であり、心張り棒に使われていたのは、長さ一メートル足らずの古い漆《うるし》ぬりの衣紋竿《えもんざお》で、敷居に沿って支《か》まされていた（図I）。襖は破壊されていたが、これは野村の体当たりによるもので、それまでは、わずかな破損もなかったことは、野村が誰よりもよく知っていた。

「心張り棒が、部屋側からなんらかの方法で支まされたのなら、他殺の線が濃厚になるのだが、まず考えられないね」

と鑑識課員は衣紋竿や半柱を綿密に点検して言った。

「心張り棒というものは、上からかなりの押圧力を加えて支まさないと、襖をがたがた揺すぶると簡単に外れてしまう。野村君が相当な力で襖を動かしても外れなかったところからみて、この場合は、しっかりと支まされていたと言える。機械的な方法、たとえば半柱と襖の間から針金などを通して衣紋竿に回して引っ張ったくらいでは、なにほどの力も加えることはできない。かりにできたとしても、衣紋竿の漆に跡が残るはずだ。衣紋竿はかなり使い古して漆も剝げ落ちていて、指紋も採取できないくらいだが、それらしい新しい痕跡はない。階段側から支まされたものと見るのが至当だろう」

ということになれば、自殺であった。

死亡時刻は、死体の体温や硬直状態から、死後一時間半ないし二時間と推定された。逆算すると、午後九時半から十時過ぎまでの間に死亡したことになる。それは野村の推測と一致していた。念のためメモを開いて確認した。

隆保の行動時刻表

①　9時30分　豊中東署を出る。

②　9時50分？　隣家の主婦が、隆保らしい人影を見る。

③　10時00分　向かいの女子中学生が、引戸の音を聞く。
④　10時20分　派出所警官が訪ねたが隆保は不在。

　美沙子の行動時刻表
①　9時00分　看護婦が在床を確認。
②　9時10分？　隣室の患者が美沙子の病室のドアの開閉音を聞く。
③　9時40～50分？　帰宅。
④　10時前後に　死亡。

　時刻も行動も推測であるにしても、この時刻表から自ら結論は明らかであった。野村はメモを大塚に示しながら言った。

「自殺とすれば、美沙子は帰宅早々に中二階へ昇ったことになる。ただ隣家の主婦の言葉では、電灯がついたのは九時五十分ということだから、点灯した後に中二階へ昇ったのか、美沙子が昇った後に隆保が帰宅して点灯したのかは、いまのところ判らない。隆保に聞くしかないだろう。

　しかし、台所は整頓が行き届いていたし、美沙子には慣れた場所だから、暗くても凶器の鉄串を捜し出すことはできるだろう。同様に衣紋竿は衣桁《いこう》か鴨居《かもい》の定位置にあるものだから捜すまでもなかったろう。中二階へ昇るのも暗くて不自由というほどでもない。勿論、点灯したほうが便利には違いない。しかし自殺者の心理として、人目を憚る気持が強ければ点灯を避けたということも納得できるのではないか」

例によって、質問はあるか、と目で大塚に尋ねた。大塚は、否とも応ともつかぬ顔で、あとを促した。

「心張り棒に衣紋竿を支《か》ったのは、こう考えたらどうだろう。自殺を図っても、一思いに死に切れるかどうか不安だった。もし苦悶中に発見されて手当てを受けたり、苦しまぎれに這い出たりしては醜態を晒すことになる。だから簡単に人が入れないように、また錯乱して自分が這い出ないように、心張り棒を支った、とは考えられないだろうか」

大塚は、こんども否定とも肯定ともつかぬ頷き方であった。自殺者の心理として考えられないことではなかったが、一方では、死のうとまで思いつめた人間が、そこまで気遣う余裕があるだろうか、という反論も成り立つからであった。

「もうひとつ考えられることは……」

と野村は、口許に、はにかんだような笑みを浮べて、口ごもった。大塚は、おや、と訝《いぶか》った。野村の人柄からいって、捜査の最中に恥ずかしがったり躊躇《ためら》ったりするのは似つかわしくなかったからであった。

「中二階は美沙子にとって思い出の多い場所だ。恋人の亀井を隠したところだ。おそらく不意に家人が帰ったり来客があったりして、何度かそうした場合があったと想像できる。そして最後に隠した夜に、彼は殺された。美沙子は、その同じ中二階で亀井を偲びながら死にたかった。誰もその場所に入れたくなかった。そんな気持が、心張り棒になって表現されたのではないだろうか。刑事らしくない文学的な考えだと笑われるかも知れないが……」

「とんでもない」

と大塚は手を振った。

「いままでのお話で、それが一番的を射てるんじゃないかと思うくらいですよ。反論の余地もない。ですが、部長の自殺説の弱いところは、刺傷の位置ということになりますね」

「そいつは解剖の結果を待とうじゃないか。つぎに他殺とすれば、加害者に考えられるのは隆保と……」

「亀井の妻の久美子」

と大塚は即座に口を挟んだ。

「ほう、面白いな。聞かして貰おうじゃないか、久美子説を」

と野村は促した。大塚は、ほんの思いついただけですが、と前置きして話し始めた。

久美子は夫の仇を討とうと柳生家へやって来た。無人だったので屋内で潜んでいた。そこへまず美沙子が戻って来た。直接の仇ではないにしても、夫を奪った女であり、事件のタネを播いた女でもあるから恨みは一入《ひとしお》と言えた。久美子は鉄串で迫った。逃げ場はない。中二階へ逃げた。追いかけて刺し、鉄串の指紋を拭って逃亡した……と話しているうちに、大塚自身が矛盾に気づいて黙ってしまった。

仇を討とうというほどであれば、凶器は準備してくるはずであること。勝手の判らない他人の家で、しかも暗いなかで中二階まで追えるものかどうか。それだけの騒《さわ》ぎが隣家に聞こえないものか。心張り棒は誰が、なんのために、どのようにして支《か》ましたのか。

「君の話で納得できるのは、久美子の動機と鉄串の指紋の件だけのようだな」

と野村は、あっさりと引導を渡した。

「その点、隆保のほうが条件が合う。姉弟だから美沙子を中二階へ連れていったって怪しまれないし、いきなり刺すこともできる。騒がれる恐れもない。心張り棒にしても、あらかじめ柔かい布をつけておいて針金を使えば、衣紋竿や柱に跡を残さずにやれないことはない。ただ決定的に弱いのは、隆保には動機がないことだ」

「そうなんですよ。これが美沙子が隆保を刺したというのならともかくも……」

「そういうことだな」

と野村は意味もなく首を何度も振った。

死体が搬出された。野村は瞑目して見送った。鑑識課員に聞くと、解剖結果が出るのは翌日の午後になるという。時計を見ると、もう、翌日になろうとしていた。

「今夜は署泊まりだな」

野村は大きく伸びをして、大塚に言った。一日のうちに二体も死体を見たのでは、職業とはいえ、さすがにシンが疲れる、と愚痴りたいところであった。

「隆保はどうします？　手配しますか」

「そうだな。俺のカンでは、やつが逃げるとは思えんな。まあ、派出所の若い者にでも見張らしておけばいいのじゃないかな」

それで大丈夫ですか、と聞き返す隙もなく、野村はもう一度大きく伸びをして自動車へ向かった。

5

宿直室は冷え冷えとして、そうでなくても寝つきの悪い野村は何度も寝返りを打った。隣のベッドでは、大塚が横になるとすぐに軽い鼾《いびき》を立て始めた。それが気になって、野村はなおさら眠れない。半時間もたって、毛布にくるんだ足先が温まって、ようやく睡気に引き込まれかけたとき、肩を邪険に揺り動かされた。

「部長、柳生隆保が出頭して来ました」

予想していたことだったが、寝入りばなを起こされたのは面白くなかった。大塚の鼾が小憎らしくなって、おい、と肩を小突き回した。

「いい夢を見ている最中らしいが、君がお待ちかねだったお客さんだ。起きて貰わなくちゃなるまいな」

服装を整えながら、隆保を同行して来た若い警官に尋ねた。

「おとなしくついて来たか」

「はあ。部長が帰られて半時間もしないうちに、ひょっこりと帰って来ました。私が近づきますと、平気な顔で何の用だと言いますので、野村部長が用があるから署まで来るようにと申しました。ところが……」

その必要はない、と隆保はニベもなく言い捨てて、家へ入った。が、異常な雰囲気に気づいたのか、すぐ引っ返すと、姉をどうした、と警官に食ってかかった。

「姉をどうした、と言ったんだな」

と野村は念を押すように聞き返した。

「はあ、そう申しました。それで私は、そのことで話があるから部長が待っておられるんだと言いきかせました。すると、しばらく考えていましたが、行こう、と自分が先に立って歩き始めましたので……」

「そのほかに何か言っていたか」

「いいえ、ずっと無言でした。署に着きまして、とりあえず取調室に入れておきましたが、黙りこんでいます」

野村は、もうよい、と頷いて、大塚と取調室へ向かった。

取調室は宿直室以上に寒々としていて、寝起きの大塚は思わず身震いが出た。野村は、熱い茶を持って来い、三つだぞ、と怒鳴った。さきほどの若い警官が盆を捧げて来ると、野村は真先きに隆保の前に湯呑を置いた。

「玉露を振舞ってもいいんだが、君の口には合うまいな」

と表情を柔らげて、軽い口調で、ぽつんと言った。

「姉さんは死んだよ」

「…………」

隆保は黙って野村を見つめていた。野村も無言で見返した。長く感じられた一分間ののち、隆保はよろめくようにして立ち上がった。

「帰るのかい」

野村が咎める響ではなく声をかけた。

「帰ってもいいが、話して行かないか。どうして姉さんが死んだかを、一緒に考えてみないか」

それでも帰ると言えば、引き据えるつもりでいた大塚が、気合抜けするほど素直に、隆保は再び椅子に腰を下ろした。野村は、それがいい、それがいいというように何度も軽く首を振って、静かに口を開いた。

「君が帰ったとき、姉さんは家に居たかね」

「暗い部屋に座っていた。誰も居ないと思っていたから、電灯をつけて初めて気がついた。魂が抜けた人のように黙って僕を睨んでいた……」

隆保は、野村も大塚も意識にない様子で、薄暗い取調室の隅を見つめながら、独言《ひとりごと》を言うように呟いた。

「怖《こわ》かった……」

脅えた色が頰をかすめて、表情が一瞬、子供っぽくなった。野村は同調するように首を振って、それで、と促した。

「亀井を殺したのね、と姉さんは僕を見つめながら言った。そして……」

隆保さんにも死んで貰わなくちゃ、そして私も死ぬわ……抑揚のない声でそう言うと、美沙子は立ち上がった。手には鉄串が握られていた。お願いだから逃げないで。これしか方法がないの。これしか、あの人にお詫びする道がないの……と美沙子は避ける隆保に言いきかすように呟きながら、追い縋《すが》った。夢遊病者のような定かでない足どりでありながら、突き出す鉄串の勢いは鋭かった。

「部屋の隅へ追い詰められた。鉄串が咽喉をかすめて、壁にずぶりと刺さった。夢中で握ると、姉の手を振りちぎって投げ捨てた。姉は素手で咽喉を押しつけて来た。物凄い力だった。必死に振りほどいて、力一ぱい突き飛ばした。姉は壁ぎわまで吹っ飛んで仰向けに倒れて呻いた。その隙に逃げた」

再び隆保は沈黙に戻った。

「それだけか？」

しばらくして野村が尋ねた。隆保はこっくりと頷いた。

「逃げ出して、どこへ行っていた？」

「どこへも。当てもなく歩いたり、休んだりだ。街のなかをぐるぐる回っていたようで、どこを歩いたか覚えていない。そのうちに姉の興奮も冷めただろうと思って帰ったんだ」

そこで隆保は、急に声を高めた。

「姉さんは……やっぱり……自殺したのか」

野村は黙って隆保を見返した。そして、ゆっくりと頷いた。瞬間、隆保は、くるりと向きを変えた。肩を落とすとドアに向かった。大塚がちらっと野村へ視線を流したが、こんどは引き止めようとはしなかった。

隆保の重く鈍い足音が遠ざかっていった。

ほっ、と溜息をついて、大塚が言った。

「大丈夫ですか、ほっておいて……」

「多分……ね。俺が美沙子の傷のことを聞かさなかったからな」

と野村は、しんみりとした口調で答えた。

「いまの隆保の話で、全て辻褄《つじつま》が合う。例によって俺の語りを聞いて貰おうか」

冷えた番茶を甘そうに啜ると、野村は沈んだ声で話し始めた。いつもの自問自答に較べて、話し難そうな、途切れがちの声であった。

「隆保に突き飛ばされて、美沙子は仰向きに倒れた。そのとき彼女が呻いた、と隆保が言っていたね。そのはずさ。彼女は鉄串の上に乗っかかって倒れたんだ。運悪く、鉄串は先端を上にして、壁に凭《もた》せかけた形になっていたのだね。そこへ突き飛ばされた勢いと、彼女自身の体重が重なったのだからたまらない。鉄串は、ずぶりと彼女の後ろ脇腹に突き刺さった。

美沙子は懸命の力を絞って立ち上がった。亀井の仇と恨んだ隆保ではあったが、もう自分は助からないと悟ると、せめて自分の死を隆保のせいにはしたくなかった。姉弟の情というか、死に瀕した者の潔《いさぎよ》さといったものか。とにかく隆保を庇《かば》ってやる気になったのだろう。

そのためには、誰の目にも、はっきりと自殺と判る死に方をしなければならなかった。困ったことに、傷は背後からに近い。このままでは隆保にも彼が突き飛ばしたときの傷だと判ってしまうだろう。

それからの彼女の行動は、信じられないくらい立派だった。文字どおり最後の力と智恵を振り絞って、中二階の密室を作り上げたのだ。鉄串についていたかもしれない隆保の指紋まで拭きとってやるなんて、恐ろしいほどの執念だと思わないかい。

とにかく美沙子は、やり遂げた。そして安心して息を引きとった。おそらく、これで亀井と一緒になれると思いながら、母も弟も、全ての人を許す気持になって死んでいったのじゃないだろうか」

質問があるか、とは聞かなかった。こんどばかりは、多少の反問があっても、それを無視してでも、野村は自分の想像を信じたかった。でなければ、美沙子も隆保も、あんまり可哀想だと思うのだった。

「さっきの隆保は子供っぽくて可愛いくらいだったな。あれが案外あいつの素顔かもしれないな」

と、刑事らしくもない感慨が、ふと滑り出るのだった。

老婆が感謝した

1

翌朝、届けられた亀井の解剖結果の死体検案調書を読んで、野村は唖然として顔色を失った。自分の冒したミスに気づいたのは、その直後であった。

——死体検案調書によると「死因は窒息死。凶器は索状物」——

「首を締めたビニール・ロープはどうしたかね」

と野村は雑談するように尋ねた。

「捨てました」

と幾代は、いまさらそんなことを、と言わんばかりに、さらりと答えた。

「ふむ、どこに」

「どこにって、表にあるゴミ箱です」

「いつ」

「あくる日の朝」

平凡な捨て方が、最も難物であった。文化都市を標榜するだけあって、豊中市の清掃業務は整備されていた。週二回、市の粉砕清掃車が戸別に回収して、その夜のうちに焼却してしまう。も早、凶器の回収は不可能であった。

——死体検案調書によると「創傷は頸部の索痕と前部索痕上部に表皮剝脱及び皮下出血。索痕は幅八ミリ、水平に頸部を一周」——

「首を締めたのは、後ろからだったな」

と野村は供述書を繰りながら言った。

「出ていこうとする亀井の後ろ姿が鬼に見えた、と言ってたね。後ろから、どうやって締めたか、思い出すとおりに詳しく言って貰おうか」

「どうやって、と言っても……」

と幾代は、手振りを加えながら、

「ただ、ロープをこう両手で持って、後ろから首に引っかけて……腕を左右に交差させて……そして力一ぱい引っ張ったんです」

「ロープは何回巻いた？　一周か二周か。それとも三回か」

「……一巻きだったと思います」

「確かかね。ロープはかなり長かったんだろうが」

「ひょっとしたら二回だったか……よく覚えていませんわ」

「嘘を言ってもだめだよ」

野村は死体検案調書を軽く指先で叩きながら、相談するような穏やかな口調でつづけた。

「咽喉の前に、すり傷があるんだがね。ということは、ロープが前で交差したことを示しているんだな。後ろから引っかけたと言う言葉と一致しないんだがね」

「でしたら……ひょっとしたら前からだったかも……」

「後ろ姿を見て、かっとなったのじゃなかったのかね」

「それはそうですが……だから前へ回って……」

「冗談じゃない。亀井が、さあ締めて下さいと首を差し出したとでも言うのかね。お前がロープを持ち出したら、一たまりもなく突き飛ばされただろうよ」

「…………」

――死体検案調書によると「身長一七五センチ、体重六八キロ」――

「後ろからにせよ、前からにせよ、亀井は首にロープを巻かれても、おとなしくしていたのかね」

「ですから、いきなり、ぐっと……」

「あまり警察を舐めるんじゃないよ。首を締められたって、三十秒やそこらは、医学上、なんの症状も現われないものなんだ。苦しいということは意識があるということだ。大の男が、苦しまぎれに暴れてみろ、お前さんなどは軽く吹っ飛んでしまうよ。え？　どうなんだい」

「でも、暴れなかったんだから仕方ないでしょう。きっと、びっくりして気を失っていたのかも……」

――死体検案調書によると「胃中より摂取後二、三時間を経過せるものと見られる牛肉、葱《ねぎ》、豆腐《とうふ》、蒟蒻《こんにゃく》および米飯。なお劇毒物、睡眠薬等を嚥下《えんか》した形跡なし」――

「あとになって、睡眠薬を飲ませて睡ったところを締めたなどと嘘の上塗りをしても駄目だぜ」

野村は検案調書を伏せると、幾代の伏せた顔を覗き込むようにして言った。

「さあ、いい加減にして、本当のことを言って貰おうか。首を締めたのは誰だ。それとも誰が手伝ったのだ」

拳で、がん、と机を叩いた。幾代は脅えたように顔を背《そむ》けたが、

「私ひとりです」

と、きっぱりと答えた。

「そうか。なら、ひとりで締めたとしておこう」

野村は、あっさりと追及を止めた。

「ところで、亀井とは何分間くらい話したかね」

「さあ……五分かそこらくらい……」

「そして帰ろうとしたので首を締めた。そうだね」

「ええ」

「締めていたのは何分間くらい？」

「やはり……三分間くらいでした」

「なるほどね。三分間も締められちゃ亀井も助からないやね。で、それから畳をあげて、床板をはがして……何分間くらいかかったかね」

「大急ぎでやりましたから。せいぜい五分とかからなかったと思いますが……」

「床板をはがすのに、釘抜きなんかも使ったろうな」

「中二階の物置に置いてありましたから……」

「それを取りに行くのに何分かかったと思うかね」

「…………」

「死体を放り込んで、床板を並べ、畳を敷いて、蒲団を敷いて……。黙っているところをみると、どうやら自分の話の矛盾に気がついたらしいな」

野村は手帳を開いて、読み上げた。

「いいかね。これは昨日、お前と美沙子が言った言葉だぜ。いいかね。
⑦　10時ごろ、幾代、有田医院から帰る。

⑧　10時25分ごろ、美沙子、10時5分発車のバスを見送って家に戻る。

どうなんだね。わずか二十分やそこらで、いま言ったことが全部ひとりでやれると言うのかね。神業《かみわざ》としかいいようがないね」

幾代は唇を噛んで、目を閉じた。

「都合が悪くなると、こんどは黙秘かね。さ、往生ぎわをよくして言ってしまうんだね。手伝ったのは、美沙子？」

「…………」

「じゃないな。彼女なら、むしろ亀井に加勢しただろうからな。やっぱり男だな。男手でなくちゃ二十分間でやれる仕事じゃないからね。すると……隆保？」

「隆保は修学旅行に行っていました」

「ほう、こんどは黙秘しないんだね。美沙子でもなく、隆保でもないとすると……？」

「…………」

「また黙秘に逆戻りかね。じゃ、ミスター・Xとしておくか。ま、あまり手数をかけないで、X氏の名前を思い出すことだね。いずれ調べれば判ることなんだから」

取調べは一応打ち切って、野村と大塚は捜査課へ戻った。幾代の単独犯では、とうてい起訴へ持ち込めない。殺人犯のはっきりしない死体遺棄、損壊などは、ナンセンスに過ぎなかった。

「誰だと思う？」

「勿論……」

柳生隆保、と名をあげるまでもなく、二人は立ち上がった。急がなければならなかった。隆保の当夜の行動を洗う必要があった。

豊能高校に着いたのは、正午にまだだいぶ時間のあるころであった。授業中とみえて、広い校内全体が静まり返って、人ひとりいない校庭には秋の陽が隈なく降り注いでいた。およそ殺人事件の捜査には似つかわしくない静寂で荘厳にさえ感じられる雰囲気であった。

「この間の修学旅行について、お伺いしたいのです」

折よく授業のなかった藤田と応接室で向かい合うと、野村は早速、本題に入った。

「柳生隆保は修学旅行に参加しましたか」

藤田は、こっくりと頷いた。判りきったことを、といった表情である。

「私が伺いたいのは、二十五日午後八時三十分発の船に、柳生が確かに乗船していたか、という点なのですが」

「念を押される意味が、よく判りませんが」

と藤田は、戸惑ったように言葉を切って、

「でも、柳生は確かにおりましたよ。待合室の前で整列して点呼した時にも。そうです、思い出しました。整列して、これから乗船するという間ぎわになって、彼は他校の生徒とトラブルを起こしましてね、それで彼のことは特に印象に残っているのです」

「ほう、トラブルをね？」

「しかし、それもすぐに納まって乗船しましたよ」

「ひとり残らず、ですね」

「勿論です。タラップで船会社の係員が検数器を押していましたから、人員に間違いはありません。かりに検数員が数え間違えても、もし一人でも欠けていたら、船内で生徒たちが気づかないはずがないじゃありませんか」

「なるほど、ね」

　と野村は一応納得して、

「高松に着いたときは、どうでした」

　と聞き返した。藤田は馬鹿念を押す人だなと言わんばかりに、

「勿論、柳生も一緒に下船しましたよ。整列には、ちょっと遅れはしましたが」

「遅れた、と申しますと？」

「いや、遅れたというのは言い過ぎでした。便所へ行っていて、整列に一、二分遅れ

ただけのことです。ご承知のように、教師というものは人員の掌握には神経を使うものでしてね。乗物から降りたときなどは、特に気を使うものですから、柳生が一、二分遅れたことさえ、いまだに覚えているくらいなんですよ」

「念のために伺いますが、柳生は旅行の終わるまで、別行動をとったことは一回もなかったでしょうね」

「ありません。二十八日の午後七時すぎに校庭で解散するまで、ずっと同一行動をとっていました」

「旅行中、柳生の態度でなにか変わったところはありませんでしたか」

「変わった、とおっしゃられても……」

「たとえば特に興奮して落ち着かぬとか……」

「なにしろ修学旅行は生徒たちにとっては高校生活で最大の行事ですからね。興奮していると言えば、全員が興奮していたと言えるでしょうな。でも、柳生が特に、ということはなかったと思いますよ」

野村は頷いて、大塚を見た。質問はないか、とその目は問う。いや、と大塚も目で答えた。が、ふと思いついて、尋ねた。

「修学旅行の日程は、早くから決まっていたのですか」

「六月中旬に教育委員会の承認を得ましたので、早速、生徒たちにも知らせました」

「ありがとうございました」

二人は一礼して立ち上がった。

藤田は二人を送り出しながら、校長が不在で助かった、と内心ほっとした。中毒事件以来、学校に刑事が来るだけでも校長は不機嫌になる。まして、なんの事故もなかった修学旅行についてまで、あれこれつつき回されたら、不機嫌どころか激怒しかねない。そのとばっちりが藤田に降りかかることは明らかである。刑事と新聞記者には無縁であれ、というのが校長の、従って藤田の方針であった。いい加減に、あのしんねりとした物言いをする野村と無縁になりたかった。

「乗船していたとすると、隆保はシロか」

校門を出ると、野村が例によって自問自答を始めようとしたが、

「乗船していたとしたら、そうなりますがね」

と大塚が珍しく冒頭から遮った。

「しかし乗船していなかったと仮定したら、どうなりますかな」

当然の反問であった。隆保が二十五日午後八時三十分ごろに大阪港弁天埠頭にいたことと、翌二十六日午前四時二十分に高松港関西汽船埠頭にいたことは動かせない事実である。従って問題は、その間に豊中市で犯行を犯し得たかどうかにある。

野村は書店を見つけると、十月号の時刻表を買って、筋隣りの喫茶店へ入った。

「やれるか、やれないか、とにかく検討してみよう」
野村は運ばれたコーヒーを一口すすっただけで、時刻表を開いた。
まず関西汽船瀬戸内海航路時刻表の確認から始めた。豊能高校生一行の乗船便は、
大阪　20時30分
神戸　22時10分
坂手　3時00分
高松　4時20分
となっていて、藤田の記憶に誤りはなかった。
「豊能高校生が乗船を始めたのは、遅くとも出港二十分前の八時十分と見ていいだろう。八時十分に、隆保が弁天埠頭を離れたと仮定して……」
と野村は大塚に時刻表を示しながら言った。
「俺が隆保になって行動する。もしどこかに符節の合わないところがあったら指摘してくれ」
野村は目を閉じて、情景を想像しながら、ゆっくりとした口調で話し始めた。
「埠頭から国鉄弁天町駅まで歩く。時刻表に〝徒歩15分〟と書いてあるから、隆保が急げば十分間だろう。しかし道路の混雑を勘定に入れて、弁天町駅着は20時25分。五分間の待合わせ時間を見込んでも20時30分発の国電に乗れる。国鉄大阪環状線時刻表

では、弁天町駅から大阪駅までは、ちょうど十分間だ。大阪駅着が20時40分。大阪駅から阪急電車梅田駅までが十分間たらずだから、20時50分前後の電車に乗れる」

野村は、手早く時刻表の頁を繰りながらつづけた。大塚は、ちょっと、と掌で制して、喫茶店の壁に貼ってある阪急電車の時刻表を見た。

「20時48分梅田発に乗れば、豊中駅着は21時07分。ひと電車遅れて20時56分に乗っても、豊中着は21時15分です」

「よし、それに乗った。豊中駅から柳生の家までは隆保の足なら十分間だ。隆保は21時17分、遅くとも21時25分には犯行現場に到着していたわけだ。いままでのところで質問は？」

大塚は軽く首を横に振った。

「つぎに、二十六日の午前四時二十分に高松港に居るためには、豊中の家を何時に出ればよいかを考えよう」

野村は再び時刻表を繰った。国鉄宇野線・宇高航路の時刻表である（図Ⅱ）。

「いい具合に、4時10分高松着の下り三便がある。しかも新大阪からの鷲羽2号に接続している。鷲羽2号の大阪駅発車時刻は……」

と野村は時刻表を繰って、

図II

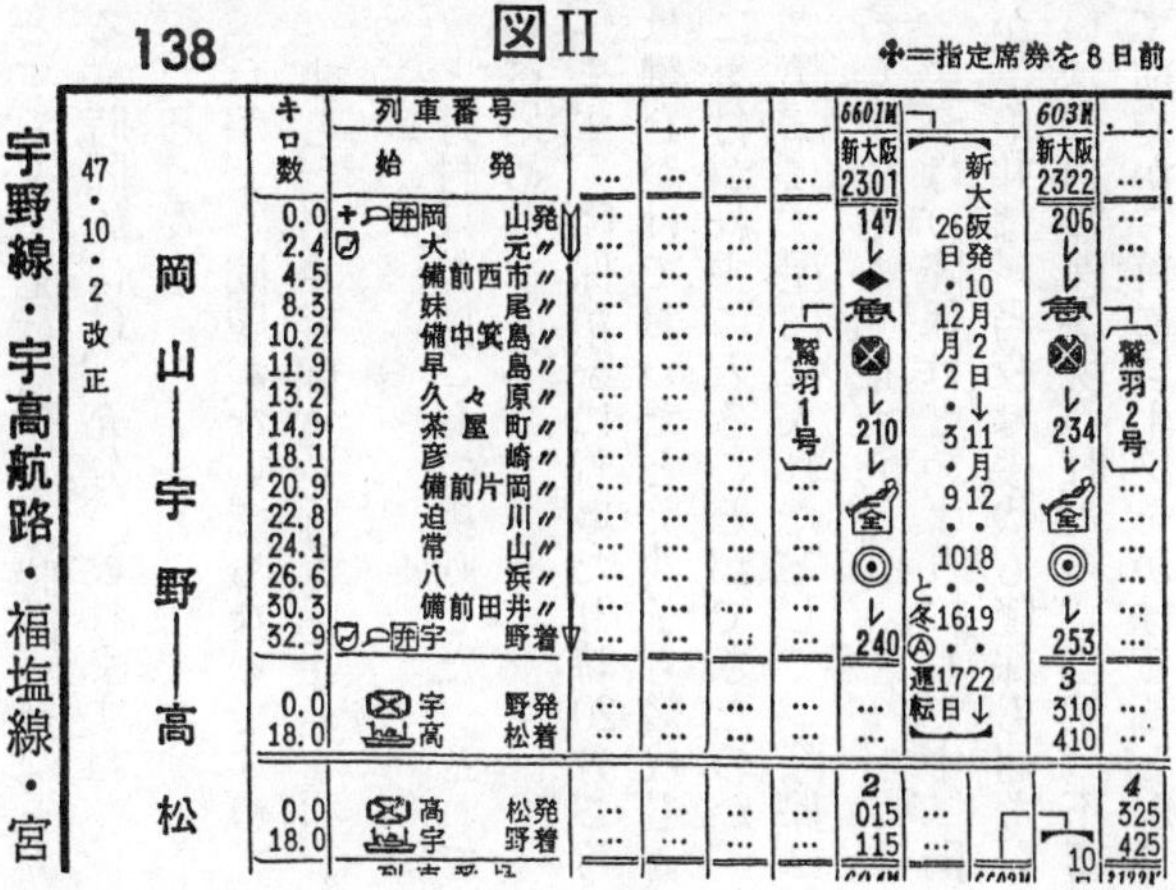

138　　♣＝指定席券を8日前

宇野線・宇高航路・福塩線・宮

47・10・2改正

岡山—宇野—高松

キロ数	列車番号／始発						6601M		603M	
	始発	…	…	…	…	…	新大阪 2301	新大阪発10月2日↓11月12・18・19・22日↓26日・12月2・3・9・10・16・17日と冬Ⓐ運転	新大阪 2322	…
0.0	岡山発	…	…	…	…	…	147		206	…
2.4	大元〃	…	…	…	…	…	レ		レ	…
4.5	備前西市〃	…	…	…	…	…	◆		レ	…
8.3	妹尾〃	…	…	…	…	鷲羽1号	急		急	鷲羽2号
10.2	備中箕島〃	…	…	…	…		⊗		⊗	
11.9	早島〃	…	…	…	…					
13.2	久々原〃	…	…	…	…		レ		レ	
14.9	茶屋町〃	…	…	…	…		210		234	
18.1	彦崎〃	…	…	…	…	…	レ		レ	…
20.9	備前片岡〃	…	…	…	…	…	全		全	…
22.8	迫川〃	…	…	…	…	…				…
24.1	常山〃	…	…	…	…	…	◎		◎	…
26.6	八浜〃	…	…	…	…	…				…
30.3	備前田井〃	…	…	…	…	…	レ		レ	…
32.9	宇野着	…	…	…	…	…	240		253	…
0.0	宇野発	…	…	…	…	…	…		3 310	…
18.0	高松着	…	…	…	…	…	…		410	…
0.0	高松発	…	…	…	…	…	2 015	…		4 325
18.0	宇野着	…	…	…	…	…	115	…	10	425

「23時29分だ。これに乗るには、逆算して、隆保は22時30分までに家を出ればいい。つまり犯行現場に一時間おれたわけだ。一時間あれば、亀井を殺して床下に放り込むことができただろう」

「部長、ちょっと……」

と大塚は手帳を取り出した。

「当夜の幾代と美沙子の行動表があります。部長と一緒に、彼女らに確かめながら作ったものです。この表に、いま部長が言われた、隆保の行動時間を当てはめてみようじゃないですか」

書きあげた行動表を眺めながら、大塚が言った。

「隆保と亀井の二人だけが家に居たのは、21時40分から、幾代の帰宅する22時までの二十分間にすぎない。しかし幾代が共犯だとすると、犯行に使えた時間は美沙子が帰って来た22時25分までの四十五分間になる。時間的には、充分、殺《や》れますね」

「だろうな」

「だが……問題がないでもないですね」

「よし、じゃ疑問点をひとつずつ言いたまえ。俺が隆保の立場に立って解いてみよう」

と野村は勢いこんで挑戦した。それでは、と大塚も、ちょっと構えた形になって、述べ始めた。

「まず、隆保が家に着いた21時20分ごろには、屋内には美沙子と亀井が居た。玄関には鍵をかけておいたと美沙子も幾代も言っていた。では隆保はどのようにして、二人に気付かれずに入ることができたのか。

第二に、屋内に入れたとして、隆保はどこに潜《ひそ》んでいたのか。広くもない家で、そういうことが可能だろうか。

第三は、隆保はどのようにして中二階に隠れていた亀井に接近することができたのか。亀井は、当夜は幾代も隆保も居ないと聞いていたからこそ訪ねて来たのだ。居ないはずの隆保が現われたら、当然、不審に思い警戒しただろう。その亀井に、どうして前方から首にロープをかけることができたのか。

第四に、この行動表でみるかぎり、誰かの帰宅や出発が、僅か十分狂っても、犯行が成り立たないほどに精密なものだ。隆保と幾代が共犯であって、事前に打ち合わせておいたとしても、これほどうまく運ぶものだろうか。

第五に、犯行が計画的であるにしては、死体の始末が、あまりにも無計画的で粗雑ではないか。犯人が最も智恵を絞らなければならないのは、むしろ犯行後の隠蔽法にあるはずだ。

「そして最後に、これが一番大きな疑問点なんですが……」

と大塚は、行動表を野村に返しながら言った。

「隆保にしても、幾代にしても、これほど緻密に計画してまで、亀井を殺害する必要があったのでしょうか。たかが美沙子の火遊びの相手じゃないですか」

しばらくの沈黙ののち、野村は、

「残念ながら、いまのところ、どの質問にも満足できる答えが出せそうにもない。しかし……」

と伝票を摑んで立ち上がった。

「隆保が船に乗っていなかったことだけは確かだ。まず、そのアリバイから崩していこう」

万が一の僥倖《ぎょうこう》を期待して、大阪駅へ電話を入れた。十月二十五日の下り鷲羽2号に、高校の制服を着ていたと推測される少年が乗車していたことを確認する手段はないものだろうか、という野村の問いに、与えられた鉄道公安官の返事は案じたようにノオであった。

「たとえ顔写真を見せて頂いても」

と公安官は迷惑そうに言った。

「車掌も駅員も確認は難しいでしょう。不正乗車とか急病とか、特に目立った行動でもあればともかくも……」

隆保が、車内で人目を引くような行動をするとは考えられない、と野村は諦めた。

「もう一度、藤田先生に会おう。船内での様子を確かめてみよう。誰か隆保を船内で見た者がいたら、仮定は全ておじゃんになる。もし誰もいなかったら……いや、いるはずがないんだ」

と野村は自分に言い聞かせるように声を高めた。

2

野村と大塚が喫茶店で隆保のアリバイを検討していたころ、藤田は、また招かざる訪問客に悩まされていた。

柴本健次郎であった。

内藤と柳生隆保を出せ、と言うのであった。

「美雪の仇は、二人のうちのどちらかです。共謀《ぐる》でやったのかも知れない。私にはちゃんとした証拠がある」

健次郎は、そう言って藤田を見据えた。

「柳生は、きょうは欠席なんですが……」

と藤田は、健次郎の剣幕に辟易して、口ごもった。

「欠席？　ふむ、で内藤は？」

来てはいるが授業中なので、と渋る藤田に、健次郎はおっかぶせるように言った。

「待ちましょう。授業が終わったら、すぐに呼んで頂こう。いや、決して乱暴を働こうというのじゃありませんよ。そのために先生にも立会って頂きます。事情はどうであれ、美雪が一たんは受け入れた相手です。責めるばかりでは美雪の供養にならないと思っています。自分の行為が引き起こした結果について反省して、率直に娘の霊に謝ってくれれば、美雪も浮かばれるし、私の胸も納まります。しかし、あくまでもシラを切るというのなら、私にも考えがあるとだけは申し上げておきます」

藤田は、しばらく考えた。断わったところで、柴本は内藤の下校を待ち受けるであろう。内藤の態度によっては暴力沙汰に及ばないとも限らない。それならば、自分が立会って、いま会わせたほうが、事が穏便に運ぶかも知れない。

「承知しました。但し、まず、その証拠とやらを聞かせて下さいますか」

柴本は大きく頷いて話し始めた。


柴本と芳野は豊中駅で落ち合うと、タクシーを拾った。

芳野は庄内町の飲み屋で、柴本から琵琶湖へ調べに行けと言われていたので、その気でいた。ところが翌朝早く、急に柴本から連絡があって、同行すると言われたときは、約束が違う、と内心不服であった。同行されては調査費の水増しもできないし、せっかく湖畔で一泊しても、目論んでいた秘かな楽しみを味わうわけにはいかない。

私を信用なさらないんで？　とむくれてみせたが、最初《はな》から貴様など信用しているものか、と軽くいなされたうえ、人間も信用できんが調査能力は更に信用できん、と極めつけられては、返す言葉もなかった。

柴本は、流しのタクシーのなかから、若くて精悍な顔つきの、スピード・オーバーくらいは違反のうちに数えていないような運転手を選んだ。

「メーターのほかにイロをつける。名神高速道路を琵琶湖畔の栗東インターまで、すっ飛ばしてくれ」

信号は黄に変わったばかりだったが、車はドアが閉まるか閉まらぬかに、エンジンを一ぱいに吹かしてダッシュした。その調子でやれ、と柴本は、にんまりと満足気に笑った。

「ゴンベエ、時間を計れ」

「はあ？」

「なにをぼんやりしてるんだ。ここから琵琶湖まで何分かかるか計算しておくんだ。この間の調べでは、八月二日午前十時に内藤はオートバイで出かけたと言っていただろう。だから何時に琵琶湖に着いたかを確かめておくんだ」

「だって、やつはオートバイで走ったんですぜ、カミナリなみの」

「だから、オートバイなみのスピードを出す運転手を選んだんだ。でなけりゃ、馬鹿々々しくって、お前なんかとドライブできるものか」

こっちだって真っ平さ、とは腹のなかで答えて、芳野は時計を見た。正十時であった。柴本は、あの日の時間どおりに動く気だな、と芳野は納得した。

車は豊中駅前から国道一七六号線を一たん南下した。三キロばかり走って豊中インターから名神高速道路に乗った。それほど車の混まない時間帯なので、車は快調に突っ走った。

運転手はご機嫌でアクセルを踏み込んだ。スピード・メーターは、ぴりぴりと小刻みに震えながら八〇から一〇〇へ上がった。柴本が見込んだだけあって、この運転手は、前方に車の姿がある限り、追い越しをかけなければ納まらない性質らしい。床へめり込め、とばかりにアクセルを踏んで、つぎつぎと追い越していった。ときたま外国製のスポーツ・カーに後塵を浴びせかけられると、歯を剥《む》いて口惜しがった。

大型の自動二輪と競り合ったときは壮観であった。真赤なジャンパーに白マフラー、黄ヘルといった典型的マッハ族の若者であった。針が一三〇を越えて更に昇ろうと震動を始めていた。二輪車が先行車に追い越しをかけると、その二輪車に覆いかぶせるようにして二重追い越しを挑む。三者が並行したままカーブにかかったときには、さすがの柴本も腰を浮かして、

「あんな気違いを相手にするな」

と制した。運転手も、客の命令で勝を譲るのなら面子《メンツ》は立つと思ったのであろう、凱歌を挙げるようにマフラー音を響かせて遠ざかる二輪車へ、

「小石ひとつでも踏んでみろ、宙に吹っ飛んでお陀仏だ」

と憎々しげに毒づいたうえ、

「あんなのを取り締らないなんて、パトカーはたるんどる！」

と目くそ鼻くそを笑うを地で行ったのは、お笑いであった。

「ああした連中が多いのだろうな」

と柴本は迎合するように尋ねた。

「そろそろ寒くなってきたので減りはしましたがね。夏などは、ひっきりなしでさ」

「だろうね。あれで豊中から栗東まで、どれくらいかかるだろう」

「そうですな。ざっと六十五キロあるから、この車でも四十分を切れるかどうかでしょうな。連中もそんなもんじゃないかな」

柴本は芳野にメモしておけ、と目で命じた。

栗東インターの時計は十時五十分を指していた。名神高速を降りてマイアミまでの道は快適とは言いかねた。距離は十五キロ程度にすぎなかったが、四十分近くかかってしまった。

「十一時半か」

柴本は、芳野に念を押すように確かめて、美雪たちが泊まった民宿の前で車を捨てた。二階建の庭が広いだけが取柄の貧弱な民家であった。

暗い玄関口で案内を乞うたが、返事はなく、しばらくして七十歳近い老婆が、なんの用だと言わんばかりの無愛想な顔を突き出した。

「この夏、お宅にお世話になった大阪の柴本という者なんだが……」

老婆は、困ったふうに手を振った。そして民宿は夏場だけしかやらないので今は泊められない、来年の予約は組合の協定値が未決定なので受け付けていないという意味のことを、にこりともせずに、ぶつぶつと呟いた。しかし柴本が千円札を見せると、素早く懐へ捻じこんで、内緒で予約してもいい、と黄色い歯を剝きだした。

いや……と柴本は老婆と並んで日だまりの縁側に腰を下ろして、美雪たちのことで聞きたいのだが、と切りだした。そんな古いことを思い出せるかどうか、と老婆は口ごもったが、

「二日の午後、身体の具合が悪くなって、泳ぎに出かけなかった娘なんだがね」

と言われると、ああ、あの四人づれの女学生、と手を打った。

「元気な娘さんたちでしたよ。毎日毎晩、それは賑やかで。そう言えば、昼ご飯のあと、一人だけ部屋に残ったことがありましたっけな」

と身体を乗りだした。

「そのときのことなんだが、誰か訪ねて来なかったかね」

「さあ、そんなことはなかったねえ」

「お婆さんは、ずっと階下にいたんでしょうな。友だちが病人の世話を頼んだはずだったが……」

「ええ、そりゃ、まあね」

と老婆は煮えきらない。

「それとも、出かけましたか」

「出かけやしませんよ。暑い最中に出かける用もなし。テレビを見たり、うつらうつ

ら昼寝をしたり……」

この耄碌《もうろく》婆さんが、うつらうつらしていたのでは、留守も同然だな、と柴本は心許ない顔つきで、

「その間に、二階の様子でなにか気づいたことはありませんか。どんなことでもいい、思い出せんかな」

柴本の熱心さと、千円のチップの手前、老婆は顔を顰《しか》めて思い出そうと努力していたが、

「ああ、思い出しましたよ。いいえね、二階があまり静かなんでね、頼まれたことでもあるし、ちょっと様子を見に上がったんですよ。そしたら娘さんは蒲団を敷いて、ぐっすり寝こんでましてね。枕もとにコーラの空瓶が三本もあったので、随分飲んだもんだとあきれたことを覚えていますよ」

「コーラの瓶がね。誰かが持って来たのかな」

「いいえね、二階の廊下に冷蔵庫が置いてあってね、ビールやコーラが入れてあるんですよ。自由に飲んで貰って、その分だけ払ってくれりゃいいわけですよ」

「確かに三本でしたか」

「ええ。ちゃんと帳面につけておいて払って貰ったから、間違いっこありませんね」

「ほかの娘さんたちが飲んだのじゃないだろうね」

「いいえ、三人が出かけたあと、食事の跡片づけをしたんですがね、そのときにゃ、そんな瓶はなかったね」

「空瓶を見つけたのは何時ごろ？」

「そうさな、私が一寝入りしたあとだったから……二時すぎだったかねえ」

「三人の娘たちが出かけたのは？」

「さあ……ねえ」

と老婆は返事を渋りだした。矢つぎ早やの質問で、千円の効力が失せかけたらしい。

「思い出して貰えんかなあ。モーター・ボートに乗ったはずなんだが……」

「なんだ、モーター・ボートに乗ったんなら、そうと言えばいいのに。それじゃ爺さんに聞いたほうが早かろうに」

「爺さん？」

「つれあいさね、私の。浜でボート小屋の番人をやってまさあ」

ありがとう、と言い捨てて柴本は立ち上がった。

秋も深まったというのに、湖畔ではかなりの家族づれが戯れていた。青い水と澄んだ空があれば、それだけで人が呼べる時代であった。レジャー・ブームは週日と日曜日の差を埋めようとしていた。むしろ混雑を避けて平日に出かけるのがレジャー通《つう》というものだった。皆がそう考えて出かけるものだから、却って日曜より混むという珍現象さえ現われる昨今であった。

ボート小屋は、民宿から百メートルとは離れていない湖岸にあった。爺さんが、ぽつねんと煙草をふかしていた。ボートの貸出し時間と返却時間を計って料金を受け取るだけのことだから暇は十二分にある。ときたま操縦者つきのモーター・ボートを注文する客があれば、茶店で油を売って駄弁《だべ》っている若者を呼びに走るのも役目のうちであった。

老爺の記憶は確かであった。自分の家に泊まった客であるうえに、

「四人とも、なかなかの別嬪《べつぴん》だったでのう、モーター・ボートの運転をやりたがって、若い者が競り合ったくらいじゃったな。ところが、いざ出発というときになると、いっと人気のあった可愛い娘《こ》が乗らなかったと、運転のくじに当たった男が嘆いてのう」

美雪が一番人気があったと聞いて、柴本は相好《そうごう》を崩した。そして老爺にも千円札を握らせることを惜しまなかった。

「その娘がモーター・ボートを予約したんだったね」

「うん、そうじゃった。だのに乗らんとはおかしなことじゃと思ったよ。モーター・ボートは貸切りじゃから、乗ったのは三人でも料金は変わらんから、ま、わしのほう

はどちらでもよかったがの」

「その娘に、若い男の客が二人訪ねて来たはずなんだが、気がつかなかったかね」

「若い男がねえ。さあて、民宿のほうは婆さんに任《まか》せとるで……。まてよ、そういえば、変なやつがいたね」

と老爺は、ちょっと首を傾《かし》げた。柴本は身体を乗り出した。

「ようは思い出せんが……。あの娘が、ひとりだけで湖から上がって来たときに、茶店の陰から若い男が手を振りおったな。また助平野郎がちょっかいをかけよるな、と思っとったら、娘のほうから駆け寄ったので、なんじゃ知り合いか、とあまり気にせんじゃったが……」

「男はなにをしゃべっていたかね」

「そりゃ聞こえんじゃった。娘は、すぐにわしのとこへ来て、モーター・ボートを予約したから、ひょっとして、その男も乗るのかと思ったんじゃが、結局は、その娘も男も乗らんじゃった」

「ふむ……。で、男はひとりだったかね」

「じゃったと思うがね。そうじゃ、昼飯のあと、一時ごろじゃったかな。娘が三人やって来て、モーター・ボートで大橋へ出かけて行ったあと、またその男がやって来て見送っておったな。もっとも、ボートが沖へ出てしまったあとじゃったから、娘たちは気づかんじゃったろうが」

柴本はポケットから写真を取り出した。美雪の初七日の日に、工務店の社員に命じて写させておいた豊能高校生たちの写真であった。

「その男は、このなかに写っているかね」

老爺は日にかざして、しげしげと眺めた。

「この三人の娘さんじゃよ、うちのお客は」

「男は？」

と柴本は、まどろしげに、せかした。

「この男のようでもあるが……」

指で押さえたのは、神妙な顔で写っている内藤であった。

「……というわけです」

と柴本は長い話を終わって、藤田に鋭い目を向けた。

「オートバイを持っているのは柳生だ。二人はあの日、須磨へ泳ぎに行くと、わざと大声で言い残して琵琶湖へ行った。十時に家を出ているから、マイアミには十一時半ごろ着いている。美雪を唆《そその》かして、女三人を大橋見物に追い払い、婆さんの昼寝中に宿へ忍び込んだんですよ。そして……」

と、さすがに柴本は口をつぐんだが、

「内藤を呼んで下さい。もうシラを切らさない！」

とテーブルを叩いた。それが合図のように、午前の終業を告げるベルが鳴った。

藤田には、柴本の要求を拒む理由がなくなった。不承不承《ふしようぶしよう》、立ち上がって二年二組の教室へのろのろと足を運んだ。柴本は正面のドアを睨みつけたまま、身ゆるぎもせずに内藤を待ち構えていた。

ドアが開いて、柴本は身構えた。

「おや、藤田先生は、ここのはずだったんだが……」

と呟いた校務員の後ろから、野村と大塚が首を差し入れた。柴本は強《こわ》ばった顔を緩めて軽く目礼した。顔見知りであった。

「ちょうどいいところへ来て下さった。実は娘の仇を突き止めましてね。これからうんとヤキを入れてやろうと思ってるんですよ。全く近ごろの若いやつときたら人間の道を知っちゃいない。警察の方々に立会って頂けりゃ、内藤も柳生も、ちっとは身に染みるでしょうよ」

柳生と聞いて、野村は尋ねた。

「柳生が関係していることは確かですか」

「一枚嚙んでいることは証拠がはっきりしています。やつらは一つ穴の狢《むじな》ですよ」

と答えたものの、それ以上言うのは娘の恥を我から広めることになると思い当たって、口を閉じた。

「事情は薄々察していますが、どうやら私たちが口を挟む筋のことではなさそうですな」

野村は敏感に柴本の戸惑いを察知して、大塚を促すと、ドアを閉めた。折よく藤田が廊下の端に姿を見せた。

「また……なにか……」

と不快の色を浮かべるのを気にもとめず、野村は修学旅行の船中での人員把握の仕方を、できるだけ詳しく教えてほしいと尋ねた。

「それは生徒たちの自治に任せています。ご存知かどうか、二等船室は広間を大小いくつかに仕切ってありましてね、一区切りは十人から三十人くらいが横になれる広さです。その区切りごとに、生徒たちはお互いに注意し合ったり助け合ったりして団体行動をとることになっています」

「なるほど。すると船内での柳生君の行動は、そのグループの生徒さんに聞けば一番詳しいわけですな。で、柳生君のグループは誰だれだったのですか」

「グループ別けも生徒に自由にさせています。それぞれ気の合った連中が集まりますから、私には、はっきりとは判りませんね。でも、おそらくは、内藤、荒木、峰といった、平素から仲のよい連中と一緒だったんじゃないですかな」

野村は、荒木と峰を呼んで欲しいと言ったが、

「二人とも、午後は柳生の家へ行くと言って早退しましたよ」

と、ニべもない返事が返った。そして、野村の質問が途切れると、その機を逃がさず、急ぎますから、と逃げるように立ち去った。警察と接触するのは真っ平だ、とその背中は語っていた。

3

昼を過ぎたばかりだというのに、柳生家の表戸は固く閉ざされていた。呼鈴にも応答はなかった。野村は遠慮なく、引戸を手荒く叩いた。

「うるさいな、留守だよ」

と柳生の声がした。留守で返事ができるか、と野村は負けずに怒鳴り返した。

「俺だ、野村だ。開けろ」

茶の間に四人が座っていた。柳生隆保、峰高志、荒木之夫、それに延命美由紀。中毒事件のとき見覚えた顔であった。

野村は一わたり見渡してから、大塚とともに座を占めた。車座になった中央の灰皿

に、吸いさしの煙草が煙っていた。未成年者は違反のはずだが、誰も気にした様子もなく、野村も咎めだてする気にもならない。

柳生は、そっぽを向いて昂然としていた。昨夜の、美沙子の死を聞いたときの、悄然とした姿のかけらも見られない。若さが傷心を癒したのか、虚勢なのか。

他の三人も苦がり切っていた。誰も、なにも言わなかった。やがて、

「柳生君」

と野村が軽い口調で言った。

「船旅はどうだった」

隆保は、え？　と反問するように円《つぶ》らな目を見張った。なにかの事件のとき——と野村は思い出した。なにかの事件のとき、犯人ではないと目を見て判ったと言った作家がいたが、その作家は隆保の今の目を見たら、やはりこの美少年は犯人ではないと言うだろうな——と野村は思った。それほど濁りのない涼やかな目であった。だが俺は信用しないぞ、と野村は質問をつづけた。

「修学旅行さ。乗ったんだろう、大阪から高松まで」

「ああ、あのときのことか」

隆保は頬を緩めて答えた。

「夜だったから景色も見えなかったし、どうってことなかったな」

「船室では、よく睡れたかね」

「ずっとデッキに出てたからね、ほとんど寝なかったな」

「デッキにね。夜通しかい」

「ああ。船室はやかましくて大変だと言っていたからね」

「なるほど。で、デッキでは君ひとりだったかね。それとも誰か友だちと一緒に？」

「いや……」

と隆保は口ごもった。

「じゃ、誰と？　これは、はっきり答えて欲しいんだ。君が、ずっとデッキにいたと証言できる人があったら言ってくれんかね」

一瞬、沈黙が一座を重苦しく包んだ。空気までが、ひたと動きを止めて、灰皿からの煙草の煙が真直ぐに立ち昇った。隆保は、その煙の行方を見定めるように、空間に目を凝《こ》らして、答えなかった。そうした隆保を、野村は黙って睨みつけていた。

「なんのためだか判んない質問だけれど」

と美由紀が、こだわりのない口調で言った。

「私、柳生君と一緒にいたわ」

「君が？」

空気が音もなくざわめいて、煙草の煙がゆらりと大きく曲がって崩れた。

「ええ、そうよ。それとも私の証言じゃご不満なの」

疑わしげな野村の視線を見返しながら、美由紀は挑むように言った。

「不満というわけじゃないが……。ほかにいないかな、君たち二人がデッキにいたのを見た人は」

「どうかしらね。だって私たちは人目につきたくなかったし。それに、二人きりのムードを楽しんでいるのを覗きに来るような、刑事根性の人など、クラスにはいないでしょうからね」

真正面からの挑戦であった。

「どうしてそんなにこだわるの。乗るときだって降りたときだって、柳生君はちゃんと点呼を受けているのよ。だったら乗ってたに決まってるじゃないの」

それには取り合わず、野村は、

「柳生君、船に乗る前に、喧嘩をしたってね」

「ええ、ちょっと」

「相手は？」

「さあ、名前は聞かなかったが……ああ、そうだ、豊中商業の栗原だ。内藤がそう言ってたっけ」

こんどは内藤か、と野村はうんざりした。柴本が、さきほど、あいつらは一つ穴の洛だと言っていたが、全くそのとおりだと賛成したい気持であった。野村は、無邪気と見えるほど落ち着いている隆保を、叩きのめして白状させることのできない今の警察制度が情なかった。

「内藤君といえば、君はきょう彼に会ったかね」

「いや、きょうは学校へ行かなかったから」

「柴本さんが怒鳴っていたぜ。なんでも美雪君にいたずらをした証拠を摑んだとか言って。君も一緒だったってね」

と野村は隆保の反応を窺った。

「困るなあ、いい加減なデマを飛ばして。親馬鹿ってもんだな」

と隆保はにっこりとした。えくぼが浮いて、なおさら野村の神経を逆撫でした。

「どうもお邪魔さま」

と野村は立ち上がった。

「栗原君に会ってみるよ。君たちとは違った話が聞けるかも知れないからね」

言わでもの捨科白であったが、せめてもの捨科白であった。

腹が立つと足が自然と早くなって、豊中商業高校に着いたのは、一時をすこし過ぎたころであった。

「栗原君……だね」

昼休みに、突然、名前を呼ばれて、栗原は身構えるように後ずさった。が、野村の質問に、

「相手は大して強そうじゃなかった。一対一なら、やったって負けないと思ったんです。僕の腕を摑んで船に乗せたやつだって、ひょろ長いだけで力はなさそうだった。だけど、相手が大勢だったんで……」

「ちょっと待ってくれ。するとなにかい、君は豊能高校生と一緒に船に乗ったのかね」

「ええ。だって捕まえて放さなかったんですから」

「君が船に乗るとき、係員が人数を数えていただろう。すると君は、豊能高の人数のなかに数えられたのかね」

「それは……はっきりしませんね。タラップを昇って、すぐ逃げましたから。数を読む前だったか、後だったか。そんなことを気にしている場合じゃなかったもの」

野村と大塚は顔を見合わせた。前か後かが、隆保の乗船したかどうかの決め手の一つになるはずであった。

「大塚君、どうやら隆保も尻尾を出したらしいぜ。隆保は初めから船に乗らない計画だったのだ。乗船ぎりぎりに騒ぎを起こしたのは自分の存在をはっきりと印象づけるためだ。これがアリバイ工作の第一段階だ。つぎに乗船者の数を合わせるために、栗

原を捕えて、身替わりに乗せた。船内のアリバイは美由紀の役割りだ。二人でデッキにいると言えば、恋仲だと思っている級友たちは近寄りもしないし、怪しみもしない。あの年ごろの連中は、恋は神聖なり、と頭から信じきっているから、覗き見しようとはしなかったろう。それに修学旅行の最初の夜なんてものは、さんざんふざけ散らして疲れてぐっすり寝込んでしまうものだ。隆保がいたかいないかを気に止める者などいなかっただろうよ。俺の修学旅行のころを思い出してみると、そうしたものだったからね。船に乗らなかった隆保の行動は、俺たちの推測したとおりだろうよ。犯行のあと、国鉄で高松へ着いて、そこでことさらに整列に遅れて、自分の存在を藤田に確認させたのだろう」

「しかし……」

と大塚は、すぐさま反論した。

「栗原が豊能高校の検数のなかに入っていたのだったら、なるほど豊能高校生の員数は合いますよ。だけど栗原の抜けた豊中商業のほうはどうなるんです。もし豊中商業のほうでも員数が合っていたら、隆保のことですから、自分が逆に商業生にまじって乗船したと主張するのじゃないでしょうか」

「船会社へ行こう」

野村は、みなまで言わさず、大塚をせきたてた。

関西汽船の大阪本社は北区の淀川沿いにあった。旅客課長は、野村の来意を聞くと、首を傾《かし》げた。それでも野村の語勢に押された形で、あちこちに電話した末、中年の社員を呼び出してくれた。

「修学旅行の係をしております中島ですが」

と白い目をして、ぼそりと言った。中島は、自分より遥かに若い課長の前で、警官に失策を指摘されるのではないかと、それがいまいましかった。が、野村には、そうした下積みサラリーマンの僻《ひが》みを察してやるだけの気持の余裕がなかった。

「乗船の際の人員検数は正確なものですか」

と最初から訊問口調になったのが失敗であった。

「とおっしゃると、あの船の乗客について、私たちになにか手落ちがあったとでもおっしゃるのですか」

そうではなくて、検数の実情について知りたいのだ、と口調を改めたが、中島の堅い表情は変わらなかった。

「団体客の場合は、前もって乗客名簿を頂いております。そして乗船前に、団体の責任者の方が人数を確認して、変更の有無を連絡して頂くことになっております。ですから、乗船の場合の検数は、一応は致しますが、お届け願っている人数と相違したことは滅多にございません。ことに修学旅行の場合は、先生方が人員を完全に掌握なさっていますし、万に一つの間違いもございません」

万に一つか、と野村は腹のなかで苦笑する。その万に一つを隆保にうまく利用されたのではあるまいか。

「しかし、団体以外の人が、紛《まぎ》れこんで乗船したという事例は起こり得ませんか」

「古いことですが、万国博が開かれていたころ、見物の団体の方で、そういうこともあろうかと私たちも心配いたしました。旅行社や引率者側でも、それを気遣って、それぞれ目立ったリボンをつけたり、帽子を統一したりしたものですよ。現在でも、私どもは待合室で、はっきりと団体ごとに区別けして並んで頂きますし、必要があればリボンで色別けしたりしておりますから、一度も間違いはございませんでした」

「なるほど。で、修学旅行の場合は？」

「それでしたら、なおさらです。服装も学生服ですから一般団体と見違える恐れもありません。それに寄せ集めの一般団体と違って、生徒同士がお互いによく知った顔です。紛れこんだら、すぐ見つかってしまいます」

「ごもっともです。ですが……」

と野村は、ここがヤマ場だと声を強めた。

「かりにですよ、同じような学生服を着て、まあ帽章やボタンの意匠は違っているとしてもですよ、同じ学生服を着た他校の生徒が一人紛れこんでいたとしたらどうでしょう。検数員は気がつくでしょうか」

　中島は、きょとんとした顔で、野村を見つめた。

「おっしゃる意味が、よく呑みこめませんが。しかし、そういう場合でしたら、検数員より先に、その学校の生徒さんが気づいて注意すると思いますが……」

「いや、生徒が故意に黙っていたとしても、検数員が発見できるかどうかをお聞きしたいのです」

　中島は、ちらと課長に助けを求める視線を送った。気づかないだろう、というのが正直な答えではあったが、そう答えては検数員の不注意を認めることになる。それが自分の失態に繋がり、会社の責任に結びつくのであれば、迂闊《うかつ》には返事のできないことであった。

　課長は渋い顔で口を挟んだ。

「どうも、そういう仮定のご質問にはお答えのしようもございません。その場に実際に当たりませんと、どちらとも。しかし私の考えでは、検数員は経験の豊かな者が当たっておりますし、恐らく発見してくれると期待しております。ちょうど国鉄や私鉄の改札員が、一瞥《いちべつ》して定期券の他人使用や期限切れを見抜くように、検数員にも職業的な第六感といったものがあるのではないでしょうか」

巧妙な答えであった。だが、それは野村の欲している答えとは、かけ離れたものであった。栗原は豊能高校生に紛れて乗船しているのであり、豊中商業の乗船人員の一人不足を検数員が見逃しているはずなのである。船会社の係員が、それを認めて証言しなければ、隆保犯行説は成り立たない。野村は質問の方法を変えた。

「ところで、あの船には、豊能高校と豊中商業の修学旅行生が乗船していましたね」

中島は記録を繰りながら軽く頷いた。記録に基づいて答える限りには安心であった。

記録は何人かのチェックを経て確認されたものであるから疎漏はない。かりにあったとしても中島個人の失態ではない。責任はチェックした何人かに分散される。何人かに、ということは、どの個人にも直接の責任はないということである。それが組織というものの、責任の所在を曖昧にするための仕組みとも言えた。

だから中島は、安心して答えた。

「ええ、おっしゃるとおり二校の修学旅行団と、ほかに農協などの団体が三つ乗船しております。それがなにか……」

「豊中商業の場合なんですがね。乗船名簿に較べて乗船者が一人不足してはいなかったでしょうか」

中島の目は、記録の数字を追った。

「乗船数は生徒が二百三十四人に引率の先生が六人の合わせて二百四十人。申込み人員と一致しております」

「それは、乗船の際の検数と一致しているわけですか」

「勿論です。検数員が本船の事務室に報告した数字と、乗船申込み名簿の数字と照合するのですから」

そこで中島は、ああ、というふうに頷いた。

「判りましたよ、刑事さん。あのことだったんですか、ご質問は。それだったら、すぐに調べまして解決しましたよ」

「え？　あのこと？　とおっしゃいますと？」

野村は椅子から腰を浮かして、記録を覗き込もうとした。そこに隆保犯行説を裏づける証拠が記されているのか、と勢いこんだ。

「いいえ、決して記録に誤りがあるのではございません。実は豊中商業の場合は、最初は検数員の報告と乗船名簿の数が合致しなかったらしいのです。一人不足だったのです。事務室の係員が、乗り遅れた生徒さんがあっては大変と、早速、先生に連絡しました。先生方もびっくりされて、点呼のやり直しをされました。結局は二百三十四人全員が乗船していることが確認されて安心したのですが、とんだ騒ぎだったと聞いています。

検数員のミスのために、折角の修学旅行の門出にケチがついたと先生方には皮肉たっぷりに責められたと事務員がボヤいていたと聞いています。しかし人員には異状はなかったのですし、別段、報告があったわけではありませんので記録には残っておりません」

「しかし、検数では明らかに一名不足だったのですね」

「明らかに、とおっしゃられては困りますな。あの場合も、結局は検数器のボタンの押し方が浅かったので、チェッカーの数字が動かなかったのだろうということでケリがついています。検数員は確かに押した、検数器の故障だと言い張りまして、交換を要求したそうですが、いく分は照れ隠しもあったんでしょうね。いずれにしても、豊中商業生は全員、乗船していたのですから、なんとなく納まったように聞いています」

「しかし豊能高校はどうだったんです。乗船後に人員点呼をやりましたか」

中島は、うんざりした表情を隠そうともせずに答えた。

「船会社としましては、別にお願いしておりません。だって豊能高校の場合は、検数と名簿の人員が一致しているのですから」

「そこのところが問題なのです」

と野村は極めつけるように言った。

「いいですか、豊能高校の生徒が一人、乗船しなかった」

「なんのためですか」

「なんのためか、あなたには関係ありません。とにかく乗らなかったのです。ところが、それでは数が合わない。だから豊中商業の生徒を一人乗せた。検数員は、その生徒を豊能高校生だと誤認して数えたから、数字は一致した」

「しかし、それでは前に申しましたように、他の生徒さんが気づいて……」

「それはいいんです。ところが豊中商業では検数が一人足らない。慌てて点呼してみたら全員いた。いるはずです。豊能高校に紛れて乗っていたのが合流したのですから。だから本当は豊能高校生が一人不足しているのだが、点呼しなかったから判らなかった」

「と、豊能高校では言っているのですか」

「とは言っておりません。全員乗ったと言っております」

と野村は歯切れの悪い返答しかできない。

「どうも、おっしゃることが、よく呑みこめませんな。つまるところ、どうだとおっしゃるのですか」

と課長が露骨に不機嫌な声で割って入った。

「つまり、私の言ったように、生徒の入れ替えがあったとは考えられませんか」

課長は、二度三度、首を横に振った。

「考えられませんね。それだったら、豊能高校でお確かめになるのが筋というものでしょう。生徒さんが一人乗っていなかったら、学校側に判らないはずがないじゃありませんか。私どもでは、そのような突飛な考え方は、到底、納得いたしかねますね」

野村は、憤然として課長を睨みつけた。

「部長……」

と大塚が野村の上衣の裾を引いて、表へ出た。

「部長の言われたように入れ替えが行なわれたとしても、それを船会社の人が気づかなかったとしても、仕方のないことですよ。まして、それを証言させようたって、無理と言うものじゃないでしょうか」

「しかし栗原の証言がある」

「栗原の証言だけでは弱いんじゃないですか。腕の立つ弁護士なら、美由紀の証言で勝たすでしょうな。なにしろ決め手になるものがないんですからね、こっちには」

4

「内藤を問い詰めたところで、栗原を放したのは検数の前だと主張するに決まってますな」

と大塚は豊中へ戻る阪急電車のなかで言った。

「いや、やつらはもっと悪賢い。はっきりしないが、前だったと思う、くらいの答えをして、俺たちの出方を見ようとするだろう。俺たちが、どの程度の証拠を握っているかを見透してから、前言を翻したり強調したりできる余地を残そうとするだろう。船会社の連中と同じことで、自分の断定が決定的な決め手になることを極力避けるのが一般人の常だ。そうした態度が、どんなに捜査を妨げているかを、決して理解しようとしない」

野村は憮然として答えた。

「だが、待てよ。船のアリバイ作りに較べて、琵琶湖の場合は、どうしてあんな見えすいたやり方をしたんだろう。須磨海岸で架空の目撃者くらい仕立てておくことさえしていない。船の場合と違って、まるで抜け穴だらけじゃないか。素人の柴本に簡単に見抜かれてしまった」

「だって、あのときは犯罪を犯すわけでもなし、暴《ば》れたってなんてことはないじゃないですか。アリバイ工作をするほうが不自然ですよ」

「だったら、須磨へ行くなどと言いふらす必要がない。初めから琵琶湖へ行くと言ったって差し支えないはずだ。それに、これは俺が最初から言っていることだが、琵琶湖、中毒、そして亀井殺しは一連の事件だ。その最初の琵琶湖事件で内藤と隆保の共謀が暴露してしまったら、あとの事件も共謀だろうと疑われることは、彼らだって承知しているはずだ。だのに彼らは琵琶湖の場合は、全くと言ってもいいくらい無防備でやっているんだ。船の場合と較べたら、同一人の仕業と思えない単純さだ。おかしいと思わないか」

「中毒事件はどうなります。二人とも被害者なんですよ」

「それも俺なりの見当はつけている。琵琶湖事件での二人の単純な行動の謎が解ければ、中毒事件の底は割れたも同然だよ」

野村は時計を覗いた。大阪まで往復したうえ、船会社で手間どったので、もう五時を過ぎていたが、柴本に会ってみるか、と自問するように呟いた。

柴本は在宅していた。野村が、内藤のことで……と言いかけると、待っていたとばかりに応接室へ通した。そして茶を持ってきた妻の祥子にも、

「お前も坐んなさい。そして、こんな無茶な話があっていいものかどうか、刑事さんに聞いて頂こうじゃないか」

と額に青い筋を浮かした。内藤との話し合いの結果がまずかったな、と察して、野村は、

「警官という立場を離れて、ざっくばらんにお伺いしますが……」

と切り出した。憤懣があれば、ぶちまけなさい、ことによったら力になりましょう、と暗に仄《ほの》めかした口調であった。柴本は渡りに舟と身を乗り出して、芳野とともに調査した内容を繰り返した。

聞き終わると、野村は、

「それで、内藤との話し合いはどうでした」

「どうもこうもあるもんですか。あいつらはまるでヤクザですよ。人間らしい感情なんかありゃしない」

と柴本は、ますますいきり立った。

内藤は柴本の追及を、ふん、と鼻で笑って、だったらどうだと言うんです、と驚きも慌てもしなかった。貴様が美雪の子の父親か、と悲痛な顔の柴本に、かもね、と澄ました顔であった。

「貴様は、自分の……恋人と子を殺したんだぞ。それでも平気なのか」

「恋人なんかじゃありませんよ。それに殺しちゃいませんよ。病気で死んだだけのことでしょう。僕には関係ない」

「恋人じゃない？　じゃ貴様は無理矢理に美雪を……」

「とんでもない。合意のうえですよ。彼女は結構、楽しんでいましたよ。僕がうんざりしたくらいにね。ひょっとしたら僕に惚れてたんですかな。僕は、どうってことなかったけれど」

情容赦ない痛烈な侮辱であった。美雪に対する惜別や追慕の響のひとかけらもなかった。せめて、その色でも見せてくれたら内藤も許せるし美雪も救われる、と思っていた柴本は、その期待を微塵に砕かれて、愕然とし、ついで憤怒が全身に猛《たけ》り狂った。

「貴様、それでも人間か。美雪に恨みでもあるのか」

顔面に血管を浮き上がらせた柴本を、内藤は冷笑するように眺めながら答えた。

「ないね。恨みも関心も……」

「じゃ、なぜ、なぜ美雪にあんなことを……」

「向こうから、そうしてくれと言ったからさ」

「美雪が？　そんな馬鹿な。美雪は、そんな娘じゃない」

「そうさ、美雪君は普通の女の子さ。だが、父親が悪かったね」

「父親？　俺がか？　俺のどこが悪い」

「何度も言ったでしょう。僕の家から太陽を奪って、祖母を殺した、と」

「その逆恨みか。それで美雪を穢したのか」

「そうじゃないさ。美雪君は、そのことで僕に謝ったのさ。父の非道を許してくれ、とね。だから僕は答えたよ。いいよ、君の父親と君とは別個の人格だからね、ひどい父親を持ったからって、君の責任ではない……」

「俺の非道だと！」

「あんたが、どう思おうと勝手だ。しかし美雪君は、僕の答えを聞いて、嬉しいと喜びましたからね。そして仲直りのしるしに抱いてくれと言ったんですよ」

「嘘だ。美雪がそんなことを！　貴様の言うことなんか信用できるか！」

柴本は、やっきになって怒鳴ったが、語尾の力が抜けるのが自分でも判った。

「信用できないのなら聞かなきゃいいでしょう。帰りますよ」

内藤は冷然として立った。

「待て、貴様は、それで俺に復讐したつもりか。いいか、俺は合法的にあのマンションを建てたんだぞ。それに婆さんの生き死には、俺と無関係なんだぞ。それを貴様は……」

「美雪君とセックスしたのが、どこが非合法だと言うんです。お互いの粘膜を刺戟し合って楽しんだだけのことじゃないですか。それと、美雪君の生き死にとは無関係ですよ。意識して子宮外に妊娠させることなんて不可能ですからね。だからお互いに恨みっこなしにしましょうや。だけど、僕のお婆さんが苦しんだ分だけ、そしてお婆さんの死で父母や僕が苦しんだ分だけは、あんたも苦しんで貰わなくちゃ、差し引きの計算が合いませんやね」

「あいつは、しゃあしゃあとした顔で出て行きました。こんなひどいことってあるでしょうか」

柴本は、そう言って、祥子の背を静かに撫でつづけた。話の途中から、祥子は涙をこぼしつづけていた。柴本の目にも怒りの涙が浮いていた。持って行き場のない悲しみであり、怒りであった。慰めようも、宥《なだ》めようもなく、野村と大塚は腕を組んで黙りこくっていた。

「全く近ごろの若い者の考え方には、ついていけませんな」

という平凡な感慨を洩らすのが、精一ぱいの同情の示し方であった。

「ああいう気違いみたいなやつが集まって、連合赤軍を作って仲間をリンチにかけたり、総括したりするんだ」

と柴本も筋違いな憤懣を洩らした。野村と大塚は曖昧に頷いて立ち上がった。興奮で我を失っている柴本から、これ以上聞いたところで、捜査の参考になるとは思えなかった。

表へ出ると、もう道は薄暗かった。そんな時間かと思うと、急に腹の空いていることに気がついた。駅まで歩いて、蕎麦《そば》屋へ入った。熱い蕎麦がうまくなる季節であった。野村は考えを巡らせながら、とぎれとぎれに箸を運んでいた。

「部長」

大塚は最後の一滴まで汁を吸り終わると、やっと腹の虫が納まって、遠慮がちに声をかけた。

「部長は中毒事件には見当がついていると言われましたね。聞かせてくれませんか」

「うん？」

野村は、思考を中断されて、煩《わずら》わしそうに顔を上げた。が、思い直したように、

「そうだな。俺の考えを聞いて貰おうか。例によって辻褄《つじつま》の合わない点があったら指摘してくれ。

まず、内藤と隆保が琵琶湖の場合はどうして子供だましのようなアリバイ工作をしたかという点だが……。二人は最初から柴本が簡単に見破ることができるように仕組んでおいたのだよ。内藤にしてみれば、自分の仕業だということを柴本が知らなければ復讐の意味がないんだ。娘の仇が、のうのうとしているところを見せつけることによって、柴本をなお一層怒らせ苦しませるのが目的なのだからね。子供っぽく単純な細工に見せかけた、その実、恐しく残忍なやり口だと思わないかい」

大塚は無言で頷いた。野村の推理が正しいであろうことは、さきほど柴本から聞いた内藤の態度からしても納得できた。

「つぎに中毒事件だが。君も覚えているだろう、中毒事件が起こったその午後、内藤に質問したときのことだ。話が美雪の初七日の席の騒ぎに移ったとき、その話のなかで、柴本はこう言っていた。内藤はおとなしそうに見えた、と。幾分は猫をかぶっていたのだろうが、俺はそれだけではないと思う。俺も気づいていたのだが、中毒事件を境にして、内藤の言葉や行動が、まるで人変わりしたように強靭になっているのだ。

美雪が死んだ日から一変したというなら話は判らんでもない、しかし契機になったのは中毒事件なんだ。彼の弁当に農薬が入っていたというその事実が、彼を変えたのだ。

なぜだろうか、と俺は考えた。とどのつまり俺の達した結論はこうだ。彼は警告を受けたんだ」

「警告？　誰から？」

「そいつの名前を言う前に、いつものように、俺の話を聞いてくれ。そして筋道に無理があったら遠慮なく言ってくれ。

祖母に死なれた内藤は柴本を恨んでいた。同じグループの長として、隆保は内藤の復讐に力を貸してやる義務があった。柴本は、連中をヤクザ同然だと言ったが、ある意味ではその通りだ。道理があろうがなかろうが、組員のためには非を理で通すようでなければ組長やリーダーは勤まらない。そこで隆保は、内藤と琵琶湖へ行って美雪を犯させた。美雪が進んで受け入れたという内藤の言い分は納得できない点があるので、それはいずれ吐かせてみせる。

いずれにせよ内藤は、美雪の妊娠を知って苦悩する柴本を見て、復讐を遂げたと内心快哉を叫んでいた。中絶が成功していたら、それで一応柴本との貸借は決済されたとして満足しただろう。ところが思いもかけず、美雪が死んだ。

内藤にしてみれば、美雪その人が憎かったわけではなかっただけに動揺した。自分の行為が、いまさらながら恐しくなった。一方、隆保は、そうした内藤の弱気が気がかりだった。そのままにしておくと、内藤は柴本に全てを打ち明けかねないと思った。そこで彼の弁当に農薬を入れた。俺を裏切ったら……という警告だったんだよ、あれは。つまり、彼らの総括の一種なんだな」

「しかし、その弁当を食ったのは隆保ですよ。自分が農薬を入れて、そしてそれを食うなんてことが考えられますか」

と大塚は、もっともな質問を挟んだ。野村は大きく頷いた。

「そこなんだよ。覚えているかい、前に有田医師に会ったあと、俺が言ったことを。隆保があの弁当を食うに至った必然的な理由が解明されたら、事件は解けると言っただろう。

俺はそれを考えているうちに、ふと思いついたんだ。ある事件が、なぜ起こったかと考えるから難かしくなる。なぜ起こらなければならなかったか、と考えると案外と解けるんじゃないかな、と。隆保がなぜ中毒したかと考えずに、反対に、なぜ中毒しなければならなかったか、というふうに。

そこで俺は、弁当をセリにかけた田中という生徒の供述を仔細に検討してみた。気がかりな点がいくつかあった。

まず隆保が六十円からいきなり百円にセリ上げたことだ。田中ですら、高値でびっくりしたと言っている。それから、美人の弁当とか、貧困者の弁当とかいった場合は、特別な意図から高値でセリ落とすことがある、とも言っていた。この二つの言葉を結び合わせると、どうなると思う？」

野村に問われて、大塚はまごついたが、すぐに野村の求めている返事に気づいた。

「隆保は、特別な意図をもって、その弁当をセリ落とした、ということですか」

「そのとおりだ。隆保はセリ落とさなければならなかったのだ。それは、彼が、その弁当が毒入りだと知っていたからだ。ほかの者に食べさせてはならなかったのだ。つまり、農薬を入れたのは彼なのだ」

「内藤への警告として……？」

「と考えれば、筋道はすっかり符合するだろう？」

大塚は、しばらく黙った。やがて反問した。およその見当はついていても、反問して確かめ合うのが彼の分担であった。

「内藤への警告だったのなら、隆保は弁当を食って中毒する必要はないのじゃないですか。セリ落としておきながら食べなくて不審に思われるのが心配だったら、食べたふりをして捨てることだってできたでしょう」

「それじゃ内藤への警告にならんじゃないか」

と野村は即座に反駁した。

「内藤が弁当を食ってこそ警告の意味があった。ところが予期しなかったことに、内藤は美雪の初七日へ行ってしまった。だったら、自分が食べて軽い中毒でも起こしてみせるよりほかに、毒入りを証明する方法がないじゃないか」

野村の話が切れるのを待ち兼ねるようにして大塚が言った。

「そこまで判っていたのなら、どうして隆保を引っ張らないんです。毒殺未遂は充分に成り立つじゃありませんか」

「おいおい、忘れちゃ困るぜ。鑑識の所見を俺に教えてくれたのは君じゃないか。学校で田中のあと内藤に尋ねたときのことだ。あの弁当は舌を刺戟して、とても食えたものじゃないと。

それもそのはずさ。隆保は最初から内藤を殺す気もなければ、中毒を起こさす気もなかったのさ。ただ、場合によっては制裁も辞さないぞ、と警告するだけでよかったのだ。口で言うだけでは効果が薄いと思って、行動で脅しただけのことさ。そんな一見してそれと判るやり方を毒殺未遂と言えるかね。不能犯とは言えないまでも、悪質ないたずら程度で済まされてしまうさ。弁当に糞をかけたのと大した違いはないんだからね。隆保のことだ、それくらいの計算はしていただろうよ」

「最後に伺いますがね……」

と大塚は、こんどは本心から不審そうに尋ねた。

「一体、部長の言うグループとは、どういうものなんです。そりゃヤクザなら自分たちの利益のためには結束して仲間を庇うでしょう。企業や団体が、公害補償のときなどのように、自分たちの利潤や利権を守るために、企業ぐるみ結束して法に対抗することも考えられます。しかし隆保や内藤、延命らのグループは、どういう理由で犯罪者まで庇うのですか。

琵琶湖のことや中毒は、なるほど犯罪とまでは言えないかもしれません。でも、最後の亀井の場合は、明らかな殺人犯なんですよ。単に仲のよいグループの一員だからといって、そこまで結束して庇い立てするとは考えられませんね」

「考えられませんね、などと気楽なことを言っているが、現に船中のアリバイについては庇い合っているじゃないか。そうするには、そうするだけの理由があるはずだ」

「ですから、その理由はなにか、とお尋ねしているんですよ」

「そいつが判れば、同時にアリバイも崩せるさ」

いまのところ、野村に答えられるのは、それだけであった。二人は気重く署へ向かった。

5

捜査課長は苦りきっていた。

幾代は、全て申し上げました、と前言を繰り返すばかりであった。亀井を絞殺したのも、死体をセメント詰めにしたのも、全て単独でやったことで、隆保は勿論のこと、誰の力も借りておらず、誰にも知られずにやったと主張を変えなかった。矛盾を衝かれると、黙りこくった。

「息子を庇う気持が判らんこともないが、いつまでも庇いきれるもんじゃないよ」

と迫ったが、肝心の隆保のアリバイを崩す決め手を欠いているだけに、捜査官の追及には迫力がなかった。幾代は敏感にそれを感じ取っているのか、怯む様子もなく単独犯を言い張った。

「夜の八時半から十一時半までといえば、人通りが全くないという時間じゃない。その間に隆保を見た人間がいないはずがなかろう。そいつを探し出せ」

そう言われても、と野村は頼りなげに首を振った。すでに二週間前のことである。しかも国電や阪急電車の出改札口は人出が多すぎる。駅員の記憶に残る見込みは皆無であった。一方、豊中駅から隆保の家までは住宅街であり、隆保が通ったであろう時間帯では、居住者は茶の間で団欒《だんらん》しているか、早い者は床に入っている。人目を避けて歩く隆保を目撃した人間があろうとは思えなかった。そう多くもない行きずりの通行人が、隆保を見咎める可能性は殆んどゼロとしか考えられなかった。

ましてや豊中で生まれて育った隆保は、めったに人の通らない露地や街灯のない旧道にも詳しかろう。そうした道を選んで行けば、ひとりの人間にも会わずに駅と家を往復することも不可能とは言えなかった。

「柳生家へ行ってみるか。弁当中毒という搦手《からめて》から攻めてもいいし、話しているうちに尻尾を出さんとも限らん」

野村は気乗りのしない声で言った。このまま帰宅するのは気が引けるし、といって課長の顰めっ面を見ているのは、なおさら面白くなかった。大塚も同感らしく、すぐさま立ち上がった。

柳生の家には内藤が来ていた。却って面白い話が聞けそうだと、野村は、

「差し支えなかったら、君の勉強部屋で話させて貰おうか」

高校生らしい殺風景な三畳間であった。四人が入ると鼻を突き合わした思いで息苦しいくらいであった。椅子が足らず、内藤はベッドに寝そべっていた。野村たちに対して虚勢を張っているようでもあり、無関心であるようにも見えた。野村は、そうした態度を気に留める様子もなく、室内を見回して、

「ほう、俺の息子は、壁に週刊誌から切り抜いた裸の写真ばかり貼っているが……」

と珍しそうに壁の絵に見入った。

「アルキメデスですな」

と大塚も、のんびりと言った。一枚はアルキメデスが小判型の湯槽からとび出そうとしている図。いま一枚は剣を振るう兵士と図形を前にして考え込んでいるアルキメデスのモザイク画。

「フランクフルト・アム・マインにあるモザイク画の複写だね」

大塚がさらりと言った。野村が、ほう！　と口を尖らせて大塚をしげしげと見た。

「刑事が絵に趣味を持っちゃ、おかしいですか」

「いや、感心しているんだよ。君が案外と物識りなんでね。ついでのこと、絵の下の変ちくりんな横文字の解説を頼もうか」

「そいつは……お手上げですな」

と大塚は苦笑したが、

「読めはしませんが、およその見当はつきますな。《発見した》と《私の円を消すな》というギリシャ語でしょうな。有名な逸話ですからね」

「正解かね、隆保君」

と野村が声をかけたが、隆保は、知ったことか、とうそぶいている。

「アルキメデスといえば、君はそういうニックネームだってね」

「………」

「文化祭ではアルキメデスを演《や》って素裸を見せたってね」

「そいつは見た……くはないが、女生徒は沸《わ》いたろうな」

と大塚も調子を合わせて、

「こんどはサロメでも演ってくれんかね。薄衣を翻して肌もあらわに、とビアズリーの絵のようにね」

と隆保の口をほぐそうと努めたが、

「美術論のつぎは演劇論ですか。随分と暇なんだね、刑事って商売は」

と無愛想もいいところであった。下手《したで》に出れば、つけ上がりおって、と野村が表情を引き締めたとき、玄関の戸が手荒く開かれる音がした。

ごめん、と野太い声が聞こえた。あの声は、と野村は大塚を見た。頷いて大塚が立ち上がった。隆保と内藤は、ちらと視線を合わせたが動こうとはしない。

「やあ、やはりあなたでしたか。どうも声に覚えがあると思いましたよ」

「おや、刑事さんも？　よくお会いしますなあ。で、柳生はいますか。やつに聞きたいことがありましてね。逃げ口上を言わさないように、このとおり生証人を連れてやって来ましたよ。ちょうどいい具合だ。刑事さんも立ち会って下さいよ」

「なんの話だか知りませんが、まあ、どうぞ。狭いところですが……」

と大塚が自分の家へ招じ入れるように応対をしているのが、つつ抜けに聞こえた。

内藤が脅えたように身体を起こして座り直したが、隆保は目顔で、びくびくするな、と制した。こいつは面白いことになったぞ、と野村は内心にやりとした。

顔を出したのは、予想どおり柴本であった。野村に軽く会釈すると、隆保と内藤を交互に睨みつけながら、

「おい、お前も入れ」

と後ろにいる男に声をかけた。へえ、と男が首を突き出した。とたん、内藤が、あっ、と声を挙げた。

「そいつだ！　そいつがニセ刑事だ！」

芳野は慌てて身を返そうとしたが、大塚が立ち塞《ふさ》がった。その場の雰囲気から、芳野の出現は隆保や内藤に有利で、自分たちには不利な材料らしいと感じ取ったが、ニセ刑事と聞いては、刑事である自分が逃がすわけにはいかなかった。

野村は呆気にとられ、隆保は色めきたち、柴本は拙《まず》いことになったと顔を顰めていた。

その騒ぎを見て、隆保はにやりと笑った。

「下っ引きに無頼漢を使うのは徳川時代の目明しのすることかと思っていたが、今でもそうなのか。ニセ刑事に言い含めて、ニセ証人に仕立てるとは、底の見えた浅智恵だな。なんの証人か知らないが、でっち上げもいいところだ」

野村は苦りきった顔を柴本に向けた。柴本も初めの意気込みを失って声もない。

隆保はなおも、

「さあ、刑事さん、ニセ刑事を引き渡しますから、さっさと連れて行って貰いましょうかね。念のため言っときますが、うやむやに揉み消しちゃいけませんぜ。被害届が必要なら、内藤君、早速書いてやれよ」

と追打ちをかけた。そして、ふと思いつくと、

「そうだ、刑事さん。本物のほうの刑事さんよ。ことのついでに、その男が先月二十五日の夜八時半ごろ、どこにいたか調べてみるといいよ。余罪がぞくぞくってことになるかも知れないね。そうじゃないかい、ニセの刑事さん」

「な、なんだと。俺がなにをしたと言うんだ」

「ごまかすなよ。弁天埠頭で一稼ぎしたろうが」

芳野は、一瞬怯んだが、たちまち猛りたって言い返した。

「弁天埠頭？　そんな所へ行った覚えはねえよ」

「本物の刑事さんよ。こんどは僕と内藤が証人になってもいいよ。僕たちが修学旅行の船に乗る間際に、そのニセ刑事は確かに弁天埠頭にいたよ。ちょうど置引き騒ぎがあった、その現場にね。見たところ、置引きをやりそうなご面相だ」

「野郎、でたらめをぬかしやがると承知しねえぞ」

飛びかかろうとした芳野の顔を、隆保は正面から見据えた。その瞬間、隆保の顔がふと曇った。野村は、そうした隆保を見て、口は達者でも案外暴力には臆病なんだな、と感じた。そして芳野に一つ二つ殴られるまで放っておいてやろうかと意地悪く制止するのを控えていた。

柴本が、馬鹿野郎、と芳野を突き飛ばした。

「薄みっともないやつだ。お前のおかげで、なにもかもぶっ壊しだ」

隆保と内藤の、わざとらしい大笑いを背に、野村たちは表へ出た。

「柴本さん、これは一体どういう了見なんです」

と野村は向かっ腹を立てて、嚙みついた。

「そんな男を引っ張り出して来たりして。まさか、ニセの証人をでっちあげて……」

「とんでもない。私はそんな汚ない真似はしない。この野郎から持ちかけて来たんです。実は……」

と美雪の死因にからまる恐喝から説明しようとしたとき、

「野郎、思い出したぞ！　どこかで見たことがあると思ってたんだ」

と、突然、芳野がわめいた。

「ねえ、柴本の旦那。やつは、あの夜、大阪駅にいましたぜ」

「お前の言うことなんか信用できるか」

と柴本は振り向きもしない。

「でもさ、二十五日の夜ですぜ」

野村が、きっ、として芳野の腕を摑んだ。

「柳生が、二十五日の夜に、大阪駅にいたと言うのか！」

「へえ」

と芳野は、野村の剣幕の激しさに、首を竦めて答えた。

「何時ごろだ？」

「確か……十一時半ごろで……」

「間違いないな。確かに柳生だったのだな」

「へえ……。でも、確かに、と言われると弱いな。黒いレインコートの襟を立てて、色眼鏡をしていましたから……」

「学生服だったか？　帽子は？」

「さあ……。帽子はかぶっていなかったようでしたが……」

芳野の声は、自信なさそうに弱まった。

「どうして、いまごろになって、思い出したんだ」

「いえ、それがね。しようがねえ、言ってしまいます。大阪駅でね、十月の末近いというのに色眼鏡とはイヤ味な野郎だと思いましてね、ひとついたぶってやろうかと近づいたんでさあ。ところが、どうも見たことがあるような気がしたんで見逃したんでさ。いいえ、そのときは柳生だとは思いませんでしたよ。やつは船に乗ったものと思い込んでいましたからね」

「船に乗ったと？　やはり、お前は弁天埠頭に行っていたんだな」

芳野は狼狽して黙った。野村は舌打ちして、

「それで、そんな遅い時間に、大阪駅へ何をしに行ってたんだ。たかりか、それとも置引きか」

「…………」

「柴本さん。どういう男なんです、あんたの相棒は？」

と野村は黙りこんだ芳野を穢らわしそうに見据えながら、柴本に尋ねた。柴本は腐りきって、芳野とのいきさつを話した。聞き終わった野村は溜息をついて、首を振っ

た。恐喝とニセ刑事と置引きの容疑者の証言では、どの程度の信憑性を主張できるだろうか。

「旦那……」

と芳野は、おずおずと柴本の腕を引いた。

「私は、そろそろ、この辺で……」

「俺は知らんな。そちらの方に聞いてみるんだな」

と柴本は腕を払った。芳野は上目遣いに、野村を窺った。

「ご自由にお引き取り下さい、と俺が言うとでも思ってるのかい」

野村は胸のなかのむしゃくしゃを、芳野に叩きつけるようにして言った。

6

「芳野の見たのは、やはり隆保だったのでしょうか」

大塚の質問に、すぐには答えず、野村は腹立たしそうにコップを呷《あお》った。自棄《やけ》酒とも見える飲み方であった。

「まず間違いないとは思うんだが……。声をかけるかして確認しておれば文句ないんだが。せめて芳野が利害関係のない第三者だったら、ひとまず隆保を引っ張って締め上げられるんだがね」

　おでんの匂いが染みこんだカウンター越しに、おやじがにこりともせずお代わりを差し出した。野村は待っていたように唇を近づけた。四杯めか、と大塚は気遣わし気に目を側《そば》めたが、あえて制する気にはならなかった。せめて酔うことで、腹の虫を押さえるしか道がないのは、大塚とて同じ思いであった。

「服装も気に食わんな。旅行は制服制帽だ。レインコートは着ておらんのだ」

　野村は皿の上の芋を箸で細かく砕きながら言った。

「コートなんか丸めて宇高連絡船から海へ放り込めばすむことですよ。帽子はポケットに入れておいて、高松に着いてから、かぶればいい」

　野村は答えずに、芋を突っつきつづけた。こなごなになった芋は、やがて糊のように粘りだしたが、まだ突っつき止めない。揚句に左手の指で掬《すく》い上げて、ぺろりと嘗《な》めた。そして不思議そうな目で、大塚を眺めた。

「なんと言った？　コートは捨てたらいいと言ったな」

「ええ、言いましたよ。学生服では高校生と一見して判るから、家からはコートに色眼鏡で変装して出かけたとしても、旅行中は着用禁止のコートを持ち歩くわけにはいかない。まず捨てたでしょうな」

「面白い。すると現在、彼はコートを持っていないはずだ」

「そうなりますな」

「ますます面白い。俺が隆保にこう聞くな。お前は黒いコートをどこへやった。旅行前まで持っていたことは皆が知っている。それが今はない。さあ、どこへやった。さあ、答えてみろ」

野村は、大塚をとろんとした目で見据えて、さあ、と詰め寄った。

「答えられませんな」

大塚は目を光らせて言った。

「部長、これは案外と、いい攻め手になりそうですぜ」

「馬鹿もん!」

と野村は、吐き捨てるように言って、コップを傾けた。

「隆保がそんなに甘い男か。いいか大塚。隆保は計画を練りに練ってるんだ。修学旅行のスケジュールが決まり、そいつが幾代の慰安旅行と重なると判った日から、やつは冷静に計画を立てたんだぜ。そんな隆保が、同色同型のありふれたコートを二つ用意していないと思えるかね。君が尻尾を摑んだ気になって、コートをどこへやった、などと極めつけようものなら、やつの思う壺さ。はい、ここにございます、と残った一つを見せるだろうさ。それでチョンだ。ざまはない」

「たかが高校生で、そこまで気が回りますかな。部長の思いすごしじゃないですかな」

と大塚は不満である。

「いまに君が高校生の息子を持つようになったら判るさ。やつらが何を考えているやら、俺たちには見当もつかない。毎日の新聞を見てみろ。やつらのやることに俺たちは度胆《どぎも》を抜かれっ放しだ。ところが、やつらは俺たちの考えそうなことは先刻見通してるんだ。そんな時代なんだよ、現代は。しっかりせえ、大塚！」

どんと背中を打つと、

「おやじ、コップが空《から》だぞ。もっと商売に身を入れろ。そして酒も入れろ」

「入れろと言われるのなら入れますがね」

「愛想のない科白だな。さてはおやじも、息子に手を焼いているな」

「それが、とんだ親孝行者でしてね」

「ふん、そりゃ結構なことだ」

と、野村は面白くもないと横を向いた。

「若い者にも、いろいろあるってことでさ。いい例が、ほら、この新聞の投書欄だ。若い者に親切にされた田舎の婆さんの投書ですがね。まあ読んでみなされ」

「いやだね。俺は美談と選挙演説を聞くと、虫酸《むしず》が走るんでね。どちらも見せかけばかりで、なかみが薄すぎるってやつさ」

と野村はコップを啜る。

相当な荒れ方だ、と大塚は相手になるのをやめて、おやじの差し出した新聞を気のない顔つきで眺めた。〝衆院選挙の底流を探る〟という大活字が目に入ったが、関心はなかった。おやじの言った〝感心な若者〟と題のついた投書に、読む気もなく目を落とした。二、三行読み流すと、はっと目を凝《こ》らした。食いいるような目になった。

「部長！」

とろんとした目を上げた野村に、

「見て下さいよ、こいつを！」

と投書欄を指で激しく叩きつづけた。

投書　感心な若者　　徳山市　武田貞子（60）

先月二十五日の夜、何年ぶりかで娘の嫁ぎ先の大阪を訪れた帰りのことでした。私は〝つくし2号〟に乗るために大阪駅へ行きました。駅には、かなりの旅行客がいましたが、娘が寝台券を買ってくれていましたので、私は待合室に座って、ゆっくりと改札の始まるのを待っていました。

すると私の横に三十歳くらいの男が割り込むようにして座りました。崩れた服装の、目つきのよくない男でした。男はときどき、きょろきょろとあたりを見回していました。旅行者にしては手荷物ひとつなく、と言って人を待ち合わせている様子でもありません。

都会には、わずかなことに言いがかりをつけて脅す男が多いと聞いていましたので、私は気味悪くなって立ち上がりました。娘が土産物をどっさり持たしてくれたのが却って恨めしいくらいで、私は両手一杯の荷物を抱えて、よたよたと歩きだしました。

すると男は私のあとをついてくるのです。私は、よほど助けを呼ぼうかと思いましたが、そんなことをすると、それこそ男に言いがかりを与えるようなものだと思い直して、必死になって足を早めました。すると男が走り寄って、

「婆さん、重かろう。持ってやろう」

と私の鞄に手をかけました。結構です、と震え声で断わったのですが、

「せっかく親切で言ってるんだ、貸しな」

と強く引っ張りました。その拍子に、ほかの荷物が、ばらばらと落ちてしまいました。私は恐しくて声も出ません。そのとき、若い男の人が、男と私の間へ突っ立ちました。黙って男を睨みつけました。男は、ちぇっ、と舌を鳴らして、こそこそと人ごみのなかへ姿を消してしまいました。

ほっとして何度もお礼を言う私に、その若者は無言で荷物を拾ってくれました。そ

して私が〝つくし2号〟に乗るのだと言いますと、私の一番重い鞄を持って、フォームまで運んで下さいました。

フォームで、せめてお名前だけでもと申しましたが、若者は手を振って答えてくれません。そして反対側のフォームに入って来た列車に乗ってしまいました。

近ごろの若い者は、とよく言われますが、あの若者も黒いコートに色眼鏡という、見たところは、あまり感心しない姿でしたが、本心は優しい心の持ち主だったのです。私は、近ごろの若い者は、などと一概に言ってはいけないと思いました。そして服装や外見だけで、若者を非難してはいけないと感じたことでした。

荷物を拾って下さったとき、コートの下に金ボタンの学生服が見えました。きっと高校生だと思いますが、お所もお名前も聞かせて頂けませんでしたので、投書欄を借りて、お礼を申し上げたいと思って、つたない筆をとりました。

酔いも吹っ飛んだ。署へ戻ると、野村は昼間に買った時刻表を震える手で繰った。山陽本線下り。〝つくし2号〟は大阪発23時32分。発車フォームは一番線。そのすぐ前横には、問題の〝鷲羽2号〟が23時29分発で、フォームは二番線とある。念のため、大阪駅案内図を見た。東西に並列するフォームの最南端の南側が一番線で、北側が二番線。

「やった！」

野村は、大塚の胸をどんと突き飛ばした。

「新聞社へ電話しろ。投書主の徳山市、武田貞子さんの詳しい住所と電話番号を聞くんだ。できれば投書の原文を借りるんだ」

大塚が電話器を取り上げた。やがて野村に指を丸めてOKのサインを送った。

「投書にでてくる怪しい男は芳野で、親切な若者が隆保であることは間違いない。武田貞子さんに面通しをして貰えば、こんどこそ動かぬ証拠というやつだ」

野村は、ふうっと太い息を吐いた。いまごろになって、酔いが快く全身に回ってくる思いであった。

「さっき隆保の家でのことだがね。芳野が隆保に飛びかかろうとしたとき、隆保がかすかに顔色を曇らせたんだ。俺は、てっきり隆保が暴力に弱いんだなと想像していたが、そうじゃなかったんだな。隆保は、あのとき、芳野が大阪駅で会ったチンピラだと気づいたんだ。それで、早々に俺たちを追い出したんだな」

「それにしても……」

と大塚は投書欄を軽く打って言った。

「親切が仇になるとはこのことですなあ。隆保は、とんだ侠気《おとこぎ》を出したばかりに、自分の首を締めたんですからなあ……」

母が庇《かば》った

柳生隆保の供述 その一

十月十三日、中毒が一応おさまって退院した日から、僕は計画を練り始めました。二十五日の夜に亀井正和が姉の美沙子を訪ねてくるだろうことは疑いようもないことでした。僕も母も居ないと判ったその瞬間に、僕はそう直感しました。同じ瞬間に、姉は呼ぼう、と決心したに違いありません。退院してからしばらくは僕は家で寝ていましたが、その間の姉の態度や、亀井との電話のやりとりを聞いて、その確信はますます固まりました。そこで、その夜こそ亀井に思いしらせてやろうと準備にかかったのです。

僕は亀井のような男は嫌いです。憎んでいたと言ってもいいでしょう。最初、姉から紹介されたときは、優しくて親切な男だな、とむしろ好意を持ちました。姉と結婚できる立場にあるのなら、うんと歓迎できるのだがと残念に思ったくらいでした。ところが優しさと思ったのは優柔不断のカムフラージュに過ぎませんでした。親切と見えたのは、その場その場を糊塗するための阿諛《あゆ》だったのです。そんな男が姉を幸福にできるはずがありません。

姉が真剣に愛を深めていくのに反比例して、亀井は後《しり》ごみし始めました。そのくせセックスだけは貪り食って、色男ぶっていたのです。自分だけがいい子でいようと、なにもかも全ては美沙子に引きずられてこうなったのだから、自分には責任はない……そんな考えの男なのです。

なんとかしなければ、これでは姉があまりにも惨《みじ》めだと思いました。

そうはいっても、亀井を殺そうなどと思ったことは一度だってありません。ただ思いしらせてやろうと考えただけなんです。思いきりヤキを入れてやって、それで反省して姉から手を引けばそれもいいし、真剣に姉との将来を考えるならばなおいい、と、そう考えたのです。

思いしらすだけなら、なにも二十五日の夜に手のこんだ細工をしなくてもよいではないかと言われるかも知れません。しかし亀井のように、小心なくせに図々しく、気の弱いように見えて、開き直ったところのある男には、よほど衝撃的な打撃を与えないことには身に染みないだろうと思ったのです。

その点、二十五日の夜は、僕も母も留守と知って、僕の家へ主人顔をして泊まりこむに違いありません。姉と二人で夫婦きどりで、のうのうとするに決まっています。

そんな所へ、不意打ちをかけて仰天させてやれば、効果は二倍にも三倍にもなる、と思ったのです。

二十五日の夜の僕の行動は、時間については殆んど野村刑事が指摘されたとおりです。おっしゃるとおり船には乗りませんでした。船内でのアリバイは延命美由紀君と充分に打ち合わせておきました。乗船前の喧嘩も、適当な相手と騒いで、僕の存在を認めさせるためのものでした。うまい具合に豊中商業の栗原が通り合わせたので利用しました。

乗船のときに検数員がいるとは予想外のことでした。前もって、去年修学旅行に行った三年生に、それとなく様子を聞いておいたのですが、その先輩は検数員のことを覚えていなかったのか教えてくれませんでした。でも、栗原を捕えたことが、却って幸いして、員数はうまくごまかせたようでした。

船内でのアリバイを頼んだのは延命君だけです。内藤君は関係ありません。こうした嘘の証人は少いほうが安全だと思ったからです。延命君と内藤君が、二人とも船内で僕を見たと証言したら、二人は別々に追及されるでしょう。そうなると、もともとが嘘の証言なのですから、どこかに矛盾が出るに決まっています。一人だけの嘘なら、どのように言おうと、自分で辻褄さえ合わせておけば、なかなか反証は挙がらないものです。

その他の級友は全然無関係です。修学旅行の第一夜は、皆が興奮していますから、誰も僕のことなど気にとめるはずがありません。そのことは先輩の話から想像できましたから安心していました。

延命君がアリバイ工作を承知した理由ですか。それを説明するには、五月の開校五十周年記念の文化祭のことから言わなければならないでしょう。

野村部長刑事の見解　その一

柳生隆保は冒頭から亀井に対する殺意を否認しているが、にわかに容認し難い。単に亀井に警告するだけのことであれば、偽の証人を準備してアリバイ工作までする必要があるだろうか。ただ犯行後の死体の処置について、なんの準備もしていなかった点は、被疑者の主張の消極的な裏付けと言えなくもない。従って殺意の有無については、今後の供述を検討して判断するべきであろう。

柳生隆保の供述　その二

文化祭の演し物はアルキメデスの英語劇に決まりました。配役は僕がアルキメデス。柔道をやっていたので身体が細いわりには肉が締まっているので、裸体になっても見苦しくないというのが主役に選ばれた理由でした。ヒエロン王には顔立ちがノーブルなので荒木之夫。内藤はアルキメデスを刺し殺す悪役のローマの兵士になりました。作並びに演出は英語の得意な延命君でした。

僕と内藤、荒木、延命の四人は、それ以前からも仲のよいグループでしたが、四人の結びつきが決定的なものになったのは、このアルキメデスの英語劇がきっかけでした。後になって柴本美雪君が加わりたいと申し出ましたが、そのいきさつについては、のちほど申し上げます。

劇の前半の見せ場は、いうまでもなく、僕がアルキメデスの原理を発見して浴槽から飛び出して裸で街を走るシーンでした。脚本には全裸で、とありましたが、まさかそのとおりを要求されるとは思いませんでした。ところが延命君は、それは絶対だと言うのです。

「ヴィトルヴィウスの語るところによると」

と彼女は図書室から原書を持ち出して言いました。

「〝喜びでいても立ってもいられず、歓びのあまり真裸で〟街を走ってこそ、プルタルコスの言う〝美と高貴の具わっている事柄にのみ自分の抱負を置く〟アルキメデスの真の姿が表現できるのよ」

と延命君は頑として譲りませんでした。

実のところ、僕は彼女が少し変なのではないかと思いました。男性にとっては勿論のこと、女性にとっても、さほど見栄えのするものではないはずです。それはともかくとして、全裸シーンは照明を手加減することで折れ合いがつきました。

延命君の主張の意図していることが判ったのは、後半の見せ場であるアルキメデスがローマ兵に刺殺される場面の演出のときでした。延命君は、アルキメデスは刺されたとき、驚いたり叫んだりしてはいけないと言うのです。真理を追求するという快楽に没頭しておれば、他のことは、生命さえも、一切を忘却していて然るべきだ、と言うのです。

延命君は、それを僕に納得させるために、またプルタルコスを引用して言いました。

「〝数学の持つ魅力に罹って飲食を忘れ……非常な快感のために夢中になって〟いる最中に刺されたのよ。いわば至福のうちに死んだのよ」

そして、僕に、

「裸になることを恥ずかしがるようじゃ、それこそ恥よ。アルキメデスの爪の垢《あか》でも煎《せん》じて飲んだら？」

とにこりともせず言いました。

この延命君の発言が導火線になって、僕たちはアルキメデスについて話し合いました。といっても、この天才の人柄や性格については殆ど伝わっていません。学問上の業績は数多く残されているのですが、彼個人については生まれた年さえ定かではありません。いくつかの逸話が伝えられていますが、それらは後代の人が彼の偉大さを強調するために作りだした話にすぎません。そうした断片的な伝説から描きだされたアルキメデス像は、延命君に言わせると、

「彼は《非常に高い気位と深い心と豊富な理論的知識を具えていたので》《一般に実用に関する全ての技術を卑賤なものと見なし、必要というものを混えない美と高貴の具わっている事柄にのみ自分の抱負を置いた》というプルタルコスの評価は正しいと思うのよ」

と言うことになりました。

実用とか世俗的な名利《みようり》を軽視したことは確かでした。マルケルルスがシラクサを包囲したとき、アルキメデスが発明した投石機や大レンズが、ローマ軍をさんざん悩ましましたが、彼はその戦果を自分の目で見ようとはしませんでした。またシラクサが敗れてローマ軍が上陸して掃討戦を始め、自分の生命が危険になっても、平然として研究を続けていました。彼にとっては、祖国が勝とうが滅びようが、そんなことより

真理の探求のほうが重要だったのです。

「その純粋さが、たまらないの」

と言う延命君に、僕たちは身震いするほどの感動を覚えて賛成しました。

「私たちは、そうすべきだと思っていながら、いろんな理由を考え出して、そうしないことが多いわね。それは恥ずかしいことだと思うの。たとえば、連合赤軍の人たちには、もひとつ同調できないんだけれど、少くとも彼らは一つの目標のために全てを投げうったという点では、私たちより純粋だったと認めなくちゃならないわ」

とも言いました。赤軍はさておき、僕たちは、二、三年前の学園紛争には参加する年齢に達していませんでした。しかし先輩たちが掲げた目標は正しいものであったし、紛争で示された先輩たちの行動は純粋なものであったと高く評価しています。今の僕たち高校生には、そうした行動力は失われています。権力に押殺されてしまったのだ、と言うのは遁辞《とんじ》だと思います。

「私たちの周囲には、がまんのならないことが多いじゃないの。それを傍観しているのは卑怯だとは思わなくって。一つでも二つでも、私たちのできる範囲でいいの、そうしたがまんのならないことを潰《つぶ》してみようじゃないの」

やろう、と僕たち四人は約束しました。まず自分たちの周囲の不正を糺《ただ》すこと。そのためには破廉恥罪に該当しないかぎり手段を選ばないこと。そして、結束して秘密スに因《ちな》んで、グループをアルキの会と呼ぶことにしました。アルキメデスが聞いたら、とんだ迷惑だと顔を顰めたでしょうが。

そして最初に選ばれた糾弾目標が、内藤君の祖母を悶死させた柴本健次郎だったのです。

野村部長刑事の見解 その二

私は、近ごろありふれた、自分の息子との断絶に悩む父親の一人である。息子がなにを考えているのか見当もつかない。従って、同じ年齢層である被疑者の考え方にも、ついていけない。

被疑者はなにを言いたくて長々と供述しているのか。私は途中で何度か制止しようとしたが、そのつど思い直して、気の済むまでしゃべらせることにした。そして、なんとか理解しようと努めた。取調べの必要上というよりは、彼の考え方を聞くことによって、私個人が息子と話し合うときの参考になればと期待して、辛抱強く傾聴した。それは並み大抵の辛棒ではなかった。が、まあ、がまんして続きを聞くとするか……。

柳生隆保の供述　その三

　柴本美雪君の妊娠については、柴本や野村刑事が調べられたとおりです。ただ肝心のところを誤解しているようですから、その点についてだけ言いましょう。すべて合法的に行なわれたことですから、最初から隠すつもりはありませんでした。いずれは洗いざらい柴本に知らせてやるつもりでした。ただ早々と手の内を見せたのでは、充分に思いしらせることにならないので、伏せていただけのことです。

　柴本が己れの利潤のみを求めて付近住民の健康的な生活を蹂躙したことは許せないことです。そこで柴本に、住民パワーというものは法に優先するものであるということを、なんらかの方法で知らせてやることにした。それが、会の決議だったのです。

　何度も検討を重ねたのですが、これという手段が見つかりません。利潤を唯一の生甲斐にしている柴本に決定的な打撃を与えるのは、その蓄積した利益を剝奪《はくだつ》して損害をかけてやることでしょう。一番効果的なのは脱税の暴露だと思いました。

　柴本工務店が急速に成長した裏には、脱税行為が隠されているに違いないと思ったのです。その証拠の片鱗でも摑めたら、これくらい合法的に彼を没落させる道はありません。国家権力が僕たちに代わって仇を討ってくれるのですから。しかし、脱税摘発は僕たち高校生がどんなに努めたところで、不可能なことは明らかでした。それに僕たちの目標は、柴本健次郎個人なのです。工務店の従業員に災いを及ぼすことは避けなければならないと考えました。

「そんな甘い考えでは駄目よ。かりに工務店が潰れて従業員が失業したとしてもよ、その責は柴本にあるのよ。脱税して私腹を肥やしたのは柴本よ。従業員が責める相手は柴本であるべきよ」

と延命君は憤然として反論しましたが、私たちに肝心の脱税を摘発するだけの能力がないのですから、全ては空理空論に過ぎませんでした。

「金銭のつぎに、柴本が大切にしているものはなんだろう」

僕がそう呟くと、延命君が即座に答えました。

「それは美雪よ。溺愛しているわ。一人娘だし。だいたい外に対して苛斂誅求《かれんちゅうきゅう》な人間に限って、身内を盲目的に溺愛するものよ。豊臣秀吉と秀頼がそうでしょう。成り上がり者の息子はドラと相場が決まっているわ」

「美雪君は、まともだよ」

「ときには例外だってあるわよ。そうだわ、これはちょっとしたアイデアだわ」

柴本の掌中の珠《たま》である美雪を砕くことによって打撃を与えよ、と言うのです。どんなにして、と尋ねる僕に、延命君は、にんまりと笑って答えました。

「女を砕くっていえば、セックスによって犯すことに決まってるじゃないの。カマトトぶらないでよ」

「犯すって、つまり、その、強姦？」

「馬鹿ねえ。それじゃ効果ゼロだわ。いいこと。仮に荒木君が美雪を強姦したら……」

「僕はいやだよ。強姦なんて趣味に合わないよ」

「だから、仮にって言ったでしょ。それに趣味に合わないって言い種はないでしょう。荒木君は趣味でアルキの会に加入しているの。甘ったれないでよ」

男性軍はたじたじでした。延命君の言い分が尤もなのですから反駁できません。

「荒木君が強姦したら美雪は荒木君を恨むだけのことよ。柴本はかんかんになって、荒木君を告訴しかねないわ。それよりも手っ取り早く、手下のチンピラを使って荒木君を半殺しにするでしょうね」

それでは話にならない、と延命君は言うのです。美雪君は和《なご》やかに犯されなければならない、と言うのです。

「そして妊娠しなくちゃ駄目。柴本が気づいて問い質すでしょう。でも美雪は相手の名を言わないわ。和やかに犯された相手から固く口止めされていたらね。私だって女のはしくれよ。女ってものはね、恋人に口止めされたら、親にだって決して打ち明けないものなのよ。まして恋人が、そのために危害を加えられるかも知れないと思ったら、死んだって言わないわよ」

高校生の妊娠は、最近ではそれほどショッキングな事柄ではありません。しかし、それが最愛の我が娘のこととなると、柴本にとっては大変なショックであろうことは充分に想像できました。相手が判らないだけに、柴本は持って行き場のない忿怒に身を焼かれるでしょう。

「それが狙いなのよ。晴らす相手のない怒りくらい心身を苛《さいな》むものはないのよ。内藤君がいい例だわ」

と言うのです。内藤君は日照を奪われ、間接的とはいえ、そのために祖母を死なせた。だが、法に訴えて怒りを晴らす相手はいないのです。

「それと同じ苦しみを柴本に与えてやらなくちゃ、アルキの会の趣旨が泣くわよ」

と延命君が結論を下しました。僕たちも、なんとなく賛成した形になってしまいました。

「で、だれが美雪君の……」

「柳生君よ、当たり前じゃないの。美雪は柳生君が好きよ」

僕は正直に言って啞然としました。

「美雪君が僕を？　冗談だろう」

「あら、気づいていなかったの。鈍感ね。でも柳生君は君自身を美雪君に見せたじゃないの」

「見せたって、あの劇でのことかい。見せたわけじゃない。偶然に見られちゃったのさ」

延命君は否定するように薄く笑いました。

「どちらだって同じことよ。とにかく見たことは事実なんだから。だから美雪は柳生君が好きになったのよ」

「そんな乱暴な理屈ってあるものか」

「どうして男の子って、こうも物判りが悪いのかしら。いいこと、男性自身なんてものはゲロが出るほど醜悪なものなのよ。私が柳生君の自身を見たら、それから後は柳生君の顔を見ただけでも、声を聞いただけでも、その醜悪な自身を思い出して怖気《おぞけ》立つに違いないわ。ズボンをはいているから見ぬもの清しで交際《つき》あっておれるようなものだけど」

「ひどい言われ方だな」

「乙女は、それほど清らかで純情なのよ」

と延命君は、一向に清らかでも純情でもない口振りでつづけました。

「その美雪が、その後も柳生君とより一層親しそうに話してるってことは、その醜悪さに耐え、その醜悪さを凌駕するだけの感情を懐いたってことなのね。つまり好きになったってこと。判った？」

僕が、よほど呆気にとられた顔をしていたのでしょう、延命君は、判ったのか判らないのか判らない顔をしているわね、とカラカラと笑って、

「従って、柳生君が和やかに犯すべきよ」

と宣告するように言いました。僕が反射的に頷こうとしたとき、

「僕は反対だ。それは僕の役だ！」

と内藤君が、まるで重大発言をするように、思いつめた声を挙げました。

内藤規久夫の供述　その一

柴本美雪を妊娠させたのは、おっしゃるとおり私です。しかし犯したのではありません。

延命君が美雪君を犯すことを提案したとき私は反対でした。私は前から美雪君が好きだったのです。いいえ、そのことを美雪君には勿論のこと、ほかの誰にも言ったことはありません。だから美雪君が私をどう思っていたか知りません。おそらくなんとも思っていなかったでしょう。

一方通行にせよ、美雪君は私の恋人なのです。恋人が犯されるのに賛成できるはずがないではありませんか。しかし、すっかり延命君にリードされていたあの場合は、反対することはできませんでした。迂闊《うかつ》なことを言ったら、私の片思いが暴露して、それこそ、こてんぱんにやっつけられ笑われるに違いありません。私は内心鬱々としながら成り行きを見守っていました。

そのうちに、私は、ふと思いつきました。なにも思い煩《わずら》うことはない、私が美雪君を和やかに犯したらいいではないかと。こいつは素晴らしい案だぞ、と私は胸のなかで手を打ちました。好きだということは、あからさまに言えば、抱きたいということです。美雪君を抱くことで、私は私の思いを遂げ、柴本は苦しむ。一石二鳥ではないか……。

ところが延命君は柳生君を指名し、柳生君もその気になりかけました。私は慌てて宣言しました。それは僕の役だ、と。

延命君は不思議な言葉を聞くものだという表情で私を見ました。

「君では駄目ね」

とニベもないのです。

「駄目ってことはないよ。僕にだってやれるさ」

「生理学的には、そうでしょうね。でも心理学的には、つまり和やかに、ってわけにはいかなくってよ」

「だって美雪君は、祖母が死んだとき、泣いてくれたんだよ。そして僕に済まないって、何度も謝ってたんだよ」

「同情はしたでしょうよ。でも同情心だけでは、背中は撫でてくれるでしょうが、お腹《なか》までは撫でてくれないわよ」

延命君はいい人なんですが、どうも言葉にトゲがあります。彼女にはロマンの精神がないのです。

結局、柳生君が降《お》りて、私が努力して目標を達するということに決まりました。延命君は不満なようでしたが、柳生君は、私の美雪君に対する気持を察して、降りてくれたのでしょう。

翌日から私は懸命にアタックを始めました。しかし、好きだということすら言えなかった私が、セックスさせてくれなんて、言えよう道理がありません。なにかと口実を設けて美雪君にまつわりつくものの、空回りするばかりで一向に事態は進展しませんでした。

「内藤君には荷が勝ち過ぎたようね。まどろこしくて見ちゃおれないわ」

と延命君は、柳生君と交替を迫ります。私は切羽詰まって、美雪君に打ち明けてしまいました。

美雪君は蒼ざめた顔で聞き終わると、

「すると内藤君はアルキの会を裏切ったのね」

と、感謝どころか非難する口調で言いました。

「僕にはがまんができないんだ。君がそんな目に会うのが……」

私は、そう言うことで美雪君への愛を告白したつもりでしたが、彼女は上の空で聞き流して、あらぬ方向を見つめて考え込んでいました。怒るか悲しむか、と私はびくびくものでしたが、やがて、

「いいわ」

と、にっこりして言いました。

「なにが、いいの？」

一瞬、度胆《どぎも》を抜かれた思いで、私は間の抜けた問いを発してしまいました。

「だからセックスすりゃいいんでしょう」

「………」

「私もアルキの会の趣旨に賛成だわ。第一の糾弾目標が父であることも認めるわ。父はそうされて当然だと思うわ。父のエコノミック・アニマルぶりは許せないわ。そのアニマルぶりを、まっとうな経済活動であり美徳であると信じきっている精神構造は叩き直す必要があるわよ。そのためになら私も協力するわ」

変な論理だとは思いましたが、和やかにセックスさせてくれると言うのだから、私にとっては願ったりのことでした。思わず頬が緩む私に、美雪君は、ぴしゃりと言ってのけました。

「でも、条件があるわよ。私をアルキの会に加入させること。それからセックスの相手は柳生君。内藤君は失格。だって内藤君は裏切り者なんだから」

野村部長刑事の見解　その三

かつて学園紛争が盛んであったころ、学内に立て籠った大学生や高校生の間で乱交が行なわれているという風評があった。その乱交が彼らの意気を昂める源泉であるとさえ噂された。俺は、まさか、と思っていた。若い男女が緊迫した空気のなかで何日か昼夜を共にするのだから、同志愛的なものがセックスへ繋《つな》がることは充分に想像できる。しかし、それはあくまでも一対一のものであろうと考えていた。乱交という頽廃的な行為と、革新を叫ぶ彼らの言動とが、どうしても重ならなかったからであった。

しかし、考えてみれば、乱交を頽廃的と見ることは、セックスを神聖な特別な行為と思うからこそ成り立つ見解なのである。セックスを単に本能的な極めてありふれた日常行為だと見てしまえば、乱交に移行するのは極めて自然な成り行きに過ぎない。それを頽廃であるの、背徳であるのと騒ぐのは、彼らの言葉を借りれば、まさにナンセンスでしかないだろう。

世界では、若者たちの性道徳が崩れたと嘆いているが、それは思い違いかも知れない。性道徳が乱れたのではなくて、若者たちは、性に道徳の衣を着せることをナンセンスだと感じているのではないだろうか。そうとでも解釈しなければ、美雪たちアルキの会の人間たちの、この奇妙な糾弾方法を理解することはできないではないか。

俺には、俺の息子たちが、別な生き物のように思えてきた。

柳生隆保の供述　その四

僕は美雪君とセックスしなければならない羽目に陥りました。僕はどちらかというと、セックスに対しては古い考えの持主ですので——刑事さんは笑われるけれど、延命君は、そうだと言うのです——それほど愛情を持たない美雪君とセックスするのは、どうも気が進みませんでした。

「どうしてウジウジしてるの。まさか未体験ってことないでしょうに」

と延命君は責めましたが、恥ずかしいことに僕は経験がありません。しかし女性からそう言われては、男として未経験ですとは答えられません。まして、愛情なしのセックスはできないなどと言ったら、骨董的《こっとう》男性だと嘲笑されるに違いありません。美雪君は僕を愛していたから——美雪君が言うのではなくて、延命君がそう言ったということはすでに申しましたが——私とセックスすることに積極的でした。と言っても、ではホテルへ、と安直にはまいりません。それなりの雰囲気というものが必要でした。

「夏休みになったら琵琶湖へ行くの。そのときチャンスを作りましょうよ」

と言うのです。琵琶湖へ行ったのは、刑事さんが調べられたとおり女性ばかり四人でしたが、延命君も加わっていましたから、細工は楽なものでした。

八月二日、僕は内藤をオートバイの後ろに乗せて琵琶湖へ行き、打ち合わせどおり美雪君に合図を送りました。美雪君は他の三人をうまく送り出して民宿に残りました。僕と内藤君は、階下の婆さんに気づかれないように忍びこみました。

美雪君は、さすがに緊張した表情でした。蒼ざめて、おののいていると言ってもいいくらいでした。そして内藤君が一緒なのを見て、眉をひそめました。僕は美雪君が口を開く前に、内藤君に、

「おい、コーラでも出してこいよ」

と廊下にある冷蔵庫へ追いやって、美雪君に囁《ささや》きました。

「仕方なかったんだよ。でも、すぐに帰らせるよ」

「早くよ、ムードが台無しだわ」

「判ってるさ。内藤君だって、それほど野暮じゃないさ」

内藤君がコーラの瓶を三本下げてきて、美雪君の前に一本置きました。

「あの栓抜きはバカになってるよ。栓を抜くのに手間取っちゃった」

と、これは言わなくってもいい科白でした。

内藤規久夫の供述　その二

コーラの栓を抜くのに手間取ったのではありません。強力な睡眠剤を入れていたのです。柳生君と打ち合わせてあったのです。勿論、それは美雪君の前に置いたコーラの瓶に、です。

三人で話し始めました。薬が効いてくるまでの時間稼ぎが目的ですから、どうでもいい話題を選びました。友人の噂、テストの話、三年生になったら大学受験のためにガリ勉に転向しようなどといったことです。

最初のうちは、美雪君は話に乗ってこず、苛《いら》だっていました。明らかに私を邪魔に思っているのですが、そこは女性のことですから、あからさまに口に出すわけにはいきません。その苛だちが判るだけに、私の嫉妬心は痛いほどに昂まりました。そんなに柳生とセックスしたいのか、ふん、まだまだお預けだよ、と腹のなかで毒づきながら、なにくわぬ顔で大学の合格率を云々するのは、私に半ばサディスチックで、半ばマゾヒスチックな快感を覚えさせせました。

半時間もすると、美雪君は小さな欠伸《あくび》を洩らしました。私はなに気ない様子で立ち上がって、窓から湖を眺めるふりをしながら、耳をそばだてていました。

「内藤君は帰りそうもない。きょうは諦めよう」

そう囁いている柳生君の声が耳に入ってきました。

「そうね、仕方ないわね……それに、疲れたのかしら、私……なんだか、眠くなって……」

と美雪君も素直に答えていました。睡気が心の苛だちを押えたのでしょう。

柳生君と私は、足音を忍ばせて階段を降りました。うまい具合に婆さんの昼寝はまだつづいていました。

私たちは身体中がむずかゆくなるような興奮に取りつかれて、衣服を脱ぎ捨てると、湖に飛び込みました。

私も柳生君も、本当のところセックスに未経験でした。未経験であるだけに却って想像は奔放でした。正体もなく睡っている美雪君を全裸にして、ああして、こうして、と妄想をめぐらせていると、私は爆発寸前の状態になってしまいました。柳生君も同じだったのでしょう。

「おい、無駄弾を発射するなよ」

そんなこと言って、苦《にが》っぽく笑いました。そして、もういいだろう、と顎をしゃくって合図しました。

「本当にいいんだな。後悔しないな」

と私は念を押しました。

「しない。俺は大いなる琵琶湖に俺の聖なる精虫をばらまいてやる」

と答えましたが、それが心からの返事でないことは、彼のベソをかいているような、無理に笑っているような奇妙な表情から知れました。

「それじゃ……」

と私は岸へ向かって、全速力を出しました。柳生君の気の変わらないうちに、そして私自身が無駄弾を射ってしまわないうちにと。

再び忍びこみました。

美雪君は蒲団の上に四肢を屈託なく伸ばして、萌黄《もえぎ》のタオルケットをかけて寝こんでいました。小さく開いた唇からは、かすかな鼾《いびき》が洩れていました。

タオルケットを剝《は》ぐと、甘酸っぱい香りが立ち昇りました。ネグリジェというものが、あれほどなやましく目を射るものとは知りませんでした。全身が瘧のように震えてくるのが自分でも判りました。ネグリジェの裾を持つと、なぜか幼いときに嗅《か》いだ母の体臭を思い出しました。母の胸に口を寄せたときの、新鮮な母乳の香りに包まれたような錯覚に捕われました。

ちんまりと丸いお尻が邪魔になりました。案外と重いな、と力を加えますと、美雪君は、ううんと呻いて寝返りを打ちました。びくっとして手を引いたはずみに、下着がするりと外れました。瞬間、私は、まさに見るべきものを凝視していました。そのくせ頭に閃いたことは、女の尻とは冷たいものだという、およそ滑稽な感慨でした。

脚を開かせました。が、そこまででした。私はめくるめく思いで私の股間を押さえつけて、全身を波打たせてしまいました。無駄弾が止めどなく私の下腹を汚しつづけていました。

しまった、と思うと同時に、これでいいのだとも思いました。延命君たちが任務不履行だと責めるでしょうが、言い逃れはできます。任務を遂行したって、必ず妊娠するとは限らないのですから。

私は、美雪君を穢さなくてよかった、と自分に言いきかせながら、下着をもと通りにしようと手をかけました。そのとき、美雪君が言ったのです。

「ああ、アルキメデス！」

寝言でした。が、それを聞いた瞬間、私は激しい嫉妬に我を忘れました。彼女は夢のなかで柳生君を受け入れている……そう思ったとたん、私は美雪君をめちゃめちゃに穢さなければならないと決心しました。でなければ、私自身があまりに惨《みじ》めだと思ったのです。

そう決心すると、自分でも不思議なほど落ち着きを覚えました。美雪君の可憐な桜色のふくらみをゆっくりと鑑賞しながら、私は裸になりました。そして静かに身体を重ねました。

「だめよ……」

と美雪君が囁きました。はっとして動きを止めますと、

「きっと帰って来てくれると思っていたわ。でも、ひどくしちゃだめよ」

言うなり、美雪君はタオルケットで顔を覆ってしまいました。カーテンを引いてあるとはいえ、真昼のことです。恥ずかしかったのでしょう。しかし、それは私にとって、もっけの幸いでした。私を柳生君だと思いこんで、確かめようとしないのですから。

私は無言で和やかに律動を再開しました。

彼女は最後までタオルケットを顔から外しませんでした。ですから彼女は最後まで柳生君だと思っていたのかも知れません。或いは行為の半ばで私だと気づいたかも知れません。それから新学期になるまで、私も柳生君も、美雪君と会っていませんし、

九月になって登校しても、美雪君はすぐに病気だと届けて休んでしまいましたから、ついに彼女の口から聞くことはできませんでした。

野村部長刑事の見解　その四

刑法第百七十七条　暴行又ハ脅迫ヲ以テ十三歳以上ノ婦女ヲ姦淫シタル者……

刑法第百七十八条　人ノ心神喪失若クハ抗拒不能ニ乗シ又ハ之ヲシテ心神ヲ喪失セシメ若クハ抗拒不能ナラシメテ猥褻ノ行為ヲ為シ又ハ姦淫シタル者……

腕のよい弁護士だったら、内藤をこうした条項から免れさせるであろう。

刑法第百八十条　前四条（強姦、強制猥褻など）ノ罪ハ告訴ヲ待テ之ヲ論ス

二人以上現場ニ於テ共同シテ犯シタル前四条ノ罪ニ付テハ前項ノ例ヲ用ヒズ

美雪に告訴の意思のなかったことは明らかだし、このケースをいわゆる輪姦と呼べるかどうか。

柳生隆保の供述　その五

美雪君が、その相手を僕だと思っていたのか、内藤君と知っていたのかは、僕にも

判りません。彼女の口からは聞いていません。しかし内藤君の話では、少くとも十数分間は一緒に、しかも身体を密着させて過ごしたというのですから、美雪君には判っていたのだろうと思います。睡眠剤が、どのくらい効力のあるものか、よく知りませんが、少くとも行為の後半、つまりタオルケットで顔を覆ったあたりから、美雪君は内藤君だと感づいたのではないかと思います。

仮に、美雪君にも、僕なのか内藤君だったのかが、はっきりしていないのなら、後になって確かめようとするでしょう。自分が誰とセックスしたのか、誰のために妊娠したのかを、曖昧にしておく女性がいるとは考えられませんものね。

僕だと思っていたにせよ、内藤君だと知ったにせよ、美雪君がそれを受け入れたことには疑いありません。僕だと思っていたのなら、僕とセックスしたかったから、したのでしょう。途中で内藤君だと判ったところで、中止できるものでしょうか。それこそ美雪君は惨《みじ》めな思いをしなければならなかったでしょう。最後まで気づかなかったことにするのが、彼女にも内藤君にも最もいいことだと思ったのではないでしょうか。初めから内藤君だと知っていたのなら、父の贖罪《しょくざい》と思って許したのかも知れませんね。あるいは内藤君の〝愛情〟にほだされたのかも知れません。

だって、その夕方、連れの三人が帰って来たとき、美雪君は寝床から起き上がって大欠伸《あくび》をして、ああいい気持、と言ったんですからね。もし野村刑事さんの言われるように、強姦されたり輪姦されたのだったら、もっと違った態度を見せたはずです。

ですから、これは極めて単純なセックス・プレーなんです。被害者だの加害者だのと言うほうがおかしいのじゃないですか。強いて言えば、被害者は僕です。美雪君に指一本触れていないのに、柴本や刑事さんに疑われたりしたんですからね。

問題は、別な方向から出てきました。内藤君が、自分で自分を責め始めたのです。フェアなセックス・プレーでなかったことで、自分を咎め始めたのですから、馬鹿げた話です。

僕と入れ替って美雪君とセックスしたいとプランを練ったのは内藤君なのです。フェアでなかったことは認めます。しかし結果的には三人とも納得したのですから、内藤君はなにも気に病む必要はないのです。それどころか、柴本に打撃を与えるという所期の目的は充分に達成されたのですから、快哉を叫んでいいのです。あとは美雪君が適当なところに中絶してしまえば、誰も傷つかずに終わったのです。勿論いろいろの噂は残るでしょう。しかし〝事実〟は柴本夫婦が必死になって隠蔽するでしょうから、いつかは忘れられるでしょう。柴本にそうした不毛の努力をさせることも、復讐計画のなかに計算されていたのですから。

まずいことに美雪君は死んでしまいました。内藤君の罪ではありませんが、彼の受けたショックは大きかったのでしょう。告白すると言いだしたのです。

「一体、内藤君は、誰に告白して、誰から罰して貰って、誰に許して貰おうと言うの」

と延命君が、ほとほと扱いかねたように尋ねました。内藤君は首を振りました。とにかく告白しなくてはおれない、そ知らぬ顔でいるに忍びない、と言うのです。

「だったら土に穴を掘って、その穴に向かって叫びなさいよ。王様の耳はロバの耳、っていうようにね」

延命君に、そう極めつけられて、内藤君は黙ってしまいました。しかし僕たちは安心できませんでした。アルキの会の最初の活動が、内藤君の安っぽいセンチメンタリズムのために挫折させられてはたまりません。そこで彼に警告することにしました。農薬入りの弁当がそれであり、その経過は刑事さんが推測されたとおりです。あんな弁当を、よく食べたものだと自分でも驚いています。二度と食べられたものではありませんね。

内藤規久夫の供述　その三

農薬弁当の警告、つまり総括を受けて、私は怖いと感じるより、恥ずかしいと思いました。私がつまらない弱気を出すことは、美雪君の志を無にすることだと気づきました。むしろ美雪君が進んで私に抱かれたのだと美雪君を罵倒するほうが、柴本の苦痛を増し、ひいては美雪君の供養になるのだと思い返しました。

刑事さんは、ひどい仕打ちだと言われますが、それは、そのことだけを取り上げて考えられるからだと思います。たとえひどい仕打ちであるとしても、合法的な全ての手段を使って柴本に復讐するのが私たちの狙いであったのですから、私は斟酌する必要はないと思っています。美雪君が柴本になにも告げずに死んでいったのも、同じ理由からではなかったかと思っています。

私が口を噤《つぐ》むことで、アルキの会の第一目標は達成されました。同時に私の決意も固まりました。第二弾の亀井糾弾に全力を挙げることを誓いました。美雪君が無事に中絶を終えてアルキの会に加入していたら、彼女もきっとそうするだろうと思ったからです。

延命美由紀の供述

船のなかでは君と一緒にいたことにして欲しい、と柳生君に頼まれたとき、私は、なぜ？　とは問い返しませんでした。柳生君が、そのアリバイをどのように利用するかについては、私は少しも心配しませんでした。〝全てを合法的に〟というアルキの会の規約を彼が破るはずがなかったからです。

アリバイの証人に女性を選んだのは、柳生君らしい行き届いたやり方でした。男女の組み合わせでしたら、他に目撃者がなくても不自然ではありません。二人きりで隠れていたのだと主張したっておかしくありません。これが男性、たとえば内藤君だったら、そうはいきません。男性二人が誰にも見られずに、どこかに潜《ひそ》んでいたなどと言っても信用されないどころか、却って怪しまれるでしょう。

私は約束を守って、乗船するなり上甲板の人目につかない物陰に潜みました。そんなところで夜通し隠れていることは苦痛でした。風は予想外に冷たく、かなり忍耐のいることでした。一番こたえたのは、折角の修学旅行の第一夜だというのに、誰とも話すことすらできないということでした。

内藤君にも荒木君にも、アリバイ工作は打ち明けませんでした。そのほうが彼ら自身が自由に、わざとらしくなく振る舞えるだろうと思ったからです。もし、私か柳生君に、のっぴきならない用があったら、内藤君か荒木君が捜しに来るでしょうから、そのとき打ち明けて協力して貰えばいいことだと思っていました。

そうは言っても、高松港で柳生君を見るまでは、気が気ではありませんでした。柳生君がトイレから平気な顔をして現われたときは、思わず溜息が出ました。これで誰にも、柳生君が乗船していたとも、いなかったとも知られずに済んだと思ったからです。それが問題になったとき、私一人の証言で、どちらとも決定できるのですから。柳生君が亀井殺害の疑いを持たれていると聞いたとき、私は驚かなかったといっては嘘になりましょう。しかし信じられないことでした。柳生君が、そんなヘマなことをやるなんてことは……。

「本当に……殺したの？」

と私は詰め寄りました。だったら許せないと思いました。殺人犯の片棒を担がされてはたまりません。

野村部長刑事の見解　その五

内藤と延命の二人が主張しようとしているのは、要するに犯意の否定であろう。柳生が犯罪を犯すとは思わなかった、事情を知って加担したのではないと終始繰り返している。一応それは認められるとしても、では亀井の死体が発見された後になっても、延命はなぜ偽のアリバイ証言をしたのか。柳生家の茶の間で、私が柳生君と一緒にいたわ、と言ったときの延命の小面憎い態度を俺は忘れてはいない。

「あのときは、あのときよ。柳生君が殺したと決まっていたわけでもないし。それに私には刑事さんの捜査に協力する義務なんか、これっぽっちもないんですからね」

延命は私の追及を、しゃあしゃあとした顔つきで躱《かわ》した。

武田貞子の供述

於・山口県徳山警察署

新聞にのった私の投書の内容に偽《いつわ》りはありません。また、さきほど刑事さんがお見せになった写真の学生さんは、確かに二十五日の夜、親切にして下さった方に違いありません。新聞社だけでなく、警察までが、私の恩人捜しにご協力下さって有難いことだと思っております。お会いしてお礼を申し上げたいのはやまやまですが、なにぶんにも年齢《とし》ですし、それに大阪へ出かけるのは、もう恐しくて恐しくて……。どうか柳生さんに、よろしくお伝え下さいませ。

柳生隆保の供述　その六

家の前に着いたのは午後九時二十分でした。

弁天埠頭を離れたときから、僕は絶えずといってもいいくらい時計を見ていました。大阪駅発23時29分の鷲羽2号に乗らなければ高松で旅行の一行と合流できず、全ての計画が破れてしまうのですから、時間には常に気を配っていました。勝手を知った我が家ですし、出発前に僕の部屋の窓の施錠を外してありましたから、忍び込むのは訳はありません。耳を澄ますまでもなく、茶の間で人の気配がしました。予想どおり姉と亀井だということ、そしてどのような状態にあるかということは直ちに感じ取れました。なぜ、と言われてもはっきりとは答えられません。秘めやかで隠微な空気の蠢《うごめ》きからそう感じたとしか言いようがありません。もっけの幸いでした。自分たちだけの世界に没入している二人に、僕の忍び足が聞き取れる筈もありません。

僕は足音を殺して素早く中二階へ昇りました。床は頑丈ですから、忍び足で歩くかぎり、めったに階下に気づかれるおそれはありません。ポケットから用意していた懐中電灯を取り出すと、棟木の下の通風用の小穴へ光の輪を当てました。光は淡く、街路を通る人は、殆んど気づかないでしょうが、気をつけて見れば、灯のさすはずのない通風孔が明るくなっているのを見逃すことはないでしょう。その淡い光が合図なのでした。

合図の光がついていたら、九時四十分に玄関の戸を叩くように、田中信博君に言ってあったのです。そうです。弁当セリ屋の田中君です。彼は修学旅行には参加していません。

「戸を叩いたら姉が応対に出るだろうから、三分間でも五分間でもいい、適当な用を言って引きとめてくれ。ただそれだけでいい」

そう言って千円札を手渡しました。

「君には迷惑はかけない。ただ姉が在宅していたかどうかが判りさえすればいいんだから」

田中は簡単に承知しました。有利なアルバイトでさえあれば、とやかく詮索するような男ではないのです。だからこそ彼を選んだのです。

不意の訪問者があれば、姉は亀井を隠そうとするでしょう。玄関で追い払える客か、部屋へ通さなければならない客かは判りませんから。そうなると隠し場所は中二階しかありません。亀井が暗いなかを手探りで昇ってくれば、こっちのものです。いきなり二、三発くらわせて、次第によっては縛りあげて、長持の中へ放り込んでおくつもりでした。そして僕は勉強部屋に隠れていて、姉が亀井を捜して中二階へ上がるのを見すまして、家を出る計画でした。姉が見つけて救い出すまでに、亀井は充分、思いしるでしょう。監禁したって、亀井が騒ぎたてることはないでしょう。自ら恥を曝《さら》すようなものですから。それに、暗い所での不意討ちですから、相手は僕だと亀井には、はっきりとは、判らないでしょう。仮に、どうもそうらしい、と姉に告げたところで、姉は信じないでしょう。僕は、まぎれもなく〝船上にいた〟時刻なのですから。それやこれやで、二人の間に不信感が生まれれば、僕の目的は半ば達成されたも同然なのです。

いいえ、前にも言ったように、殺そうなんて、これっぽっちも思ってはいませんでした。ヤキを入れて、姉から遠ざけさえすればよかったのですから。

中二階に潜んで、ものの二分もたたないとき、玄関の戸を叩く音が聞こえました。時計を見ると九時半になったばかりでした。田中の慌て者め、約束より十分も早いじゃないか、と僕は懐中電灯を消して階段の降り口に身を隠しました。

「美沙子、美沙子」

と、驚いたことに母の声です。北陸旅行に行ったはずの母が、なぜこの時間に帰って来たのか、咄嗟《とっさ》に判断はつきません。が、その理由を考えている余裕もなく、襖が開かれて、亀井が慌てふためいて飛び込んで来ました。

後ろ手で襖を閉めると、明るい所から入って来た彼は盲人も同然です。手さぐりで階段を昇《し》って来ました。昇りつめると、両手を前に泳がせながら、二歩、三歩と足でさぐりながら進みました。

「おい！」

と背後から声を殺して呼びました。ぎくっ、と電流を断たれたロボットのように、足を踏み出しかけたそのままの姿勢で、立ち止まりました。よほど仰天したのでしょう、四、五秒は微動もできない様子でしたが、やがて頭を巡らせると、闇を透かすようにして、僕を窺いました。そして言ったのです。

「なんだ、先客があったのか」

つぎの瞬間、僕は右腕を彼の首に捲きつけていました。

亀井が、どうしてああした言葉を吐いたのか、いまでも僕には見当がつきません。あの暗さでは、僕だとは判別できなかったでしょう。だからといって、そこにいる人間を、自分と同じように〝隠れていた美沙子の情人〟と思うのは、突飛すぎます。そんな、小話にでもあるような情夫の鉢合わせが、現実に起こると思うほど、非常識な亀井でもありますまい。おそらく彼は、いまにして思えば、驚きを隠すための強がりか、或いはテレ隠しのつもりで、ああいう科白を吐いてしまったのでしょう。

姉を尻軽女あつかいした、あの科白さえなければ、問題はなかったのです。何度も言ったように、ぶん殴ってヤキを入れれば僕の気は晴れたのですから。しかし、あの言葉を聞いた瞬間、僕は怒りに我を忘れてしまいました。

数分間も締めていたでしょうか。気づいた時には、彼は僕の腕に、ぐったりと体重を委ねていました。僕は多少、柔道の心得があったので、無意識のうちに腕に力がこもっていたのでした。

慌てました。鼻孔に掌を当ててみましたが、空気が動いている気配は感じられません。懐中電灯で照らした顔は蒼白で、唇は紫色。見開いた目は虚空を睨んでいて、瞼《まぶた》を指で突っついても閉じようともしません。

「死んだ……殺してしまった……」

僕は呆然として立ち竦んでしまいました。

階下では、母と姉が言い争うように声高に話し合っていました。僕は、二人に知られてはいけない、と思いました。二人とも僕が帰ったことは知っていないのです。このまま僕と亀井の死体が消えてしまえば……、と思ったところで、僕自身はともかくも、死体を消すことは不可能です。計画的な殺人でも、一番困るのは死体の始末でしょう。まして思いもかけず殺してしまった場合は手の施しようもないではありませんか。

僕は亀井が恨めしくなりました。生きている間は姉を苦しめ、死んでからは僕を苦しめるとは。なにも死ななくてもいいじゃないか、と怒鳴りつけてやりたいくらいでした。

玄関の戸が慌ただしく閉《し》まる音で、我に返りました。耳を澄ますと、階下は無人の様子でした。母の乗るバスは十時に発車と聞いていました。何かの理由で一たん家へ帰って、また出かけたのだろうと思いました。姉も見送りに行ったのでしょうから、早くとも十時十分すぎまでは帰って来ない……今のうちだ、今のうちになんとかしなければ、と思いました。

死体というものは重いものですね。肩に担ぎ上げるのが、やっとのことでした。急な階段を降りるのは、かなりの重労働でした。六畳の間に横たえて、時計を見ると九時四十五分でした。半時間のうちに、この穢わしく厄介な荷物を片づけるとしたら、床下に隠すしかなさそうです。浮かんだ智恵は、それくらいのものでした。

大急ぎで中二階から釘抜きを取って来て、制服を脱《ぬ》ぎ、手袋をはめました。畳をあげ床板を剝がしました。まるで大掃除です。

死体を、そっと転がしました。死体は一回転して仰向きに横たわりました。恨めしそうな顔でもしておれば、自業自得だぞ、と罵り返して、却って作業がし易かったのでしょうが、困ったことに、亀井は生前のノッペリ面《づら》が、血の気がないだけに、文字通り白面の公卿面《くげづら》になって、一向に凄味がありません。それほど悪人ではなかったからかな、と多少は可哀想に思ったり、いや、この善人面で姉を弄《もてあそ》んだのだ、と腹を立てたりしながら、僕はシャベルで土を掘り始めました。

時間的に考えても、死体を埋めるだけの穴が掘れるとは思っていませんでした。本格的な穴掘りは修学旅行から帰ってからのことにするとしても、一応は掘れるだけ掘っておこうと思ったのです。

いまから思えば、それが失敗でした。あとのことはあとにして、すぐに床板を張り畳を元通りにしておけば、母を事件に捲き込まずに済んだのでした。

作業に夢中になっていますと、ふと目の前が陰《かげ》りました。おや、と思って目を上げると、そこに母が立っていました。

田中信博の供述

柳生隆保君に、十月二十五日夜九時四十分に、柳生家を訪れて、姉の美沙子さんを呼び出すようにと依頼されたのは事実です。

いいえ、そのために修学旅行に参加しなかったのではありません。最初から参加する気はありませんでした。費用が勿体ないからです。がやがやと連立って四国を一周したところで、なにほどのプラスがあるというのですか。それだけの費用があれば、私一人なら、ヒッチハイクを兼ねて半ヵ月でも一ヵ月でも四国を旅行することができます。そのほうが、ずっと経済的であり、有意義ではないでしょうか。

修学旅行だの遠足だのは、一人立ちできない小学生には必要でしょうが、高校生にとっては無意味どころか、無駄なことだと思っています。

千円は確かに受け取りました。当然の報酬でしょう。ただ訪問するだけではなく、九時四十分きっかりという条件付なのですから、それくらいは貰わなくちゃ引き合いませんよね。訪問の理由は聞きもしませんし、考えもしませんでした。契約には関係のないことですから。私は九時四十分に玄関の戸を叩き、美沙子さんの在宅を確認しさえすればいいのですから。

そうです。戸は叩きませんでした。私は九時三十五分ごろ柳生家の近くまで来て、屋根裏の風通しの穴に灯がつくのを待っていました。灯がついていたら戸を叩く契約になっていましたから。

しかし四十分になっても、屋根裏は真暗でした。従って私は戸を叩く義務はないものと解釈して帰りかけました。すると、玄関の戸が開いて、二人の人影が出て来ました。私の潜んでいた方向とは逆に、駅へ向かって小走りに急ぐ様子でした。後ろ姿でしたが、柳生君の母と姉だと、すぐに判りました。念のため屋根裏を窺いましたが、依然として真暗でした。

私は、これで契約は完遂されたと了解しました。柳生君の言っていた、姉の在宅の確認も、偶然ながらやりとげたわけです。ですから私は、さっさと家へ帰りました。家に着いたのは九時五十五分でした。

それだけです。その後、このことについて、柳生君と一言も話し合ったことはありません。勿論、彼以外の誰にも話したことはありません。

野村部長刑事の見解　その六

隆保の供述は概ね真実だと考えられる。喫茶店で大塚君と検討しながら作った、隆保、幾代、美沙子、亀井の四人の行動表と照合しても概ね一致する。

問題は依然として隆保に殺意があったかという点であるが、彼の亀井の死顔に対する供述はかなり注目に価する。隆保は亀井の死顔を、のっぺりした公卿面であったと表現しているが、このことはかなり落ち着いて観察したことを示している。

被害者の死顔は苦悩と怨念の表情を浮かべていた——というのが殆んどの小説の表現である。警官ですら駆け出しのころは、そういう印象を抱きがちである。それはウソである。傷のない死顔は、通常、なんの凄味も認められない。皮膚こそ蒼白になるものの、筋肉は弛緩して、表情は扁平になる。従って病死であろうが事故死であろうが、死顔は微笑したような穏やかなものに変わる。いわゆる仏顔になるのである。仏様になったわけではない。筋肉が弛《たる》んで、でれりとしているだけのことなのだ。

隆保の年齢や経験から考えて、彼が人間の死顔を、そうしたものだと見知っていたとは思えない。まして、つい先ほど自分が締め殺した当の相手である。さぞや苦悶の色も顕著で恐しい様相だろうと想像して当たり前であろう。よほど度胸の坐った殺人者でも、被害者の死顔を正視したがらないものである。

それが、隆保は犯行直後に懐中電灯で照らして呼吸を調べたり瞼を突いて生死を確かめたりしている。この態度は、殺すつもりではなかったのに、まさか、と半信半疑で点検していると考えてはどうであろうか。とは言っても、殺意の有無については、なお供述を待って検討しなければなるまい。

なお、死体検案調書には、扼殺《やくさつ》の跡は示されていない。それは必ずしも隆保の供述を否定するものではない。隆保は腕を首に捲いたと言っているが、柔道の腕締めによる扼殺の場合、腕の跡は残らないのが普通である。扼殺のあと、間もなく更に絞殺した場合は、なおさら扼殺の痕跡を止どめないのは当然考えられることである。

柳生隆保の供述　その七

「殺さなくたってよかったのに……」

母が言った言葉のなかで、非難めいたのは、ただこの一言だけでした。僕の計画したことも、母のしようとしていたことも、偶然とはいえ一致していたことは、瞬時にお互いが悟りました。だからこそ、この言葉が出たのでしょう。

「大丈夫なの？　修学旅行のほうは？」

「うん、23時29分の鷲羽2号に乗りさえすれば……」

「あと十分もすれば美沙子が戻るわ。急がなくちゃ。あとは私に任《まか》せて、早く手を洗って服を着なさい」

母は驚くほど速かに驚愕から立ち直ると、静かな口調で命じました。今から思えば、母はその僅かな時間のうちに、もしものときには、僕の罪をひきかぶる決意をしたのでしょう。水のように平静な態度で、床下のシャベルや釘抜きを片づけていました。

協力してやれば、畳を元通りにして掃き清めるのに十分とはかかりませんでした。

「じゃあ……」

僕は用意してあった黒いレインコートに腕を通しながら、それだけ言って家を出ました。

誰にも見咎められずに大阪駅まで着いたのですが、そこであんな失敗をやるとは、僕も迂闊《うかつ》なことでした。

いいえ、僕は、あの男——芳野というのですか——ニセ刑事の顔をあのときは知っていませんでした。芳野と知っておれば避けていたでしょう。勿論、芳野があの婆さんに絡《から》んでいたことなど気づいてはいませんでした。僕は、ただ夢中になって急いでいたので、うっかり婆さんに突き当たって、荷物を落としてしまったのだと思ったのです。そして騒ぎたてられて時間をとったら列車に乗り遅れてアリバイが崩れると心配して、婆さんの口ふさぎのつもりで荷物を持ってやったのです。親切だなんてとんでもないことです。そんな余裕があるものですか。腹のなかでは、このくそ婆あ、と思っていたのです。とにかく、婆さんを宥《なだ》めて、目立つような事態を起こさせないようにと、ただそれだけの気持だったのです。それを、あの婆さんは、とんだ思い違いをして……。

ええ、黒いコートは丸めて宇高連絡船から海へ放り込みました。弁天埠頭で着ていなかったコートを着て高松に着くわけにはいきませんからね。もう一着、同じものが僕の部屋にぶら下がっていることは、お察しのとおりです。僕なりに慎重に計画したつもりです。だのに、あの婆さんの件だけは、かえすがえすも残念です。余計なことは、決してするものではないとつくづく思っています。

旅行中は努めて平常どおりに振る舞っていました。延命君も詮索がましいことは言いませんし、僕も、ありがとう、と一こと言ったきりです。ですから彼女を責めることはしないで欲しいと思います。

母も、そうです。旅行から帰って、僕は驚きました。母が亀井の死体をセメント詰めにしようとしていたからです。驚きはしましたものの、なるほどな、と思いました。腐臭を防ぐには一番手軽な方法だと判ったからです。そうしておけば、僕たちがあの家を売り払わないかぎり、死体が発見されることは防げると思いました。

勿論、手伝いました。というより、僕が主にやって、母が手伝ったと言ったほうが正確でしょう。ですから母の罪は、僕の殺人を隠匿したことと、死体遺棄、損壊を手伝っただけです。母が子を庇った、ただそれだけのことです。どうか母を、あまり責めないで下さい。

姉の自殺については、僕にはなんとも言いようもありません。姉のために、よかれと思ってしたことが、こんな結果になるなんて……。

死体が呻いた

1

「さて……と」

野村は隆保と向かい合うと、これが最後の詰めだぞ、と自分に言い聞かせながら、押えた口調で口を切った。

「亀井正和を殺したけれど、殺意はなかった。かっとなったはずみで殺してしまった、と言うんだね」

ああ、と隆保は面倒くさそうに答えた。

「そうか。それならそれでいいんだが、それだったら、もう少し正直に言って貰えんかな」

隆保は僅かに眉を顰《ひそ》めた。心外なことを言うな、と抗議する表情であった。

「とぼけちゃいかんね。首を締めたんだろう」

「そう言ったでしょう」

「だからさ、何で締めたのかね」

「腕で、です。左の腕で……」

野村は、ゆっくりと首を振った。

「そのあとで、だよ」

「そのあとで？」

隆保は、しばらく黙った。そして、ああ、と頷くと、

「そうでした、紐で、もう一度……」

「紐……ね。どんな紐？」

「どんな、と言われても……ただの……あり合わせの紐……だったか、コードだったか……」

「コード？　紐？」

「近くにあったのを使ったから……どちらだったか……」

野村は黙ったまま隆保の目を見つめていた。供述が乱れるのは、虚偽の陳述の辻褄を合わそうと努力しているからだ、と長年のカンが教えている。そういうときは黙って睨みつける。被疑者は、供述のどこに矛盾があったのかと不安になる。そして嘘の上に嘘を重ねているうちに、どうにもならなくなって、本音を吐いてしまうものであった。

「忘れました」

隆保は、その手には乗らぬとばかりに、けろりとして答えた。取り調べる側にとっては、最も始末の悪い返事であった。

「忘れた？　自分の使った凶器を忘れたなんてことが信じられると思うかね」

隆保は答えない。信じようが信じまいが、知ったことか。忘れたものはどうしようもなかろう、という返事のかわりの無言であった。

野村は相手の心理的動揺を狙って、部厚い調書綴を繰った。

凶器は索状物、と死体検案調書。幾代の供述では洗濯物を干すビニール・ロープとなっていた。

「で、その紐だか、コードだかは、どうしたかね」

「捨てました」

「どこへ」

「コートのポケットに入れて、瀬戸内海へ」

捜せるものなら捜してみろ、と涼しい顔である。野村は腹のなかで、こん畜生め、と罵った。調べる者と、調べられる者の駆引きが、静かな火花を散らしていた。

野村は攻め手を変えた。

「二度めに締めたときの状況を詳しく言って貰おうか」

一問一答式の尋問では、頭の回転の早い被疑者は、刑事の意図を察知して、巧みに要点をぼかしてしまう恐れがあった。そうした相手に対しては、質問はできるだけ短くして、できるだけ長い供述を引き出すように心がけなければならなかった。

隆保は、ゆっくりと供述を始めた。ときに一分間近くも途切れることもあった。その間、隆保は目を閉じて首を傾けていた。思い出そうと努めているのか、話の脈絡を保とうと苦慮しているのか、野村にはいずれとも判断しかねた。だから口を挟まずに、供述に決定的な矛盾を発見するまで〝待ち〟の姿勢を保っていた。

「床下に亀井を横たえたとき、ポケットに入れていた紐……そうでしたビニールのロープでした。洗濯物を干すのに使う、あのロープに気づきました。ロープは、前にも言ったように、次第によっては亀井を縛りあげて、中二階に二、三日転がしておいて痛めつけるつもりで用意していたものです。そのロープを首に巻きつけました。亀井は仰向いていましたので、項《うなじ》へ端を通して、咽喉で交差させて、力一ぱい締めました」

野村は調書綴を繰った。死体検案調書には〝前部索痕上部に表皮剝脱及び皮下出血〟とある。供述と矛盾はない。ただ納得がいかないのは、わずかこれだけの供述に、隆保が五分以上も時間をかけた点であった。休み休み、考え考えしながらの供述であった。それまでの供述が淀みのないものであっただけに、そのたどたどしさが心に引っかかるのであった。それと、紐だかコードだか忘れたと言っていた凶器を、準備していたロープだと断言したことも気になった。ふと思い出したと言ってしまえばそれまでのことだろうが、思い出すには思い出させた、なんらかのきっかけがあったはずである。そのきっかけになったものは何か。

「それで？」

と促したが、

「それだけです」

と隆保は、ぽつんと答えて黙った。饒舌は不利と知って、沈黙の殻に籠ろうとする相手を、更に追及するには野村の手持ち材料が不足であった。いったん休憩も、やむを得まいと思った。

捜査課へ戻ると、野村は大塚が筆記した供述書を慎重に読み返した。

幾代の供述で矛盾した点は、ロープの締め方であった。ロープの交差が咽喉部にあるのに、幾代の供述では項《うなじ》で交わることになる。そこから野村は、締めたのは幾代でないと断定した。そして幾代でなければ、当然、隆保だ、隆保以外にはありえないと思いこんだのだった。が、果してそう断定できるであろうか……。

野村は、そう反省しながら、虚心に隆保の供述書を検討しつづけた。そして、はっ、と目を凝らした。

――そのあとで、だよ――

という一行であった。瞬間、野村の頭に浮かんだのは、若いころ昇任試験に備えて暗記するほど読んだ「犯罪捜査規範」であった。

第七章、取調。

第一六五条第二項。取調べを行うに当たっては、自己が期待し、または希望する供述を相手方に示唆する等の方法により、みだりに供述を誘導し（中略）供述の真実性を失わせるおそれのある方法を用いてはならない。

絞殺したのは隆保、と思い込んでいたからこそ、うっかり吐いた〝誘導〟尋問であった。

「大塚君、これはひょっとしたら大ミスをやらかしたらしいぞ」

と野村は内心の動揺を押えながら言った。

「隆保は、亀井の死因を扼殺だと思っていた。そこへ俺が、

――何で締めた？――

――（腕で締めた）そのあとで、だ――

と尋ねたのだから、これは死因が絞殺であることを教えてしまったことになりはしないだろうか」

「そう言えば……」

と大塚も浮かぬ口調で答えた。

「隆保は最初は、部長の質問の意味が判らなかったようでしたね。そして、しばらく考えてから、思い出したとばかりに供述を始めましたね。それも、いつもに似ず、たどたどしい話しぶりで」

「凶器を、紐だと言ったりコードだと言い直したり、どちらだったか忘れたと言ったのは……」

「知らなかったんですよ。知らなかったから言えなかった。つまり、隆保は絞殺してはいなかった！」

「大塚君」

と野村は蒼ざめた額を拳で叩いた。

「こいつは振出しへ逆戻りだぞ！」

急いで取調室へ戻った野村は、隆保に、まるで相談をしかけるように言った。

「私を刑事と思わずに、頭の悪い叔父さんが話をしていると思って聞いてくれないか」

隆保は、好きなようにするがいいさ、と動じた色もなく頷いた。

「君の家で、君のお母さんを緊急逮捕したとき、私は、おかしいな、と思ったんだ。母親が殺人の疑いで逮捕されるというのに、君は一向に取り乱した態度を見せなかった。普通なら、親が子を庇い、子が親を庇って、一悶着あるものなのだ。私が、変だなと思ったのは、そこだったんだ。あのとき、私はその直感を追究すべきだった。いまから思えば、君は、お母さんが間もなく釈放されると信じていたんだね。なぜなら亀井の死因は扼殺であると、君は知っていた。非力なお母さんが、青年である亀井を扼殺できるはずがない。お母さんが、息子の君を庇って自分がやったと主張しても、警察は瞞《だま》されない、と信じていたのだ。だから落ち着いていたのだね。

私は、それを、あのとき見抜けなかった。変だな、と感じていながら、そのまま見過ごしたのが失敗の因《もと》だった」

述懐めいた野村の話を、隆保は面白くもないといった無表情な顔で聞き流している。

「君は、自分が逮捕されるのは、死因が扼殺と判明したときだから、せいぜい一日くらいの暇しかないと思っていただろう。ところが一向にその気配がない。そうこうするうちに、ニセのアリバイが暴露して逮捕された。もとより覚悟の上だから扼殺の事実を自供した。ところが警察は、それだけでは満足しないで〝二度めの絞殺〟を自供しろと言った。

扼殺したのに、絞殺だと言われて、君は戸惑っただろう。が、君は賢明にも、すぐにこの謎を解いた。二度めの絞殺、それは母が自分を庇うために〝絞《し》め直し〟てくれたのだと。

そう悟った君は、こんどは母を庇わなければならないと思った。殺したのは自分だ、母に罪を転嫁するわけにはいかない、と思うのは当然のことだものね。

君は考えた。幸か不幸か、母の折角の庇いだても、どうやら警察を瞞しきれなかったらしい。却って、自分が〝絞め直し《し》〟たと勘違いしているらしい。だったら、自分が絞め直したことにすればいいではないか、と」

聞いているのか、いないのか、隆保のポーカー・フェイスは揺《ゆ》らがない。

「やってもいない絞殺を、もっともらしく作って自供するのは難しかったろうね。凶器はなににするか？　家にあるもので、お母さんが使いそうなものといえば、洗濯物干しのロープという答えが出たのだろうね。

どういうふうに絞めるか？　亀井は仰向いて倒れていたのだから、最も扱い易い方法を想像して答えればよい。君は、そうしたことを考え考え、あの自供を作りあげたのだろうね。

偶然の一致があったにしても、立派な創作だったよ。本当は、こんなことを教えてはいけないんだけれど、死体検案書と大きな矛盾はなかった。それに君に幸いしたのは、死体がセメントに詰められていたので損壊が激しくて、扼殺の痕跡が取れなかったこと。それと扼殺と絞殺が殆んど間隔なしに行なわれたので、絞殺の跡が微弱ではあるが生体反応を示していたことだ」

野村は言葉を切ると、しばらく黙って隆保を見つめた。隆保は、なんの反応も示さなかった。教室で、興味の持てない講義を仕方なく聞き流しているときのように、目を半眼にして白々しく落ち着いていた。

「君がお母さんを庇う気持は判らんでもない。それはそれで立派なことだとも思うよ。だけど、やっぱり真実は真実でなくちゃならないんだ。改めて聞くよ。君は亀井をロープで絞《し》めはしなかったのだね」

隆保は涼しい目を見開いて、野村を見つめ返した。そして、にっこりと笑って言った。

「いいえ。僕は亀井の首を腕で締めたうえ、ロープで絞《し》めました」

野村は、がっくりと首を垂れた。取調官としても、カウンセラーとしても、失格であると思い知らされたからであった。

取調官と被疑者との関係は、カウンセラーとクライアント（患者）との関係に似た面を持っている。心に悩みをもつクライアントは、最初から悩みの全てをカウンセラーに打ち明けるものではない。誰しも内心の悩みを秘し隠そうとする本能がある。だからクライアントは、治療を求めながらも、一方ではカウンセラーから逃げようとする心を持つのが常である。被疑者も、刑罰を逃れようとする心と、自供して良心の苛《か》責《しゃく》をやわらげたいと思う心の葛藤《かっとう》にさいなまれている。

カウンセラーは、そうしたクライアントの矛盾した心を、カウンセリングの技法によって徐々にほぐして行き、両者が互いに心の窓を開き合うことによって、はじめてカウンセリングの目的を達する。取調べの場合も同じ経過をたどる。取調官と被疑者の心が、カウンセリング、つまり取調べによって徐々に接近し、双方の間に信頼が生まれてこそ、被疑者は真実を語る気持になるものであった。

野村は特に意識して、カウンセリングの技法を取調べの技術として応用したわけではなかった。彼は自分を、それほど〝近代的〟な刑事だとは思っていない。彼が、このような、彼にとっては型破りともいえる取調べを行なったのは、こんどの一連の事件を追っているうちに、隆保に対して、ある種の親しみを覚え始めていたからであった。

それは父親が子に対して持つ感情にも似たものであった。

刑事という職業から、野村は現実社会の人間性を蹂躪《じゅうりん》した利益擁護の醜状を数多く見ている。法の上での加害者よりも、被害者のほうが、より道義的に責められるべきだと思ったことも再三あった。だが、そうした点を積極的に追及しようとすればするほど、署内で白眼視され孤立に追い込まれるのが現実であった。だから野村にできたことは、ひそかに切歯《せっし》するだけであった。

そうした社会の醜状が、高校生の意識に投影しないはずはない。矛盾と欺瞞に耐えきれない少年群はセックス・プレーやシンナー遊びに走る。正視できない社会から目をそむけて逃避したのであろう。それに較べたら、

——隆保のほうが、少年ぽい骨がある——

と野村は思った。自分の周囲の、がまんがならないものを、ひとつひとつ潰していこうという隆保の主張は、未熟であり、論理的に充分な説得力を持ってはいない。しかし、と野村は自ら反論した。

——しかし、俺のように、なにひとつ仕出かさずに切歯扼腕《せっしやくわん》しているよりは——

と、そこまで考えて、野村は表現する言葉に詰まった。〝優れている〟とも言いかねた。〝勇気がある〟とも違う感じであった。

野村は、空白の部分に単語を入れるクイズと取り組むように、適当な表現を考えては打ち消しているうちに、そうだ、と思い当たった。

——カッコいい。そうだ、こいつだ。隆保は、いわゆる、カッコいいやつだ——

腕白でもいい、逞しく……というCMが受けたのも、飼い馴らされた大人になって、腕白を働くこともできなくなった世の父親たちの共感を呼んだからであろう。父親自身が自分の腑甲斐なさを痛感しているだけに、せめて息子は無気力であるよりもカッコよくあって欲しいと願うのであろう。

野村にしても同じであった。現実の息子が、下手なギターに合わせて奇天烈《きてれつ》な声で歌っているのを見ると、むしろ隆保のほうが、カッコよく可愛く見えてくるのであった。母の幾代を庇って、殺人の罪を一身に受けようとするところも、好もしかった。そう思うことが、五十男の感傷にすぎないとしても。

「君が絞《し》めたと言うのなら仕方がない。一応そういうことにしておこう。だが、お母さんがどう言うかな」

野村は立ち上がりながら、淋しそうな声で言った。

2

「亀井が絞殺された時間に、隆保君が現場に居合わせたことが確認されたんだがね」

と野村は幾代に話しかけた。

幾代は、それほどの窶《やつ》れは見せていなかった。よほど気丈な男性でも、留置場暮らしは心身を消耗させる。例外的に意気軒昂なのは思想犯くらいのもので、それも多数を頼んでの空元気《からげんき》であることが多い。ところが幾代は違った。端然とした態度を崩さなかった。昂ぶりもしなかったが、落胆した気振りもなかった。犯した罪の重さにおののく様子も見られないが、といって自分を弁護しようとする気配は更になかった。

自然な姿で、平静に成り行きを見守っているとしか言いようのない日常であった。

美沙子の自殺を知らされたときは、さすがに動揺を見せた。蒼ざめた頬を硬直させて瞑目した。声には出さず、念仏らしいものを唱えていたのが、彼女の見せた唯一の反応らしい反応であった。やがて水のような平静さを取り戻した。娘の死も、成り行きのひとつとして受け止めていたのであろうか。

「隆保君が現場にいた以上、君がいくら否認しても隆保君がしゃべれば、その供述で君の行為も認定される。君が虚偽の供述を固執しても、君の弁解は聞くことができなくなる」

　野村は説得するような口調でつづけた。

「君はロープで亀井を絞《し》めたと言っている。ところが隆保君もロープで絞めたと言っているんだ。死体にはロープの痕が一条しかない。これは、どういうことかね」

「ですから……」

　と幾代は、目瞬《まばた》きもしないで答えた。

「私だけが絞めました」

　野村は唇を緩めて、頷いた。

「だったら、正直に言って欲しいんだ。どうやって絞めたかを。前に聞いた嘘の方法ではなくて……」

「……」

「納得できる説明ができないかぎり、隆保君が絞めたとしか考えられなくなるんだがね。彼の供述は死体の状態とぴったり一致するのだからね」

「……」

「とは言っても」

と野村は、幾代の無言に止《とど》めを刺すようにつけ加えた。

「私は隆保君が絞めたとは思っていないのだよ」

あとは待つだけだ、と野村は黙った。幾代が絞殺したことは疑いの余地がないと思っている。ただ、なぜ幾代が絞殺の状況を正直に言わないのか、その理由が判然としない。推測はできても、幾代の自供が必要であった。幾代を庇う隆保の供述を翻《ひるが》えさすためにも必要であった。

「隆保は、自分がロープで絞めたと言っているのですか」

しばらくの沈黙ののち、幾代が低い声で尋ねた。ああ、と頷いて、

「その前に腕で扼《し》めたとも、ね」

「馬鹿な子ねえ。黙ってなさいと……」

幾代は、ほっ、と溜息をついた。端然としていた幾代の姿勢が僅かに揺らいだ。吐くな、と野村は直感した。果して幾代は悪びれたふうもなく、淡々と語り始めた。

「床下に穴を掘っている隆保を見た瞬間、私は全てを察しました。まずいことをしてくれたと思いました。亀井を殺さなければならないとしたら、それは私の役目なのです。隆保がすることではありません。私の手は汚れたっていい。でも隆保は……。嘆いても詮ないことでしたし、嘆いている時間もありませんでした。私は隆保の手からシャベルを奪い取って、修学旅行のあとを追わせました。〝あとは母さんが、上手《うま》くやるから〟と言って、隆保を急《せ》き立てました。隆保の足音が遠ざかるのを確かめてから、私は死体の始末にかかりました。上手くやるから、とは言ったものの、やれる道理がありません。気ばかり焦って、手が動かないのです。

いっときの驚きが去ると、こんどは恐しさがひしひしと迫ってきました。できるだけ死体を見ないようにしていたのですが、狭い床下での作業では、視線どころか、脚や腕が触れるのです。その度ごとに腕の力が萎《な》えてしまって、作業はなかなか進みません。

でも美沙子が戻るまでに死体を隠してしまわなければと、力を込めて土を撥《は》ね上げたとたん、足がよろめいて、死体の横腹に躓《つまず》きました。したたかに蹴り上げてしまいました。そのとき……」

と幾代は、食いいるように野村の目を正面から見つめて、言った。

「そのとき、亀井が呻いたのです」

「なんだって！」

　脳天から声を出して、野村は文字どおり椅子から飛び上がった。筆記していた大塚の手も、ぴくりと痙攣して止まった。しばらく石のような沈黙が支配した。やがて野村が、興奮を圧《お》し殺した声で尋ねた。

「死体が呻いたって？」

「ええ、確かに」

　と幾代は野村に言いきかすように繰り返した。

「そんな……死体が呻くわけがない」

「ええ、死体が呻くわけがありません。ですから、亀井は死んではいなかったのですわ」

　幾代は念を押すように、ゆっくりと言った。

「そんな嘘を……」

「嘘じゃありません。本当に呻いたのです。呻いただけでなく、身体をくねらせるようにして蠢《うごめ》きました。死にそびれた芋虫のように」

　亀井に対する嫌悪と軽蔑を隠そうともせずに言い捨てた。

「………」

「私は亀井の亡霊が迷い出たのかと、寒気を覚えました。怖かったというより、こんな男に恨まれたのじゃ間尺《ましやく》に合いません。執念深く生き返られては堪《たま》らないと思ったのです。美沙子や隆保に、どんな仇《あだ》をすることやら。そう思ったとき、洗濯用のロープが目につきました。

あとは半ば夢中でした。ロープを首の下へ差し込んで咽喉もとで交差させました。私の力では心許なかったので、一方の端を床下の柱に結びつけて、他の端を力一ぱい引っ張りました。二分間も締めていたでしょうか。こんどこそ、穴のなかへ転がし落としても、亀井は、うんとも呻かず、ぴくりとも蠢きませんでした」

幾代は、言葉を切ると、穏やかな笑みを浮かべた。

「亀井は、このとき、初めて死んだのですわ」

晴れやかな、とさえ言える微笑であった。こんどこそ間違いなく隆保を庇い終えたという勝利の笑顔だ、と野村は感じた。

亀井は隆保に扼殺されたのか。

亀井は仮死状態にあったのか。

亀井は仮死状態にあったとしても、放置しておけば真死に至る状態にあったのか。

亀井は果して蘇生《そせい》したのか。

亀井は蘇生しなかったのに、幾代が隆保の扼殺をカムフラージュするために、死体の首を絞《し》めたのではないだろうか。

そうした疑問が、野村の脳裡に渦巻いた。しかし、いずれの設問にも、野村は証拠をあげて答えることはできなかった。ということは、幾代の供述を信じるほかはないことになる。

「どうして初めから言わなかったのだ。いまになって亀井が蘇生したなどと言ったって、隆保を庇うための嘘と取られても仕方があるまいに……」

「それは」

判りきったことを聞くなとばかりに、幾代は口辺の微笑を消さずに、こともなげに答えた。

「できれば隆保が腕で締めたってことを隠せたらと思ったからですわ。だって隆保は、実際のところ、亀井を少しの間、気絶させただけのことなのです。それでも、締めたってことになると、殺人未遂の疑いをかけられるでしょう。それでは隆保が可哀想だと思いました。だから、いっそのこと全てを私のせいにしておけばいいと思ったのです。そのために余計なお手数をおかけしたことはお詫びします」

軽く頭を下げた。そして視線を野村の目へ戻すと、訴えるように言った。

「隆保は自分が亀井を殺したと思い込んでいるかもしれません。どうか、その誤解を解いてやって下さい」

そして警察も、その誤解を解くようにと、その目は訴えていた。野村は無言で、立ち上がった。

捜査課へ戻った野村は、

「これにて一件、落着《らくちゃく》か。なんとも締まらない落着ぶりだが」

と、わざとらしく呟いて、机から玉露の茶道具を取り出した。せめて、うまい茶でも飲まなければ、どうにも吹っ切れない心境であった。最後の一滴を絞《しぼ》り切ると、さあ、と大塚にも目ですすめた。

「隆保は……シロでしょうか」

と大塚は歯切れ悪く尋ねた。落着ぶりに不満なのは、むしろ大塚のほうが強かったのであろう。

「殺しについては、結局のところ、そういうことにしなきゃならんだろうな」

と野村の答えは、さらに歯切れが悪かった。

「亀井が蘇生したという幾代の供述は、ちょっと信じにくいところですがね」

「仕方がないだろう。反証の挙げようがないのだから。ときたま、ぶつかるケースだよ。無実だと認めざるを得ない証拠があるのだが、どうもその証拠が不自然だというケースだね。だが不自然だと言うだけで、その証拠を斥《しりぞ》けることは許されない。我々としては、被疑者に有利な証拠は積極的に援用してやらなくてはなるまいからね」

それは自分自身の割り切れない気持を、納得させるための言葉でもあった。

3

十二月に入ると豊能高校は静かな日がつづくようになった。三年生は大学受験に備えて追込みに入ったし、二年生も学期末のテスト・シーズンを迎えて神妙に教科書に目を晒《さら》し始めていた。ことに二年二組の教室は活気を失っていた。田中の弁当セリ市は再開のメドもつかないし、リーダーを失ったアルキの会も自然解散の状態であった。

昼休みに自然と日だまりに集まった、内藤、荒木、峰、葉山それに延命たちも、これといった話題もないままに、つくねんと日向《ひなた》ぼっこをしている形になっていた。

「まるで昼下がりの養老院風景ね」

と延命が欠伸を嚙み殺して自嘲するように言った。

「元来が似たようなものさ」

と峰が、それこそ老人に似た物憂い声で答えた。

「あら、どうしてさ」

「老人も高校生も、仕事がなくて金もない。そして人生に生甲斐を見出せないでいる」

峰は自慢の長髪を両手の指で梳《くしけず》りながらゆっくりと言った。真面目に言っているのか、ふざけているのか判然としない口調である。延命は、鼻で笑って、

「幼ない屁理屈ね」

会話は、それきりになった。あとは始業のベルが鳴るまで、居眠りでもするしかなかった。

「諸君、やったぞ！」

と突然、声が降った。きょとんと目を開いた五人に、田中が目を輝かして喋《しゃべ》りかけた。

「さる十一月の十三日、月曜日。こいつは僕にとって生涯の記念すべき日になりそうだよ。いいかね、諸君。僕は感ずるところがあって、その日に全財産をはたいて、生まれて初めて株というものを買ったんだ」

「株？」

と延命は、咄嗟に見当がつきかねて、聞き返した。

「ああ、株さ。日本郵船の株を、二百五十円で五千株。しめて百二十五万円だ。なんと驚いたか」

「君のエコノミック・アニマルぶりには、かねがね呆《あき》れているさ。株を始めたと聞いたって、いまさら驚かんよ」

と、峰はうるさそうに口を挟んだ。

「じゃあ、もっと驚かしてやろうか。きょうは十二月の四日。さっき証券会社へ電話して聞いたら、ついに株価は三百円を突破したとさ。一株について五十円の儲けだから、五千株では二十五万円の頂きだ。二十日間の稼ぎとしては悪くあるまい」

「悪くないどころか……話のケタが違いすぎて、俺にはピンと来ない」

と、さすがニヒリストを以て任じる峰も辟易の態である。高校生の間では、賭けマージャンや競馬で、一万円勝ったとか負けたとかの話は、さほど珍しくなかったが、株までは手が出ない。手が出せないというより、自分たちとは別の世界の出来事と思っている。五人は稀代《きたい》不可思議な生物が出現したといった目で、田中をまじまじと見つめた。

「まあ、僕の見るところでは、今年中に三百五十円にはなるね」

と田中は得意である。

「すると五十万円の儲けか。車でも買うつもりか」

と峰は、からかったつもりだったが、

「そんな無駄遣いはしないね。うんと稼いで大学の裏口入学の資金にするよ。受験勉強なんて無意味な努力をするつもりはないし、どうせ僕の実力では、まともに入学試験は受かるまい。しかも親父の稼ぎはしれたものだからね」

けろりと言ってのけて、

「そうそう、肝心の用を忘れるところだった。柳生がね、家裁送りになったそうだ。さっき野村刑事が来て、藤田にそう言っていた。まず二、三年は娑婆《しやば》の飯は食えないらしいぜ」

「じゃ、学校は？　退学するの？」

と延命が気遣わしげに尋ねた。

「仕方ないだろうね。だが当節は鑑別所や少年院にだって学校へ通う道はあるさ。少し遅れたって、大学へ進むことはできるだろうね」

「だったらいいけれど……」

「そう気に病むことはないさ。人生は長いんだからね」

と田中は事もなげに言って、

「それよりも柳生に面会に行かないかい」

「そうね、元気づけてあげなくちゃ」

と延命がすぐさま応じたが、

「それもあるが、実は柳生に相談があるんだ。それについて、諸君の意見を聞きたいんだが……」

田中は五人の前に腰を下ろすと、表情を引き締めた。

「柳生は、ひとりぼっちになった。母親も裁かれる身だし、親身になって面倒を見る親戚もいないんだ。そんな柳生に、ただ同情したり、元気づけに面会に行ったところで、我々の気休めになるだけで、現実的にはなんの効果もない」

「………」

一同は不満ながら黙らざるを得ない。同情で事態が好転するとは思えないが、だからといって、どうしようもないではないか、と腹のなかで反論するだけであった。田中は、そうした不満顔には一向に無頓着で、

「差し当たって必要なことは少しでも柳生と母親の受ける刑を軽くすることだ。そのためには腕のよい弁護士をつけなければならない。それには金がいる。そこで」

と田中は、一座をぐるりと見渡して、宣言するように言った。

「あの家を売ってしまうんだ。柳生が帰って来たって、二度とあの家に住む気にはならないだろう。だから売ってしまうんだな、この際《さい》。なに、殺人のあった家だって、建築業者なら儲かるとなると墓場の跡だって平気で買うからね。柴本健次郎のような手合いが、わんさといるさ。家は古いが土地は坪二十万はする。叩き売っても一千万円だ。弁護料を払っても、お釣がたっぷりある。それが柳生母子の再起の資金だ。それを柳生に承知させようと思うんだ」

一同は呆気にとられて、田中の忙がしく動く唇を見とれていた。

「それは、まあ、そうでしょうけれど……」

と延命は、田中のペースには追いつけない思いで、すぐには返答のしようもなく言った。

「やあ、集まってるな」

と声をかけて、野村と藤田が近づいて来た。延命と内藤は露骨に眉を顰《ひそ》めた。他の三人も、もとより歓迎する気にはなれない。が、田中だけは、やあ、と親しそうに手を挙げた。

「いいところへ。刑事さんも先生も立ち会って下さいよ。僕が重大提案をしているところなんだから」

「私たちが聞いてもいいのかね」

「いいですよ。悪事を企《たくら》んでいるわけじゃないんですから。それどころか、僕たちだけの話し合いでは、子供の集まりだと世間の人は軽く見るけれど、刑事さんでも、大人が加わっていると、重味がつきますからね」

「でも、というのが気に食わないが、まあ聞かして貰おうか」

野村と藤田は、あとの五人の白い視線に気づかぬふりを装って、田中の横に座をしめた。

「延命君は、まだ飲みこめていないようだけれど」

と田中はつづけた。

「要するに、金さえ積めば、柳生君の刑が軽くなることは間違いない」

「穏やかならん意見だな」

と野村が口を挟む。

「刑事さんは傍聴人だから黙ってて下さいよ。いい弁護士は弁護料も高いって話なんだから」

「で、家を売ったお金はどうするの」

と延命が先を促した。こうした話になると、辛うじて田中と太刀討ちできるのは延命くらいのものである。

「そこだよ、相談というのは。その一千万円を、君たちアルキの会で管理してほしいんだ。どっちみち、アルキの会は野村刑事の目が光っていては活動を停止するしかあるまい。だから柳生隆保を守る会とでも改称して、とりあえずその金を管理したらいいんじゃないかな。管理といったって、難しいことはない。通帳と印鑑を保管しているだけのことだから」

「それなら藤田先生に、お願いしたらいいわ」

「駄目だね」

と田中は言下に否定した。

「大人は金銭に弱い。その点、君たちは金銭の魅力も使い道も知らんから、手をつける心配が少ない。集団監視体制でもあるからね」

藤田は苦笑する。そんな大金を保管するのは真っ平だった。使い込むとは思わなかったが、気重いことは確かであったから。

「それから、もひとつ相談がある。その金をただ銀行に寝かせておくだけでは芸がない。五百万円ばかり僕に運用を任《まか》せろ。株で増《ふ》やしてやる。柳生のためにも、僕のためにも、だ」

「株？　君が株を……」

と驚く藤田に、

「頓狂な声を出さないで下さいよ、先生。これでも結構、儲けてるんですよ」

「へへえ……ねえ」

と野村も感に耐えぬといった声を出した。

「そら、僕が金の話をすると、先生方はそういう軽蔑の目をするでしょう。そういう目はね、手の届かない所のブドウはすっぱいといったキツネの目なんですよ。金のない者に限って、金なんか、って顔をしたがるものですってね」

野村は苦笑して藤田と顔を見合わせた。田中の言葉が、必ずしも的外れではないだけに、答えるすべがない思いであった。

「ボーナスでも貰ったら、君に運用して貰うかな」

と藤田が辛うじて皮肉をきかせたつもりであったが、

「駄目ですな、そんな端金《はした》は」

と田中は軽く一蹴して、

「どうかな、僕の提案は？」

と五人の、ひとりひとりに返答を求める視線を送った。その視線を眩しそうに逸《そ》らして、誰も答えない。最後の視線を受けて、延命が自信のない口調で言った。

「どうも……私たちの手に余ることじゃないかしら……」

四人も、そのとおりだとばかりに頷いた。藤田も同感である。野村も、家屋や株の売買に興味を持つ高校生とは、付き合いにくい、と腹のなかで相づちを打っていた。

「そうかい。じゃ、君たちは柳生を見殺しにするんだな」

田中は、話にならん、と語気を強めて立ち上がった。

「見殺し？」

と延命は、心外なと顔を上げて見返した。

「そうじゃないか。柳生母子は孤立無援なんだぜ。裁判には金がかかる。家だって誰かが管理しなくっちゃ荒れてしまう。それを君たちは拱手《きょうしゅ》傍観していると言うんだ。見殺しでなくて、なんだと言うんだい」

「だって、そういうことは……誰か適当な人が……たとえば親戚の人とか……」

「いないね。おれば、とっくに現われて、彼らのために奔走しているはずじゃないか。そりゃ交際もなかった遠い親戚はいるだろうさ。が、そいつの腹は見えすいているよ。殺人犯にはかかわりあいたくない、ということさ。しかし刑が確定して、柳生母子が隔離されたとなると、欲深い顔を擡《もた》げてくるね。柳生母子に自由がないのをいいことにして、親切ごかしに家を売り飛ばして着服してしまうのが落ちさ。それでもいいのかい？」

「…………」

「君たちの手に余る、だって？　冗談じゃないよ、もっと自信を持てよ。いいかい、いまの日本で、知能指数の一番高いのは、われわれ高校二年生なんだぜ。知能の成長は十五、六歳で止まってしまうんだ。それから何十年生きたって、脳味噌は重くならないし、知能は成長しはしないんだよ。生理学で習ったろうが。知識にしたって、そうさ。日本中で一番高い平均点を取るのは高三さ。君たちも、英、数、国漢から物理、化学、地歴、家庭科までなんでもござれだ。ノーベル物理学賞の受賞者だって、万葉集を読ませれば君たちほどの学力があるかどうか怪しいものさ。反対に万葉集の権威も、君たちの解析のテストにはお手上げだろうよ。

だから君たちは、大人を相手にするとき、ちっとも卑下することはないんだ。た

だけ信用的な世間と、悪知恵の生活に基づく経験は、のいるしてい不足に君たちだ、

世間的な信用だけだ。こいつばかりは、長いこと人間であることをつづけなくちゃ、残念ながらどうにも身につかない。だから、その点だけは、藤田先生や野村刑事に補って貰えばいいってことさ」

藤田と野村は、難解な落語を聞かされているような思いで、面喰っていた。判ったようで判らない田中の論理を、笑っていいのかどうか見当がつかなかった。

「だから……」

と田中は延命に向かって、ちょっと言い淀んでから、

「アルキの会なんて子供のお遊びは、このへんでおしまいにして、もっと現実的になったらどうだい」

と、因果をふくめるように言った。そして内藤へ視線を移して話しつづけた。

「君も、そうだよ。そもそもだね、法律が庶民を守ってくれるなどと思うのがお伽噺《とぎばなし》なんだ。お伽噺を信じるのは子供だけだ。君のマンション事件がいい例さ。金持ちがさらに金持ちになるように保護してやるのが法律というものさ。柴本を恨むのは逆恨みというもので、お伽噺を信じた君のほうが間違ってるんだよ」

内藤は反駁しようと口を開きかけたが、言葉が出なかった。自分たちの行動が、いかに空しく愚かしい結果に終わったかは、田中に指摘されるまでもなく、身に染みて

思い知っていたからであった。

「それじゃ……」

と田中は、黙りこくった一座を、ゆっくりと見回して、

「僕は柳生の件には一切ノータッチにさせて貰うよ。諸君の賛成を得られないようだから」

と言い捨てて、校舎へ向かった。

一座は、再び日向《ひなた》ぼっこに戻った。胸のなかには、吹っ切れない思いが鬱勃《うつぼつ》としていたが、外見は老人ホームでの日光浴さながらの無気力な風景でしかなかった。

「田中君！」

と延命が、そうした鬱屈を断ち斬るように呼んだ。田中は、かすかに首を巡らせたが、延命が追って来るのを見ると、黙って歩きつづけた。

「どうも……なんですなあ」

と藤田は、二人を見送りながら、ぼそっと野村へともなく呟いた。

「最近の生徒は、ああいう二つのタイプに別かれていくようですな。ひどく現実的なのと、ひどく子供っぽい正義派とに」

「そして残りの大部分は、羊のように無気力な大勢順応型の〝おとな子供〟で……」

「男性にとって女性は永遠の謎、大人にとって子供は永遠の謎である、ってね」

「誰の言葉です？　まさかアルキメデス？」

「でないことは確かでしょうな」

子供っぽい大人の対話であった。

「いまの話なんだけれど……」

と延命は、田中と肩を並べて足を運びながら言った。

「見殺しにするなんて……ひどい言い方だわ」

「表現がひどいと言うのならいくらでも柔らげるよ。だけど事実は変わらないよ」

「………」

「ほかの者は手を拱《こまね》いてたっていいよ。どっちみち、大した能力はないんだから。だけど君は違うね。柳生を助けられるのは君だけだよ」

「私が？　なぜ？」

「柳生は君が好きだったからさ」

さらりと言ってのけた。延命は、ぎくり、と足を止めて、激しく首を振った。

「嘘！　彼はひとことも、そんなこと言ったこともないし、気振りにも見せなかったわ」

抗議するような激しい口調であった。田中は無言で二、三歩足を進めてから、ゆっくりと振り返ると、大きな溜息をついた。

「君って女は、肝心なことになると、まるっきり鈍感なんだな。いいかい、柳生はなぜ美雪君とセックスしなかったのか、君は考えたこともないのかい。君に唆《そそのか》されただけでなく、美雪君に誘われていながら、彼は内藤に譲っているんだぜ。なぜだか判らないのかい」

「…………」

「君への義理立てだよ。ほかの女とセックスして、君への気持を穢したくなかったんだよ。そういう古風なやつなんだ、あいつは。そんな柳生の可憐な心を汲み取ってやれないなんて、君ってつまらない女だね」

延命は大きく息を吸い込んで、目を見開いた。

「柳生君が、この私を……。だとしたら、私、とんでもない間違いを……」

「そうさ、いまごろになって気づいたのかい。君は大間違いをしでかしたのさ。君は、美雪君が憎かったんだろう。柳生を奪われると思ったんだね。それで……」

「やめて！」

延命は、低く、しかし鋭く叫ぶと、いきなり田中の頬を打った。ぴしり、と鳴った。その音の激しさに、

「あっ！」

と声を挙げたのは、田中ではなくて延命であった。つぎの瞬間、延命は転ぶように

走り出した。どこをどう走ったのか、我に返ったときには、卓球部の部室の柱に、ぽつねんと凭《もた》れかかって、とりとめもなく思いを巡らせていた。

――柴本健次郎を苦しめるために美雪を犯せ、と提案したとき、私には密《ひそ》かな計算があった。自分が慕《した》っている柳生に接近してくる美雪が憎かった。柳生の裸体を見たことで、特別な間柄になったかのように振る舞う美雪が腹立たしかった。そうした美雪を、内藤の復讐にことよせて、どろどろに汚してやりたかった。犯すのは柳生でも内藤でもよかった。たとえそれが柳生であっても、犯し犯されたという形が二人の心を傷つけるであろう。再び解け合うことのないまでに……。

それでいいのだった。自分の思慕が受け入れられないのならば、せめてものこと、美雪に渡したくない。それが私の歪んだ計算であったのだ。

結局は、内藤が犯したので、なおのことよかった。そのために美雪は柳生に近づく権利を喪失したのだから……。

柳生が私に好意を持っていると知っていたら、私は、あんな馬鹿なことをする必要はなかったのだ。二人の好意が、愛に醸成されていくのを静かに待っておればよかったのだ。美雪も内藤もアルキの会も、どうだってよかったのだ。あれも、これも、私はおよそ道化た空転《からまわり》をしていたのだ――。

「どうだい、柳生に会いに行くかい」

田中が傍に立っていた。穏やかな、余計な感情を含まない、乾いた口調であることが、嬉しかった。延命は、こっくりと首を垂れた。

「よかった。これで柳生も救われる。うんと腕の立つ弁護士を捜すよ。費用を惜しまずにね。なあに、彼は殺しちゃいないんだからね。たいした罪にはならないさ」

「そうよ」

と延命も力をこめて言った。

「殺されたほうも悪いんだし、彼は直接の犯人じゃないんですもの。彼の手は汚れてはいないんだわ」

「そういう言い方には抵抗を覚えるね」

と田中は冷たく切り返した。

「そんなアルキの会の会則みたいな、子供っぽい考えは、いいかげんに卒業しろよ。いいかい、アルキメデスが発明した殺人機械は、大勢のローマ兵を殺した。彼は殺人機械を発明しただけで、実際に操作したのはシラクサの兵士たちだ。だからアルキメデスの手は汚れていないと言えるだろうか。彼が名利を超越した学者だという伝説を、僕は信じないね。君の言うように〝美と高貴の具わっている事柄にのみ自分の抱負を置く〟人だったら、いくらヒエロン王に命じられたって殺人機械の設計はしなかっただろうからね。数学に夢中になっていてローマ兵に刺されたという話も、いかにも作りものめいて頂けないね。要するに、彼を神秘化するための、子供騙しのお伽噺なのさ」

「そんな言い方こそ……抵抗を感じるわ」

「そうかな。じゃ、こんな話はどうだろう。昨年の暮れの新聞に載っていた話だが。広島に原爆を投下したB29エノラ・ゲイ号の副操縦士だったロバート・ルイス大尉が、原爆投下のときの飛行日誌を競売に出して、千三百万円を手に入れたってね。ルイスは競売場で、どんな高値で落ちるかと息をつめて見守っていたそうだ。そして、ついに彼の口からは一言も広島の犠牲者を悼《いた》む声は出なかったということだ。また原爆投下のレバーを引いた爆撃手のトーマス・フィアビー大尉も、いまだに〝罪悪感はなかった〟と言い切っているよ。

直接二十数万という人間を殺戮《さつりく》した二人が、こうなんだよ。ましてテニアンの基地で指揮していた連中や、投下作戦最高指揮官のレスリー・ブローブス少将は、自分たちは〝手を汚していない〟と嘯《うそぶ》いていたことだろうよ。乗組員のなかで、罪悪感からノイローゼになったり、牧師になって贖罪《しょくざい》の生活にはいったとかいう人があったが、それらはもっと下級の兵士だったのだろうね」

田中は、そこで言葉を切ると、延命に問いかけた。

「それでも、アルキメデスや原爆発明者は、手を汚さなかったと言えるだろうか」

「お互いに、もうお伽噺の年齢は過ぎたんだぜ。汚れた世間には、手を汚して立ち向かおうじゃないか」

「…………」

ふと腕時計を覗いて、

「ああ、いけねえ。もう一時だ。北浜じゃ後場《ごば》の立会いが始まっている。郵船がどこまで吹き上げるか楽しみだ。ちょっと株屋へ電話してくるからね」

延命に軽く手を振ると、そそくさと部室を出て行った。開け放たれたドアから、冬とも思えぬ明るい陽が射し込んで、延命の目に眩しかった。

解説

大内茂男

この「アルキメデスは手を汚さない」は、第19回江戸川乱歩賞（昭和48年度）の受賞作である。出版されたのが48年8月であるから、一年とちょっとで文庫に編入されたことになる。この作品の絶大な人気の程が分かろうというものである。

この小説は、推理小説ファンならざる読者にも大いに読まれ、歓迎されると思うので、ちょっと乱歩賞のことを説明しておく。

江戸川乱歩賞は、日本推理小説界の大御所であった故江戸川乱歩が自己の還暦を記念して、推理小説奨励のために昭和29年に設定した賞である。翌30年の第一回と翌々31年の第二回とは、推理小説の分野で顕著な業績を示した評論家と出版社にそれぞれ授賞されているが、昭和32年の第三回からは、書き下ろし長編推理小説（自作未発表のもので三五〇〜五五〇枚）を一般から募集して、その最高作に贈られることになった。受賞者には本賞としてブロンズのシャーロック・ホームズ像が贈られるほか、副賞のかたちで入選作を講談社が出版し、その印税全額を支払うことになっている。

乱歩賞は推理小説関係の賞としては最も権威あるもので、新人推理作家のためには最高の登竜門になっている。第三回（事実上の第一回）の仁木悦子をはじめ、多岐川恭、新章文子、陳舜臣、戸川昌子、佐賀潜、藤村正太、西東登、西村京太郎、斎藤栄、海渡英祐、森村誠一、大谷羊太郎、和久峻三などはすべて乱歩賞受賞作家で、佐賀潜は物故したが、他の作家たちはいずれも現在、第一線において目覚ましい活躍をみせている。

栄えある第19回受賞者になった小峰元は、本名が廣岡澄夫、大正10年3月の生まれで、大阪外国語学校（現大阪外国語大学）のスペイン語部を卒業後、貿易商、教員などを経て、昭和18年に毎日新聞社に入社、受賞当時は大阪本社編集委員（編集局部長待遇）であった。この小峰氏の経歴は、受賞作を執筆する上にも大きく役立っている。

受賞作「アルキメデスは手を汚さない」は、出版に当たって「青春推理小説」とか「推理・悪漢小説」とか銘打たれた。これは、巻頭に「悪漢小説を」と題して述べられた、次のような著者の言葉によるものである。

『長い戦争が終わると、米大陸からおびただしい富が流れ込み、国をあげての物欲と名誉欲と権勢欲のルツボ。その揚句は、必然的に経済的破綻を招いて、重税が追い打ちをかける。庶民の不満が内攻して〝あす〟が信じられなくなり〝羨みと詐り＝レオン〟の刹那的な生活へ逃避する——それが新大陸発見と無敵艦隊とに支えられた十

五、六世紀の〝大国スペイン〟の姿であった。流れ込むドルに溺れている、いまの経済大国日本と、どこか似ていないか。』
『十六世紀の優れた観察者は、この現実を、数多い、ノベラ・ピカレスカ（悪漢小説）に描き出した。短い句で筋を跳んでいくテンポの早い叙述。主人公は向こう見ずで、滑稽で、反体制的で、それでいて自分のやりたいことに関しては辛抱強くて、小器用で、小粋ですらある拗ね者のヤング悪漢。

『そんな〝現代推理悪漢小説〟を、私は書いてみたい。』

悪漢小説（悪者小説、ピカレスク小説）とは、この著者の言葉でも分かるように、十六、七世紀にスペインで流行した小説で、その先駆けとなったのは作者不詳の「ラサリーリョ・デ・トルメスの生涯」（会田由の邦訳あり）である。これは、ラーサロという少年が自分の仕えた数々の主人のもとでの苦労話を告白するという自伝体小説で、当時のスペイン社会や下層民の生活が諷刺鋭く簡潔な描写で赤裸々に写し出されている。この小説タイプはその後のヨーロッパ文学に永く影響を及ぼし、例えばモリエール「スカパンの悪だくみ」、ル・サージュ「ジル・ブラース物語」、フィールディング「トム・ジョウンズ」、さらにはアメリカのマーク・トウェーン「ハックルベリィ・フィンの冒険」（いずれも邦訳あり）などに影響が顕著である。〝悪漢〟小説という名は、とかく何か強盗やギャングが活躍する小説と誤解されそうであるが、けっしてそうではない。

さて、この「アルキメデスは手を汚さない」は、先ずその奇抜な題名に魅せられ、何のことかな、と考え込んでしまう。この題名そのものがミステリーであるが、その謎は最後に至って解かれ、なるほど、と感心させられる。推理小説の題名は、すべてこうあって欲しいものである。

第19回乱歩賞選考経過報告に「受賞作は、アウトロウ的な高校生の生態が活写されており、その点が選考委員多数から評価されたものである。」と述べられているように、この長編の主人公は現代高校生群像である。一人の女生徒が妊娠中絶手術の失敗で死ぬが、彼女は最後まで相手の男の名を明かさない。ただ、臨終のとき「アルキメデス」と二度うわ言をいっただけである。その相手は同級生の中の誰か、そしてアルキメデスとは何かというのが第一の謎である。次いで、クラス内の弁当のセリ売りで買った弁当を食べた男生徒が砒素中毒で倒れる。誰が毒を投入したかというのが第二の謎になる。さらに、男生徒の姉が不倫の関係を続けている会社員が失踪し、他殺体となって発見される。その犯人は誰か、が第三の謎である。

このようにして謎は謎を生み、二転三転するのだが、最後に至って意外な錯雑した真相が分かり、題名の意味もはっきりする。途中でこの真相を、見破れる読者がいたら、それは相当の推理小説破り（道場破りと同じ意味での）と言ってよかろう。実は、推理小説マニアとしてはかなり年季を積んでいるはずの私も、最後まで見破りえなかった。というよりは、あまりに明るく、愉快に、小気味よく、心地よいテンポで物語が進行するものだから、その面白さに負けてしまって、ゆっくり立ち止まって謎を考えてみるだけの余裕が無かった、というのが本当のところである。

とにかく、この小説に登場する高校生たちは、男子も女子も、そろってカッコいい小悪党ばかりである。その言葉が、行動が、そして心理が実にイキイキと描かれている。一見いや味になりかねない青年たちばかりだが、不思議にみんな親しみが持てる。作者が悪漢小説の真髄をつかんでいるためであろう。そう言えば、担任の教師も、二人の刑事も、みんな愉快な良い人ばかりである。

選後評として、審査員たちは一様に、この作品の小説としての出来栄えや面白さを認めながらも、謎の小粒であることや、推理小説的骨格の弱さを指摘していた。私としても、それは認めざるを得ない。

小峰氏はこのあと、受賞第一作として長編「ピタゴラス豆畑に死す」を書き下ろし出版した。受賞作を凌ぐ出来栄えであったことは欣快にたえない。

（現在・筑波大学名誉教授）

※当解説は、一九七四年の文庫収録時に書かれたものです。

復刊のための解説

香山二三郎

どんな本でも月日がたつと書店の棚から消えていく。今日のように販売的な数値が低いとすぐにカットされるような状況ともなればなおさらだが、そのいっぽうで優れた作品が復刊されるケースも増えてきた。

日本ミステリー界をリードしてきた新人賞の名門江戸川乱歩賞の受賞作も、厳しい状況にあることは同様だが、本書、小峰元『アルキメデスは手を汚さない』を口火に過去の受賞作が再評価される気運が生まれそうなことは嬉しい限りである。

直木賞作家東野圭吾が作家を志すきっかけにもなったというその『アルキメデスは手を汚さない』であるが、それまでの江戸川乱歩賞受賞作と比べ、大きくふたつの点で画期的な作品となった。

ひとつは、乱歩賞の名を一躍世に広めた仁木悦子の第三回受賞作『猫は知っていた』をもしのぐ一大ベストセラーとして。もうひとつは、日本ミステリーの中でも今なお人気の高いサブジャンル〝青春推理〟のパイオニアとして。

まず前者についてだが、「本作品は平成七年度（一九九五）の受賞作、藤原伊織の『テロリストのパラソル』に抜かれるまで、単行本部門では歴代乱歩賞のセールス・ランキングのトップに君臨していたのであった。（中略）文庫部門のほうはこれはいまだにトップで、六十五万部のセールスを記録しているという」（関口苑生『江戸川乱歩賞と日本のミステリー』）。

乱歩賞は一九七二年以来、毎年受賞作を出しているが、七〇年前後、六八年の第一四回と七一年の第一七回は受賞作なしに終わっている。候補作に恵まれなかったといわれればそれまでだが、実は六〇年代後半から七〇年代前半にかけては、その年の日本ミステリーの傑作を選出する日本推理作家協会賞のほうも該当作なしが続いた。いいかえれば、日本ミステリー界そのものが停滞していたのだ。その打開策として、斯界では旧作の復刊や新作の書き下ろしが盛んになったが、「うつろなブーム――72年の推理小説界はまさしくこの形容がふさわしい」（石川喬司「推理小説・SF界1972」）などと総括される始末。

そんなときに登場したのが本書『アルキメデスは手を汚さない』だったわけだが、「遺憾なことには、今年は抜きん出た作品がなかった。そのため各委員の一位に推した作品が、これほどばらばらになったことも珍らしい」（中島河太郎）という言葉からもわかるように、選評は必ずしも芳しいものではなく、選考結果も「僅少差」であった。

それが売れに売れることになったのは、幾つかの要因が重なった結果だろう。和田誠のお茶目な装丁や想像力を刺激する洒落たタイトルネーミングもさることながら、何より肝心なのは、著者の言葉にあるように、かつてのノベラ・ピカレスカ（悪漢小説）にならった「短い句で筋を跳んでいくテンポの早い叙述」と「ヤング悪漢」を主人公に据えた青春推理仕立てにあった。

物語は中絶手術が原因で女子高生が亡くなったことに端を発し、その同級生男子の弁当に毒が混入されたり、彼の姉の恋人が失踪するなど、不審な事件が相次ぐ。著者はそこに日本家屋ならではの密室仕掛けや列車&船便を活かしたアリバイ崩しを工夫してみせるが、マニア好みの凝ったトリック作りに挑んでいるわけではないし、解決に当たっては偶然に頼っている面もある。

選評ではそこを突かれたが、著者の意図は端《はな》から事件の主役たる豊能高校の生徒たちの「ヤング悪漢」ぶりを浮き彫りにすることにあったのだ。そう、一五、六世紀のスペインのように「物欲と名誉欲と権勢欲のルツボ」と化した経済大国日本に生きる彼らの抗いぶりを。

さてそこで注目すべきは、一九七二年という本書の時代背景だ。

この年、まず世を震撼させたのは二月の連合赤軍事件——軽井沢で繰り広げられた

「あさま山荘事件」であり、その後七月には『日本列島改造論』を引っ提げた〝庶民宰相〟（田中角栄）が誕生した。田中は就任後三ヵ月目の九月末には日中国交回復も果たす。一九六五年から七〇年まで続いたいざなぎ景気は一段落したものの、日本の高度経済成長はまだまだ止まるところを知らず、そのいっぽうで資本主義社会がなおざりにしてきた様々な矛盾も噴出する――それが一九七二年という年であった。

本書でも、死んだ女子高生美雪の父・柴本健次郎は「折り柄の建築ブーム」に乗って稼ぎまくる「エコノミック・アニマル」に見立てられているが、そこに田中角栄の姿が二重写しになっているのはいうまでもないだろう。むろん、健次郎が美雪の敵とにらむ高校の友達連中は、何を考えているかわからない連合赤軍の予備軍だ。

オヤジ世代と高校生たちの断絶はまた、事件の捜査に当たる豊中東署のベテラン刑事野村と若手のタフガイ刑事大塚のコンビを通しても強調される。高校生たちは著者自らの子供の世代ともいえるが、だからといって、本書は上の世代から下の世代への一方的な説教モードに傾いているわけではない。著者の言葉からも明らかなように、著者はむしろ「ヤング悪漢」たちに強い共感を示しており、それは彼らが過激派学生の叛乱劇を踏まえたうえで自分たちの生きかたを必死に模索していることが明かされる終盤の告白シーンからも理解出来よう。

いっぽうオトナの側にも、野村刑事や教師の藤田のように、子供たちの悪漢的振る舞いに面食らいながらも何とか理解しようとする人々はいる。してみると本書のテーマは世代の断絶ではなく、むしろ相互理解の道を説いているわけで、本書がロングセラーを記録しているのも、今なお大きな社会問題である親子の葛藤を肯定的に描き出しているからにほかなるまい。

本書が売れた要因としては、もうひとつ、高校生の妊娠に中絶という題材もひと役買っているかもしれない。本書には、京都市内の公、私立高校の男女生徒を対象にした京都・竜谷大学心理学教室の調査結果というのが載っており、それによると「肉体関係の経験者が、男二七・七％、女三・四％」となっている。野村刑事は思わず「男生徒の四分の一以上が？　私には……信じられん」と洩らすが、性行動に走る青少年の低年齢化はその後も進み、財団法人日本性教育協会の調査結果では、一九九九年時の男子高校生のセックス経験率は二六・五％、女子のそれは二三・七％と、もはや男女の差がなくなりつつある結果が出ている。

野村刑事は男生徒の経験者数の多さに啞然とするいっぽうで、「世界では、若者たちの性道徳が崩れたと嘆いているが、それは思い違いかも知れない。性道徳が乱れたのではなくて、若者たちは、性に道徳の衣を着せることをナンセンスだと感じているのではないだろうか」とオトナの発言もしている。しかし三十数年後の現状を知っても、果して冷静さを失わずにいられるだろうか。

新世紀の日本では性だけでなく、青少年による犯罪の増加、凶悪化もたびたび問題になる。働くことも学校にいくことも、就職活動も行っていない若者を指して〝ニート〟という言葉が流行り、おたくや引きこもりともども、そうした剣呑《けんのん》な状況を生む温床としてとらえられたりしているが、青少年の凶悪犯罪は決して増えているわけではないし、彼らに対するネガティヴなキャンペーンは弱者や落伍者を排除する危険な社会をもたらしかねないと警告を発する識者も少なくない。

本書の後、江戸川乱歩賞は第二四回（一九七八）の栗本薫『ぼくらの時代』や第三一回（一九八五）の東野圭吾『放課後』を始め、青春推理の傑作を何作も生んでいる。七〇年代初めの青春推理なんてもはや時代遅れと思われる向きもあろうが、新世代の脅威をいたずらに煽《あお》ることなく「ヤング悪漢」たちの姿を描き出した本書はその意味でもむしろ、今のオトナと若者たちにこそ読んでいただきたい一冊なのである。

※当解説には、講談社文庫『江戸川乱歩賞全集⑨』収録時の解説を一部引用しております。

おことわり

本作品中には、びっこ、ちんば、不具など身体障害差別に関する、また気違い、狂人など知的障害差別に関する、土工など職業差別に関する表現等、今日では差別表現として好ましくない用語が使用されています。

しかし、作品が書かれた時代背景および著者（故人）が差別助長の意図で使用していないこと、また本書の刊行目的等を配慮し、あえて発表時のままといたしました。この点をご理解くださるよう、お願いいたします。

（文庫出版部）

本書は小社より一九七三年八月に刊行され、一九七四年十月に講談社文庫に収録された作品を復刊したものです。

|著者|小峰 元　1921年兵庫県生まれ。大阪外国語大学スペイン語学科卒。貿易商、教員などを経て、1943年毎日新聞社に入社。1973年『アルキメデスは手を汚さない』で第19回江戸川乱歩賞を受賞。その後、『ピタゴラス豆畑に死す』、『ソクラテス最期の弁明』、『パスカルの鼻は長かった』などの作品を発表、青春推理を分野として確立した。1994年逝去。

アルキメデスは手《て》を汚《よご》さない

小峰《こみね》 元《はじめ》

2006年 9 月15日第 1 刷発行
2008年 7 月23日第13刷発行

発行者――野間佐和子
発行所――株式会社　講談社
東京都文京区音羽2-12-21　〒112-8001
電話　出版部（03）5395-3510
　　　販売部（03）5395-5817
　　　業務部（03）5395-3615

Printed in Japan

講談社文庫
定価はカバーに
表示してあります

デザイン―菊地信義
本文データ制作―講談社プリプレス管理部
印刷――豊国印刷株式会社
製本――株式会社上島製本所

落丁本·乱丁本は購入書店名を明記のうえ、小社業務部あてにお送りください。送料は小社負担にてお取替えします。なお、この本の内容についてのお問い合わせは文庫出版部あてにお願いいたします。

ISBN4-06-275503-3

講談社文庫刊行の辞

二十一世紀の到来を目睫に望みながら、われわれはいま、人類史上かつて例を見ない巨大な転換期をむかえようとしている。

世界も、日本も、激動の予兆に対する期待とおののきを内に蔵して、未知の時代に歩み入ろうとしている。このときにあたり、創業の人野間清治の「ナショナル・エデュケイター」への志を現代に甦らせようと意図して、われわれはここに古今の文芸作品はいうまでもなく、ひろく人文・社会・自然の諸科学から東西の名著を網羅する、新しい綜合文庫の発刊を決意した。

激動の転換期はまた断絶の時代である。われわれは戦後二十五年間の出版文化のありかたへの深い反省をこめて、この断絶の時代にあえて人間的な持続を求めようとする。いたずらに浮薄な商業主義のあだ花を追い求めることなく、長期にわたって良書に生命をあたえようとつとめるところにしか、今後の出版文化の真の繁栄はあり得ないと信じるからである。

同時にわれわれはこの綜合文庫の刊行を通じて、人文・社会・自然の諸科学が、結局人間の学にほかならないことを立証しようと願っている。かつて知識とは、「汝自身を知る」ことにつきていた。現代社会の瑣末な情報の氾濫のなかから、力強い知識の源泉を掘り起し、技術文明のただなかに、生きた人間の姿を復活させること。それこそわれわれの切なる希求である。

われわれは権威に盲従せず、俗流に媚びることなく、渾然一体となって日本の「草の根」をかたちづくる若く新しい世代の人々に、心をこめてこの新しい綜合文庫をおくり届けたい。それは知識の泉であるとともに感受性のふるさとであり、もっとも有機的に組織され、社会に開かれた万人のための大学をめざしている。大方の支援と協力を衷心より切望してやまない。

一九七一年七月

野間省一

小杉健治　灰の男
小杉健治　隅《すみ》田《だ》川《がわ》浮《うき》世桜《よのさくら》
小杉健治　母《はは》子《こ》草《ぐさ》〈どぶ板文吾義侠伝〉
小杉健治　つぐない〈どぶ板文吾義侠伝〉
小杉健治　闇《やみ》鳥《とり》〈どぶ板文吾義侠伝〉
後藤正治　奪われぬもの
後藤正治　牙〈江夏豊とその時代〉
小嵐九八郎　蜂起には至らず〈新左翼死人列伝〉
幸田　文　崩れ
幸田　文　台所のおと
幸田　文　季節のかたみ
幸田　文　月の塵
小池真理子　記憶の隠れ家
小池真理子　美神《ミューズ》
小池真理子　冬の伽藍
小池真理子　映画は恋の教科書《テキスト》
小池真理子　恋愛映画館
小池真理子　ノスタルジア
小池真理子　夏の吐息

幸田真音　小説ヘッジファンド
幸田真音　マネー・ハッキング
幸田真音　日本国債(上)(下)〈改訂最新版〉
幸田真音　eの悲劇〈IT革命の光と影〉
幸田真音　凛冽《りんれつ》の宙《そら》
幸田真音　コイン・トス
小森健太朗　ネヌウェンラーの密室
五味太郎　大人問題
五味太郎　さらに・大人問題
鴻上尚史　あなたの魅力を演出するちょっとしたヒント
小林紀晴　アジアロード
小泉武夫　地球を肴に飲む男
小泉武夫　納豆の快楽
小泉武夫　小泉教授が選ぶ「食の世界遺産」日本編
五條　瑛　熱氷
五條　瑛　上陸
近藤史人　藤田嗣治「異邦人」の生涯
古閑万希子　美しい人〈9 Lives〉
古閑万希子　ユア・マイ・サンシャイン

早乙女　貢　沖田総司(上)(下)
早乙女　貢　会津啾々記〈脱走人別帳〉
佐藤愛子　戦いすんで日が暮れて
佐木隆三　復讐するは我にあり(上)(下)
佐木隆三　成就者たち
澤地久枝　時のほとりで
澤地久枝　私のかかげる小さな旗
澤地久枝　道づれは好奇心
沢田サタ編　泥まみれの死〈沢田教一ベトナム戦争写真集〉
佐高　信　日本官僚白書
佐高　信　逆命利君
佐高　信　孤高を恐れず〈石橋湛山の志〉
佐高　信　官僚たちの志と死
佐高　信　官僚国家＝日本を斬る
佐高　信　石原莞爾その虚飾
佐高　信　日本の権力人脈《パワー・ライン》
佐高　信　わたしを変えた百冊の本
佐高　信　佐高信の新・筆刀両断
佐高　信　佐高信の毒言毒語

講談社文庫　目録

2008年6月15日現在